Quem move as peças

Quem move as peças
Ariel Magnus

tradução de Fernando Miranda

"Obra editada no âmbito do Programa "Sur" de Apoio às Traduções do Ministério das Relações Exteriores e Culto da República Argentina"

"Obra editada en el marco del Programa "Sur" de Apoyo a las Traducciones del Ministerio de Relaciones Exteriores y Culto de la República Argentina "

© Editora Moinhos, 2018.
© Ariel Magnus, 2018.
Publicado em acordo com a Agência Literária Micheal Gaeb em conjunto com a Villas-Boas & Moss Agência Literária.

Edição: Camila Araujo & Nathan Matos

Assistente Editorial: Sérgio Ricardo

Revisão, Diagramação e Projeto Gráfico: LiteraturaBr Editorial

Capa: Sérgio Ricardo

Tradução: Sérgio Ricardo

Dados Internacionais de Catalogação na Publicação (CIP) de acordo com ISBD

M199q
Magnus, Aiel
Quem move as peças / Ariel Magnus ; traduzido por Fernando Miranda.
Belo Horizonte, MG : Moinhos, 2018.
236 p. ; 14cm x 21cm.
ISBN:978-85-45557-47-0
1. Literatura argentina. 2. Romance. I. Miranda, Fernando. II. Título.

2018-1445   CDD 868.9932
                             CDU 821.134.2(82)-31

Elaborado por Odilio Hilario Moreira Junior — CRB-89949

Índice para catálogo sistemático:
1. Literatura argentina: Romance 868.9932
2. Literatura argentina: Romance 821.134.2(82)-31

Todos os direitos desta edição reservados à Editora Moinhos
editoramoinhos.com.br | contato@editoramoinhos.com.br

Para meu avô
Com meu avô

Não existe história mais verdadeira que a novela.

Miguel de Unamuno,
La novela de don Sandalio, jugador de ajedrez

Advertência

De cabo a rabo, essa novela é uma obra de ficção.
Porém: muitas de suas personagens provêm deliberadamente da realidade, incluindo aí a realidade fictícia da literatura, de modo que qualquer semelhança com nosso mundo (ou nossos mundos) é impura coincidência.
Para que não haja mais confusões que as realmente necessárias, convém explicar o seguinte:
Heinz Magnus é o nome verdadeiro do avô do autor dessa novela. Seu neto não chegou a conhecê-lo, mas encontrou um diário dele, verdadeiramente íntimo (nem seus filhos o tinham lido!), que aqui é citado com veracidade (até onde pode ser uma tradução).
Também é verdadeiro o campeonato mundial de xadrez, disputado em 1939, na cidade real de Buenos Aires, assim como a guerra bastante mundial que estourou durante esse evento e os insignificantes problemões que acarretou, incluindo as várias histórias contadas aqui e que — como se diz para prestigiá-las — parecem mentira.
São reais, também, os enxadristas mencionados nessa ficção, incluindo a inigualável Sonja Graf, autora de livros que são incorporados na trama devidamente *bastardeados*, para não criar confusão, ou para procriá-la bastardamente no seu devido momento.
Não é demais aclarar (salvo porque ajuda sugestivamente a obscurecer), que também existiram os escritores que aqui aparecem, principalmente Ezequiel Martínez Estrada, cujo estupendo tratado sobre xadrez pode ser lido pelo leitor curioso, além das citações que enfeitam estas páginas.
É absolutamente real, por fim, que A *novela de xadrez*, de Stefan Zweig, tem uma personagem fictícia que se chama Mirko Czentovic, ainda que nada conste sobre sua vida fora dessa novela.

Todos eles (os enxadristas, os escritores e até o ditoso avô Magnus) trabalham aqui de personagens fictícios, exclusivamente a serviço da imaginação do autor.

Dito em termos técnicos: "quando aparecem eventos históricos ou figuras públicas reais, os acontecimentos, lugares e diálogos relativos a essas pessoas são completamente imaginários e não pretendem descrever os acontecimentos reais ou modificar a natureza, toda ela fictícia, da novela". (Essa citação precisa de copyright?)

Ficam, portanto, notificados os juízes de crimes literários, as viúvas dos escritores que ainda não completaram setenta anos debaixo da terra, os editores que temem pela legitimidade dos livros que publicam e os leitores que querem saber exatamente quando suspender e quando reativar sua incredibilidade.

Agora sim, com todas as peças nos seus lugares, chegou a hora de embaralhar tudo, mais uma vez, na tão antiga como renovada, sempre lúdica, luta das letras.

1. Se uma personagem vem para cá

A bordo do vapor que devia sair à meia-noite de Nova Iorque para Buenos Aires, reinavam a agitação habitual e o movimento de última hora. Os convidados se empurravam entre si para despedir-se dos seus amigos, os rapazes dos telégrafos, com suas gorras desajeitadas, gritavam com toda força, chamando por nomes na sala de estar, os baús e as flores passavam de um lado para o outro, as crianças não paravam de subir e descer as escadas, enquanto no convés a orquestra acompanhava com indiferença. Um pouco afastados dessa algazarra, conversávamos com um conhecido quando flashes brilharam repentinamente umas duas ou três vezes do nosso lado: pelo que parece, os jornalistas tinham entrevistado e fotografado rapidamente algum famoso justamente antes da partida. Meu amigo ergueu os olhos e sorriu.
— Tem um animal raro a bordo: Czentovic.
Devo ter feito uma tal cara de incompreensão que ele acrescentou:
— Mirko Czentovic, o campeão mundial de xadrez. Percorreu a América do Norte de leste a oeste, jogando torneios, e agora viaja para a Argentina, em busca de novos triunfos.

Assim começa. Não essa novela, mas *A novela de xadrez*, de Stefan Zweig. Pois bem, é regra fixa desse jogo que a peça tocada também tem de ser movida. Nesse outro tabuleiro que todo jogador tem guardado — o interno —, as peças podem ser movidas para frente e para trás quantas vezes quiser, incluindo as peças do adversário, para que se possa calcular com antecipação como as próprias peças reagirão diante de cada eventual resposta. Porém, uma vez que decidimos fazer um movimento e damos ordem ao braço para fazê-lo, não se pode voltar atrás. O fato de que nossa mente seja uma rainha não invalida que nosso corpo seja um peão.

O jogador profissional sabe, além disso, que este caráter irreversível do movimento entra em vigor antes mesmo de roçar a peça com as pontas dos dedos, pois recolher a mão, no ar, transmite a ideia de dúvida e até mesmo medo. No xadrez, como na guerra, demonstrar fraqueza é redobrar as forças do inimigo. Uma coisa é pensar uma jogada, ainda que se demore um tempo supostamente longo, e outra muito diferente é duvidar, principalmente quando se refletiu tempo suficiente, porque isso faz com que aquela meditação pareça um vacilo. A dúvida é sempre defensiva, apenas o pensamento é ofensivo, e nesse jogo se trata é de atacar.

Os mais radicais propõem que a arte de pensar uma jogada começa antes, quando o oponente move sua peça, e que, por sua vez, se iniciara com o próprio movimento, até chegar ao primeiro, que, bem analisado, pode decidir a partida. "Depois de P4R, o jogo das brancas está na última agonia", sentenciou um teórico da chamada escola hipermoderna. E como esse movimento teórico, uma vez iniciado, também não pudesse se deter, o poema persa Omar Kayam o estendeu à vida, postulando que antes de que o jogador movimentasse a peça, era Deus quem moveria o jogador. Jorge Luis Borges, por último (porque em algum momento se tem de parar, essa também é uma regra fixa do jogo, e mesmo do pensamento), o poeta Borges continuou este movimento regressivo até fazê-lo coincidir com o infinito:

> *Deus move o jogador, e este, a peça.*
> *Qual Deus atrás de Deus começa a trama*
> *de poeira e tempo e sonho e agonias?*

Voltando então àquela regra básica, e transportando-a a esse outro jogo, a literatura, sobretudo a literatura que tem como tema o "jogo dos reis" ou "jogo régio" ou, por que não aproveitar o régio jogo de palavras: o "jogo real"; continuando esse movimento básico entre xadrez e literatura, resulta evidente que, se em *A novela de xadrez*, de Stefan Zweig, é afirmado que o jovem prodígio Mirko Czentovic pegou um barco de Nova Iorque para

Buenos Aires, para participar de "um torneio", esse movimento se considera iniciado e é necessário assumir que foi completado. Quando exatamente isso aconteceu, o narrador da novela não nos revela. No entanto, não é tão difícil adivinhar. Por um lado, o enigmático Dr. B., que aparece na novela, é um austríaco, detido pela Gestapo depois do *Anschluss*, ou seja, não antes de março de 1938. Passou alguns meses preso num quarto de hotel, e aprendeu de memória tantas partidas de xadrez que acabou "envenenado" pelo jogo, como escreve Zweig. Depois de um breve período no hospital, fugiu para a América do Norte, desde onde parte agora para o Rio de Janeiro. Por outro lado — temporal e mesmo espacial —, sabemos que Stefan Zweig escreveu o livro quando já estava no Brasil, aonde chegou em 1940, após dar uma série de conferências na Argentina e no Paraguai. Sabemos também que isso foi antes de escrever sua autobiografia, *O mundo de ontem*, em 1941, e publicada depois do seu suicídio, assim como *A novela de xadrez*.

Exatamente entre uma e outra coisa, isto é, entre a fuga do Dr. B. na novela e a redação da novela, foi realizado em Buenos Aires o oitavo Torneio das Nações, que reuniu enxadristas da envergadura de um Alexander Alekhine e José Raúl Capablanca, entre os quais Zweig coloca seu personagem. Capablanca chegou ao país no *Neptunia*, que saiu de Nápoles, e Alekhine, no *Alcântara*, vindo do Rio de Janeiro. As delegações do Canadá e da Noruega, porém, vieram desde Nova Iorque, num navio chamado precisamente *Argentina*. De modo que podemos deduzir, sem medo de nos equivocarmos (ou tratando de que não se note), que também Mirko Czentovic chegou ao país no dia 16 de agosto de 1939, uma semana antes de que se desse início a olimpíada de xadrez, a primeira disputada fora do continente europeu.

No entanto, a hipótese se choca com uma realidade inapelável: na base de dados do Centro de Estudos Migratórios Latino-americanos (CEMLA), não consta nenhum Mirko Czentovic como ingressado no país nessa data (nem em nenhuma outra). Pois bem, mas sequer meu avô Heinz Magnus consta na lista, mesmo tendo chegado um pouco antes e sendo tão como eu...

2. E segundo os registros, meu avô nunca chegou

13 de junho de 1937
Onze da noite, a bordo do Vigo. Às minhas costas jaz um esforço monstruoso, e apesar de sentir no meu íntimo uma certa satisfação por ter conseguido, penso constantemente nos meus pais, e apenas desejo que tudo saia bem também com eles.
É bom quando, de antemão, não se espera muito. O Vigo. Desde fora, o barco não parece tão grande, mas é, sim, um barco digno de ser observado. Da ponte de carga, partimos com o reboque. Gente conhecida, em geral vizinhos, nos acena com carinho. Vieram para desejar sorte à criança, ao senhor, ao homem que nasceu ali e que conhecem desde a infância. Lamentam que ele tenha de partir, agitam as mãos entre a dor da ida e o desejo de que tudo vá bem do outro lado, e dessa maneira se alegram; acenam sem parar, ritmicamente, e aos poucos os acenos cessam, até que o pequeno barco desaparece.
A limpeza e arrumação no Vigo são surpreendentes. Mesas com toalhas brancas, camas com lençóis brancos. As moças são amáveis e solícitas. Desde o momento de entrar no barco se tem em geral uma sensação maravilhosamente acolhedora, como estar em casa. O número de visitantes é grande, então há muito barulho em volta da comida. Os passageiros podem comer, enquanto os visitantes... bem, também eles são servidos com um pedaço de pão. A despedida é fácil. Pai e mãe me seguirão logo; para ter sorte é preciso saber ganhá-la. Uma mulher com seu marido e os filhos parece deixar aqui muita felicidade, talvez sejam a espera desgastante e os trâmites difíceis, talvez a incerteza sobre o futuro e a responsabilidade que pesa sobre ela o que faz surgir essas lágrimas nos seus olhos e o que não permite que ela se tranquilize. Quantos destinos devem se cruzar nesse centro de vida, quanta

alegria e tristeza terão experimentado essas pessoas que agora se predispõem a passar aqui três ou quatro semanas. A partida em direção a América do Sul se transformou em realidade, amanhã cedo estaremos oceano adentro.
O clima melhorou muito, a chuva parou por um instante de cair sobre Hamburgo e o sol brilha sobre nós. Cai a tarde, e aos poucos surgem, em infinitos pontos, pequenas luzes, lançando de modo embaçado uma imagem de localização. Agora a escuridão é completa e nela se destaca o castelo de fadas: o porto de Hamburgo que se insinua taquigraficamente em meio às luzinhas. Coloridas, brancas, grandes e pequenas, reluzentes e fracas, todas são parte deste mundo, e bem poderia ser dito que se trata de um mundo em si.
Me encontro sozinho. Olho para o céu e de novo está ali o sentimento: se Deus está comigo, o que pode acontecer? E assim é como se torna curta a distância que temos de atravessar: permanecemos sobre esta terra e Deus é idêntico, e eu sigo sendo parecido, é lindo poder deitar as mãos no colo de Deus. E se ele me escolhesse para anunciar seu nome aos homens, o mesmo apenas para sentir seus preceitos... por que não o faria? Talvez seja possível realizar o que parece ser meu dever diante do Criador... falta somente uma ajuda.

Isso não é uma citação literária, mas, sim, um trecho do diário do meu avô paterno, Heinz Magnus, oriundo de Hamburgo, Alemanha, e que chegou ao dique quatro, seção oitava, do porto de Buenos Aires, às 7:30h da manhã de sábado, 14 de agosto de 1937. Sei que foi esse dia porque na imprensa aparece a chegada do *Vigo*, e sei que ela estava nesse barco porque tenho seu diário, embora seu nome não esteja registrado na base de dados do CEMLA (como está, por exemplo, o da minha vó, Liselotte Jacoby, que chegou ao país uns meses antes de Mirko Czentovic).

O diário do meu avô começa antes, em dezembro de 1935, mas essa é a primeira entrada literária, pelo menos no sentido de que apela à descrição e conta no presente coisas que passaram há algumas horas, como se espera de uma novela narrada em primeira pessoa (a de Stefan Zweig, por exemplo). As luzes do porto como imagem taquigráfica desse mundo longínquo, ao qual nunca voltaria (na única viagem longe que empreenderia, preferiu ir aos Estados Unidos, ninguém na família jamais entendeu o porquê, e é meu dever averiguar), podiam aparecer até mesmo em algum dos poemas que Heinz escrevia desde os 15 anos, e que reuniu num caderno, com sumário e prólogo, e que também chegou até mim. Alguns desses poemas são impactantes, principalmente pela sua clareza em relação ao nazismo. Em maio de 1933, poucos meses depois de que Hitler subisse ao poder, meu avô rimava "Aos alemães", versos que diziam mais ou menos isso:

Verdadeira tragédia só existe
Onde é vista desde o início.
Para quem a viva em carne própria
Não é tragédia, mas destino.

Com 19 anos, Heinz Magnus entendeu rapidamente que "o atordoamento se apodera/ sobre o cérebro da massa", e que "o predestinado não pode ser removido". Poucos meses mais tarde, no meio das hostilidades que começava a sentir na sua cidade natal, escreveu outro poema, com o título "Judeu!", em que anuncia que pertencer ao "povo eleito" o obriga a "cumprir com o mandamento", esse mesmo que parece ser sugerido na primeira entrada sobre o *Vigo*. Fora isso, e ao fato de que na família sempre se disse que o avô queria ser rabino, seus diários revelam que, na verdade, queria ser escritor.

Muito estranho: embora nunca tenha escrito, com exceção de coisas muito pequenas e insignificantes, desejo escrever meus pensamentos. Com que frequência reflito sobre todas as coisas, e quão seguido acredito também ter algo importante para dizer!

17

As circunstâncias da sua vida não lhe deixaram tempo suficiente para dedicar-se à literatura. Primeiro, teve que organizar a fuga de seu país, tanto para ele como para seus pais, depois teve que começar do zero na Argentina, e quando já tinha formado família e alcançado certa tranquilidade econômica com seu negócio (aqui faz sentido sua viagem aos Estados Unidos, em setembro ou outubro de 1950, com minha avó já a ponto de parir meu pai), adoeceu do coração e morreu, aos 52 anos, após quatro infartos. Meu pai era, na época, um adolescente, e faltava ainda uma década para eu nascer. Exceto por algumas fotos e pela sua biblioteca, da qual desde criança fui roubando livros, não sabia nada do meu avô, até descobrir seus diários e o resto dos seus papéis.

Aconteceu casualmente. Folheando um desses livros herdados da biblioteca dele, caiu um papelzinho, e quando o desdobrei vi que se tratava do prospecto de um remédio chamado Cenestal, que se anunciava como um "psicoestabilizante" que "transforma a adaptação pessoal às exigências e imposições da vida cotidiana em algo mais real, mais harmoniosa e menos sofrida". Como pude averiguar depois, era um psicotrópico, dos primeiros fabricados no país, porém com a garantia de um laboratório fundado por alemães. Sua droga principal e marca registrada era a dicarboxina, cujo composto mágico (uma piperazina) possui muitos efeitos indesejados. Continham também ergotamina, uma droga proibida nos Estados Unidos, hoje em dia, e muito desaconselhada para cardíacos.

Em um jantar de família, perguntei se alguém sabia que o avô tomava esse psicotrópico, e foi justo aí que uma tia trouxe o diário dele, como prova de que sempre fora um depressivo. Mas era apenas o primeiro caderno, que ia até fevereiro de 1940 quando conheceu minha avó. Mexendo nas coisas dela, encontrei os outros cadernos, que vão, com grandes intervalos, até 1955 (a viagem aos Estados Unidos está relatada em cartas). Sua esposa e depois seus filhos tinham guardado aquilo tudo como se guarda uma tradição religiosa entre ateus, com esse respeito profundo que apenas esconde um desinteresse ainda mais profundo, pois ninguém tinha lido nada daquilo e quase nem sabiam da sua existência. No entanto, eram esses cadernos a obra do meu avô, "o espelho da minha vida", como ele os chama em algum momento. Em uma palavra: o livro que sempre quis e nunca pôde escrever, "em parte por falta de tempo, em parte por um certo nervosismo...".

É mais que duvidoso que algum dia eu consiga escrever um livro, é muito mais provável que nunca ocorra — anota no final do terceiro e último caderno, em dezembro de 1953. Mas acredito entender por que é preciso haver pessoas como eu, que, por assim dizer, não podem levar nada até o final, e que seguem sonhando, mesmo com a firme vontade de fazer e sustentar. Essas pessoas devem ser portadoras das ideias que gente maior do que elas escreveu. Podem atuar de mediadores, pois são tão necessários como qualquer outra coisa no mundo. Neste sentido, não existe escala de valores, não existe em cima e embaixo, tudo se encontra no mesmo plano do finito em oposição ao infinito...

Stefan Zweig era o escritor modelo para meu avô. Na minha família existe até o rumor de que eram parentes, porque o sobrenome de solteira da mãe do meu avô era Zweig. Entre os papéis dele encontrei a certidão de nascimento da sua mãe, e realmente o pai dela (ou seja, meu tataravô) se chamava Hans Zweig e era de Eisleben, cidade de Lutero. O parentesco, portanto, existe, mas pelo que parece não é com a família austríaca de Stefan Zweig, mas com a polonesa de Arnold Zweig, outro escritor judeu, porém alemão. Segundo minha tia mais velha, o parentesco era com os dois ramos dos Zweig (palavra que em alemão significa precisamente isso, "ramo"). De todo modo, o certo é que Stefan e Arnold não eram parentes um do outro, a não ser que o ramo Magnus seja o elo perdido.

A admiração do meu avô pelo seu parente falso se deduz da

agenda telefônica que usava para anotar, em ordem alfabética, os livros que ia comprando e lendo. Na letra Z, estão listados quinze livros de Stefan Zweig, e nenhum outro autor dos que aparecem ali possui tal marca. Suas fichas de leitura, geralmente meros resumos dos livros, sem qualquer opinião pessoal, revelam a mesma mostra de fervor. "Ler livros, ler cada vez mais livros, esse é o desejo quando se termina um livro de Zweig", comenta no seu diário, em relação a O mundo de ontem. E na ficha correspondente a Cuidado da piedade, também de Zweig, se lê: "uma obra magnífica, extraordinariamente envolvente e repleta de conhecimentos maravilhosos". Esse último livro foi um presente da minha avó no primeiro aniversário de noivado, o que me parece a prova mais contundente da importância que meu avô dava a esse autor.

Gostaria de dizer que esse último livro tem o selo da livraria "Pigmaleão", além do ex libris de Enrique Magnus, como se castelhanizou o seu nome, ao chegar ao país. Mas o certo é que não tem selo algum, e como a dedicatória da minha vó é de 1941, é impossível que o livro tenha sido comprado no local que só abriria no ano seguinte. Outros livros dele que herdei, sim, têm o selo negro com a minúscula letra em itálico da célebre livraria da rua Corrientes, número 515, especializada em livros alemães e estrangeiros em geral. Propriedade da também exilada Lili Lebach, judia-alemã, Pigmaleão (meu mito preferido, dito de passagem), ficou famosa porque era frequentada por Jorge Luis Borges, assim como pelo fato de ter sido a primeira a publicar A novela de xadrez, não na tradução, mas no original, antes mesmo das tradicionais editoras de Zweig em Estocolmo e Londres. Foi o primeiro e único livro editado por essa livraria, em edição de 250 exemplares numerados.

Estou convencido de que meu avô comprou essa edição. O livro aparece na sua agenda antes dos outros de Zweig que foram publicados nos anos seguintes. No entanto, não se encontrava na biblioteca dele. É uma pena, não apenas pelo fetiche de ter alguma coisa que quase me una diretamente a Stefan Zweig (a edição corresponde ao manuscrito, desaparecido, que enviou ao seu tradutor para o castelhano), mas, principalmente, porque meu avô costuma guardas coisas dentro dos livros, desde notícias de jornal até, como demonstrado, prospectos de medicamentos (porém, nunca um bilhete, meu avô!), e isso poderia ter me ajudado a resolver um grande enigma em torno da minha vida.

Tenho lá minhas suspeitas sobre o destino desse livrinho, que, por se tratar de uma primeira edição numerada, devia ter pouco valor comercial. Procurando o nome do meu avô na internet, encontrei que em 2001 ocorreu uma exposição de livros infantis judaicos, em Frankfurt, entre os que se destaca o curioso *ex libris* de um tal Enrique Magnus. A apresentação diz o seguinte:

> *Entre dois continentes, nada um livro. O ex libris de Enrique Magnus, que antes de emigrar provavelmente se chamava Heinz Magnus, simboliza o destino da maioria das quase 420 obras exibidas na exposição "Vida infantil judia no espelho dos livros infantis judaicos".*

Enviei um e-mail ao museu, perguntando quando tinham comprado o livro e de quem, porque não acredito que meu avô tenha vendido nenhum dos seus. Na resposta, me explicaram que tinham comprado não por causa do livro, mas pelo *ex libris*. Certamente, esse livro superestimado e boiando sobre o Oceano Atlântico, entre o continente americano e o europeu, contrasta com os *ex libris* tradicionais, tanto pelo seu dramático conceito como pela sua pobre execução. Para demonstrar isso, seria mais fácil reproduzir um desenho, mas esta novela é judia, pelo menos no que diz respeito ao segundo mandamento, de não fazer culto às imagens, talvez daí a nossa saudade secreta da Galathea de Pigmaleão.

Na resposta do museu também me revelavam o nome do livreiro que vendeu o livro para eles, e que era o avô de um colega de escola. O negócio desse homem, que não cheguei a conhecer, consistia em comprar, por pouco dinheiro, bibliotecas inteiras, principalmente na comunidade judaico-alemã, e depois revender alguns livros, poucos, porém por um alto valor, muitas vezes para compradores europeus. A minha hipótese é a de que ele deve ter comprado o livro infantil junto com toda a biblioteca de alguém que conheceu o meu avô, ou que pudesse ter esse livro dele, de repente até outros mais.

Como costuma ser o caso, meu avô mandou fazer o *ex libris* porque emprestava livros e depois não lhe devolviam. Paradoxalmente, nesse caso foi o próprio *ex libris*, pensado como garantia de retorno, que acabou se transformando no principal motivo para não devolver o livro. De todo modo, acho que ele teria ficado orgulhoso de saber que sua ideia chegaria a ter mais valor que o próprio livro, e de que acabaria sendo uma peça de museu no seu país natal. O cuidado com que preparava cada composição indica que ele aproveitou a desculpa de proteger seus livros para colocar neles o seu selo, no sentido mais artístico, pigmaleônico, da expressão.

Me dá pena porque provavelmente foi o que me tirou a chance de poder citar agora uma primeira edição de *A novela de xadrez*, e de repente encontrar, no meio de suas páginas, algum documento que possa ajudar a rastrear as andanças de Mirko Czentovic em Buenos Aires.

No entanto, tenho uma notícia sobre as andanças do próprio Stefan Zweig, que visitou a cidade em 1940, antes de se instalar no Brasil. Volto a traduzir do diário:

29/10/1940
Hoje escutei Stefan Zweig falando sobre "A unidade do espírito no mundo". Fala em espanhol no Colégio Livre (Libre). A quintessência da conferência foi que não existem, naturalmente, fronteiras entre país e país, entre pessoas e pessoas, mas, sim, que todos nós podíamos nos entender. Especialmente bela foi a comparação com a música, de que foi ressaltado o fato de que podia ser entendida por todo o mundo e que com sua linguagem universal ela transmitia algo a todos. Depois, sustentou que o espírito da cultura não podia ter seu lugar na Europa e, por isso,

chamou as pessoas daqui de herdeiros dessa grande cultura. Eu esperava muito mais da conferência, mas tive que observar que, inclusive nesse nível relativamente baixo, não causou a menor impressão entre os presentes. Foi então que entendi, espantado, que nossa maravilhosa cultura, tão cuidada na Europa, se perderá de maneira implacável se não aparecem pessoas que a protejam e continuem cuidando dela. Nem mesmo a América do Norte é o lugar indicado para a cultura a qual nos referimos. A estamos perdendo, certamente nos abandonará, se não se junta um grupinho de pessoas para salvar o que se possa. E por isso propus um plano para mim mesmo, sempre que o tempo me permita e as preocupações financeiras não arruínem minha intenção, de tratar de reunir, no início do próximo inverno, algumas pessoas que possam levar essa ideia adiante. Agora é necessário ver exatamente como poderia ser feito. De repente me vejo com uma grande tarefa pela frente.

A Alemanha já tinha invadido a França, e meu avô estava convencido de que um triunfo completo dos nazistas significaria voltar "à Idade Média mais profunda", daí a necessidade de resgatar o que ainda fosse possível. Uma anotação do ano seguinte traz de volta esse tema da missão, mais uma vez com um nível de euforia megalomaníaca quase delirante, o que de passagem mostra que meu avô não era um depressivo, mas um maníaco-depressivo, desses que hoje em dia denominamos bipolares e são tratados justamente com psicotrópicos.

3/4/41

Há uma frase no Disraeli [de André Maurois] — escreve agora em inglês — que fala de César e Napoleão. Imaginemos que tivessem morrido sem ser reconhecidos e sempre tivessem sido conscientes de que suas energias sobrenaturais podiam desaparecer sem criar milagres. Às vezes penso algo muito próximo disso. Embora raramente tenha essa sensação sobrenatural de estar destinado a uma missão especial. Quanto menos sigo o caminho de Deus, menos se produz essa sensação.

Cinco anos antes, o embarcar no *Vigo*, a missão que Magnus via para si era mesmo uma ordem divina. Esse lugar seria depois ocupado por Stefan Zweig. Apenas por isso se pode entender por que ele guardou, na mesma pastinha de courino vermelho em que estavam os documentos e outros papéis importantes dele que chegaram até mim, além de um recorte do jornal *Crítica* em que aparecem as fotografias do escritor e da sua esposa, mortos na cama, em Petrópolis. O suicídio de Zweig, no início de 1942, afetou profundamente o meu avô. Numa carta muito importante para ele, tanto que colou uma cópia no seu diário, enviada para seu melhor amigo, ele expressa seu sofrimento:

> *Há uma imensa dor no meu peito. O tempo todo tenho que dizer para mim mesmo: Stefan Zweig está morto, Stefan Zweig está morto. Inconcebível, sem palavras...*

Magnus menciona a conferência de 1940, quando o tinha visto já desgastado, rendido. Sem querer justificar o suicídio, entende que é um ato de liberdade e que o coração de Zweig, por sentir com os outros corações, não aguentava mais tanta tristeza e desesperança no mundo. "Me declaro devoto de Zweig", repete nessa carta, que termina com a notícia de que naquele domingo viria a ler uma *nouvelle* dele, junto com sua esposa Liselotte Jacoby.

Apenas conhecendo a história de Magnus com Zweig se explica que ele tenha guardado essas horríveis "fotos exclusivas de *Crítica*, trazidas por avião" junto com documentos tão importante como as cadernetas de poupança ou as fichas do cemitério judaico de Tablada, em que está indicada a localização das tumbas dos seus pais. E apenas com essa história de fundo faz sentido a surpresa que me provocou encontrar, entre esses mesmos papéis, um certificado de 1956, em que se afirma que meu avô era, na verdade, católico.

Monsenhor Dr. Alejandro Schell, prelado de S. Santidade, Pároco de Nsa. Sra. Da Paz, certificam que o senhor Enrique Magnus, alemão nativo, naturalizado argentino com vinte anos de residência, atualmente em Monroe 4140, Capital Federal, é Católico Apostólico Romano, e tem 42 anos de idade. Como responsável, atesto a verdade assinada e carimbada

O outro recorte de jornal que acompanhava o de Zweig é uma longa coluna do jornal *La Nación*, do ano de 1963, noticiando que esse monsenhor Alejandro Shell foi designado pelo Papa como bispo titular da diocese de Lomas de Zamora. Qual interesse pode ter tido meu avô pela designação de um monsenhor? De onde o conhecia, para que lhe fizesse um certificado atestando uma mentira? E para que queria um certificado desses?

Ao contrário do que tinha ocorrido no caso do Cenestal, dessa vez ninguém da família soube dar uma explicação. Uma possibilidade é de que tenha a ver com sua doença cardíaca, motivo que o fez consultar vários médicos, entre eles o Dr. Tiburcio Padilla, chefe do Hospital de Clínicas. Há um rumor de que esse Padilla era antissemita, porque, quando foi Ministro de Saúde Pública do governo militar que derrubou Frondizi, mandou intervir no Instituto Malbrán e tirou seu diretor, Ignacio Pirosky. O interventor demitiu quatro integrantes da divisão de biologia molecular, em que estava sendo desenvolvido um programa de estudos genéticos bastante avançados para a época. O chefe dessa divisão, César Milstein, também era judeu, e pouco depois renunciou ao cargo e se mandou para Cambridge, onde viria a obter o Nobel de medicina. Numa nota de 1963, leio que, segundo o Dr. Tibucio Padilla, "em cada hospital nacional ou municipal é preciso instalar salas psiquiátricas. Destruir a fantasia de que um 'louco é Napoleão' (frase de Alberto Mondet); é uma doença a mais, como as do fígado, as do coração ou a tuberculose".

Terá sido Padilla tão antissemita assim, que não atendia judeus e, por isso, meu avô tirou esse certificado? Terá sido ele quem receitou, no final dos anos 50, exatamente antes do primeiro infarto do meu avô, uma medicação tão nociva como o Cenestal guiado pela concepção psiquiátrica de que a bipolaridade é uma doença que se cura com drogas, e não com terapia?

Estas interrogações, para as quais dificilmente encontrarei respostas em quaisquer tipos de registros, me deram um impulso para escrever essa novela, que é também a do meu avô. Estou convencido de que a origem do mistério tem que ser procurada no torneio de xadrez de 1939, dentro do livro que, por falta de tempo (e por certo nervosismo!), Heinz Magnus nunca chegou a escrever. Que a verve ficcional corria por suas veias fica claro não apenas por aquele trecho de diário, sobre o *Vigo*, mas também pelo único conto dele que chegou até mim, sugestivamente intitulado "O achado":

> Era uma manhã de primavera, uma autêntica manhã de primavera. Pois se bem o sol brilhava, rindo desde o céu tomado por nuvenzinhas brancas, carregava ainda um certo ar invernal.
> Entrou pela porta de casa. A mocinha a levou até ali, lhe entregou o bastão de borracha e desapareceu, com passos apressados, na escuridão do corredor. Diria que a velha dama tinha uns sessenta anos, mesmo depois de ter passado dois anos do seu aniversário de número setenta. A frescura do rosto marcado por poucas rugas era salientada pelo negro profundo do cabelo que saía de tudo quanto é lado por debaixo do chapéu. Parecia ter problemas para andar, porque após alguns passos curtos e rápidos, tão regulares como desiguais, parou para descansar, apoiada no seu bastão. Estas aparentes tentativas constituíam o seu andar. O caminho levava até o maior parque da cidade, muito bem localizado. No caminho, alguns bancos, convertidos em magníficos lugares de descanso, através da reunião de árvores e arbustos, convidavam a fazer uma pausa. A velha se sentou num desses bancos. As crianças passavam saltando e rindo diante dela, com os pais atrás delas, fazendo gestos divertidos, enquanto outros visitantes manuseavam suas máquinas de fotos, a fim de capturar os misteriosos mecanismos da natureza. Depois de uma breve pausa, a velha se levantou e continuou caminhando um pequeno trecho, quando

de repente se deteve. Não tinha percorrido tanto assim a ponto de se permitir um repouso. Algo especial devia ter acontecido para que ela parasse subitamente.

Olha para o chão, observa uma vez, e outra, e agora com mais atenção que antes, as pálpebras se mexendo rapidamente, como se não enxergasse direito. Pega o bastão, bate com ele na terra e se inclina um pouco para frente. Não está completamente segura de que se trata do que ela suspeita. Avança apenas um pé, para tirar o objeto da areia e do pedregulho que cobre uma parte dele.

— Sim, uma moeda de cinquenta Pfennig *—, diz para si mesma. Tenta se abaixar, mas não consegue. Repete o movimento, mas agora o bastão não lhe deixa se mexer com liberdade. Então se põe de pé outra vez, segura o bastão com uma mão, na posição horizontal, se abaixa mais e mais, dobra um joelho, com a mão que segura o bastão, se apoia na terra e, com a mão livre, pega a moeda. Se levanta de solavanco e respira aliviada. Observa a moeda. Fica atônita. A expressão toma um ar de seriedade, depois raiva, as rugas da testa se aprofundam. Depois atira a moeda de cinquenta* Pfennig *na areia. Tinha pego uma moeda sem valor. Depois de limpar cuidadosamente as mãos, continuou seu caminho. Rapidamente, seu rosto se iluminou outra vez, as rugas da testa perderam a profundidade e dos seus lábios nasceu um pequeno sorriso, quando pensou na inscrição da moeda sem valor: "Deus ajuda quem cedo madruga".*

3. Forçar um empate

Assim como Mirko Czentovic, Sonja Graf chegou ao país por sua própria conta e sem um lugar assegurado no torneio. Em desacordo com o regime nazista, tinha se exilado em Londres, de onde veio para jogar sob qualquer bandeira contra Vera Menchik de Stevenson, a campeã absoluta entre as mulheres.

Justamente com ela passeava pela única sucursal estrangeira da loja Harrods, que festejava o fim do seu ano comercial com uma "grande venda de pré-estoque", e eram prometidos preços "de verdadeiro sacrifício" (!). Embora nenhuma de nossas enxadristas estivesse realmente interessada em adquirir um jogo de louça de porcelana inglesa com desconto, lhes fascinava a ideia de que esse edifício, que seria considerado imponente até em Londres, e que continha objetos de luxo difíceis de adquirir mesmo em Berlim, estivesse localizado nessa cidade longínqua, incrivelmente austral, ainda que em Buenos Aires quase não houvesse nada, começando pelo frio, que não desse a impressão de estar fora do lugar.

Havia outras vantagens, além de se proteger das temperaturas verdadeiramente invernais, em passear em lugares fechados. Antes de embarcar rumo à Argentina, Graf tinha ouvido falar de um país habitado por índios semisselvagens e onde eram desconhecidas as comodidades básicas, como o automóvel. Assim que desembarcou, percebeu que o maior perigo na cidade não eram os aborígines, mas justamente os carros, apesar de que ainda circulassem como em Londres, pela esquerda. "As pessoas atravessando a rua fazendo piruetas entre milhares de automóveis era para mim uma novidade que provocava alegria e ansiedade. A cada passo, eu esperava um acidente", anotaria em *Assim joga uma mulher*, um dos livros que publicaria ao se instalar no país.

— Não, meu pai, não, o da minha amiga! —, repetiu Sonja, saindo da escada num único salto.

— O quê, amiga? — Vera a seguia devagar, se arrastando, recordando com nostalgia as escadas rolantes do Harrods de Londres, e se perguntando o que seria mais luxuoso hoje em dia, se o mármore ou a tecnologia.

— Aquela que me convidou para a casa dela, porque era muito tarde para voltar para a minha, eu te disse.

Entre o seu inglês atropelado e a pouca atenção que sua colega lhe dava, a confissão espontânea de Graf corria sério risco de ser mal interpretada (como de fato aconteceu, a julgar pelas referências a sua infância de criança molestada que circulam em revistas e na internet). Não tinha sido vítima de abuso sexual, embora fosse certo que seu pai lhe batia e sua mãe a tratasse com indiferença. O que sim havia sido era testemunha desse tipo de abuso, porém em outra casa, precisamente nessa da amiga que a tinha convidado para passar a noite. Ela conta com todas as letras na sua confusa autobiografia, *Eu sou Susann*, outro livro que também publicaria em castelhano, ainda que se trate de uma tradução *sotto voce*, tão literal que por momentos se podia reconstruir, sem perdas, o original perdido.

> *Houve uma época na qual Susann — Graf usa seu nome verdadeiro para falar de si mesma na terceira pessoa — era enviada todos os dias para a casa de uma irmã casada, para cuidar dos filhos e ajudá-la nos trabalhos domésticos. Fazia isso com muito gosto, pois era uma chance de escapar da tirania dos pais. Geralmente, voltava tarde da noite.*
>
> *Certa vez, ao encontrar uma antiga condiscípula, começou a frequentar com ela os bailes, festas e cinemas, a sair com garotos. Susann, quando perguntada pelo seu pai o motivo de tanta demora na noite anterior, respondia:*
>
> *— Estava na casa da minha irmã.*
>
> *Numa dessas vezes, chegaram tarde demais, e Susann, assustada, explicou para sua amiga que a essa hora não poderia entrar nem em casa nem ir para a irmã. O que fazer? A amiga propôs que ela*

poderia tranquilamente dormir no seu quarto. Aceitou! Porém, antes de entrar, a amiga disse:
— Olha, tira os sapatos e não faça muito barulho, porque durmo no quarto dos meus pais.
— Tudo bem.
Silenciosamente, entraram sem que ninguém percebesse. Depois de um longo silêncio, escutou o pai dela falando bem baixinho:
— Está aí, minha filha? Você veio muito tarde. Não está com frio...?
— Sim, estou.
— Então por que não vem para minha cama? Posso te esquentar um pouquinho.
Saiu da sua cama e foi para a do seu pai. Passaram mais ou menos vinte minutos até que, de repente, Susann não quis acreditar em seus próprios ouvidos: pai e filha estavam tendo relações íntimas... Uma imensa repugnância tomou o coração da hóspede, que nada sentia um nó na garganta. Antes do amanhecer, se levantou e se despediu, sem dizer uma só palavra sobre o acontecido. Desde então, evitava essa amiga, e aos poucos foi esquecendo aquela feia e incrível experiência.

Ter visto o que tinha visto, e principalmente ter deduzido o que permanecera oculto aos seus olhos, não apenas a deixou terrivelmente impressionada, como também trouxe consequências imediatas para a sua vida. Dois meses depois, um detetive veio até a casa dela, disse que estava investigando rumores sobre relações incestuosas daquele homem e perguntou se ela, como amiga da vítima, tinha visto alguma coisa estranha. Embora tenha, primeiramente, pensado em mentir, o homem insistiu "com habilidade, jurando que não jamais mencionaria o nome dela, e que ela, diante de Deus, tinha a obrigação de dizer o que sabia, porque um assunto assim iria contra todas as leis humanas".

Susann Sonja contou o que tinha visto, e dois meses depois foi chamada para comparecer no julgamento, que tinha virado o assunto da cidade. Ali, conheceu pela primeira vez a timidez e o medo. Após prestar juramento e contar o que tinha visto, conheceu também as manhas dos advogados.

Aproximando-se a Susann, com uma fingida expressão de simpatia, perguntou:
— Você teve que fazer alguma coisa com homens?
Vermelha de vergonha, respondeu a interrogada:
— São coisas completamente pessoais e privadas, e me recuso a responder.
Ao que replicou o perguntão:
— Pois bem! Pensa direitinho, não quer nos dizer?
E nitidamente foram ouvidas as palavras repetidas:
— Me recuso a contestar!
A moça pôde notar nos olhos do seu desagradável inquiridor uma grande malícia. Novamente com a palavra, disse ele:
— Então, como pode saber que pai e filha estiveram juntos intimamente...?
Susann, tomada pelo desespero, foi declarada culpada por perjúrio, enquanto o verdadeiro culpado e a sua filha permaneceram livres e inocentes. E a isso chamam de justiça!

Sonja Susann passou dez dias na prisão. E depois sofreu o castigo físico dado pelo seu pai. Em seguida, a internaram num instituto de correção, dirigido por freiras. Do instituto guardaria apenas, com felicidade e alguma culpa, um fogoso encontro com uma coleguinha, na escuridão das escadas. Mas sobre isso nunca falou para sua colega Vera Menchik. Se atreveria a divulgar isso somente anos mais tarde, no seu livro, talvez por esse ar irreal que adquire a própria vida, quando é plasmada em um idioma estrangeiro (mas o inglês também era!).

O curioso não é o que Graf *não* contava para Menchik, mas o fato de que tivesse decidido a confessar algo tão íntimo como aquela experiência espantosa para uma pessoa que não era nada mais do que sua adversária. Talvez porque nunca conseguiu entender bem se sua amiga a tinha levado para casa sem perceber o quão estranha era a situação que vivia ou precisamente para ter uma testemunha direta do seu martírio. Sonja voltaria a fazer essa pergunta, quando estava no navio, na falta de alguém com quem pudesse passar as horas jogando xadrez, e agora a repetia diante de uma enxadrista, como se fosse possível ser conduzida ao porto seguro, com a sua resposta. O mais provável, porém, é que se tratasse de uma estratégia mais ou menos inconsciente, uma jogada prévia à primeira, que faria logo depois no tabuleiro, uma sub-reptícia *abertura*.

Suas possibilidades de ganhar eram, de todo modo, escassas. A representante da Rússia, que se tornara representante da Inglaterra, ostentava o título desde o primeiro campeonato mundial, em 1927, e parecia destinada a mantê-lo pela vida toda. E o manteria, realmente, ainda que não no sentido figurativo de "por muito tempo", mas porque sua vida acabaria muito cedo. Quase no final da guerra, seria atingida em Londres por um míssil V2 *Wunderwaffe*, de Hitler. A ironia cruel desse destino foi que essa arma, assim chamada, "milagrosa", era também a principal contribuição dos nazistas ao *Wehrschach*, o xadrez inventando por eles e baseado num tabuleiro de 121 casas com peças em forma de aviões de guerra, tanques, solados de infantaria e, claro, mísseis V2. O nazismo também criou a primeira associação nacional de xadrez, deixando de fora todos os judeus que participavam das associações regionais, e declarou o *Schach* "esporte de luta intelectual dos alemães", pois, segundo sua propaganda, nele as peças "lutam até a demolição do inimigo", seguindo as ordens do *Führer* (se tivessem lido Omar Kayam saberiam que não é aí que termina a cadeia!).

De todo modo, Sonja Graf era a primeira mulher que poderia disputar o cetro com a eterna campeã, e para conseguir a vitória estava disposta a usar qualquer arma, incluindo a confissão íntima, esse maravilhoso milagre entre colegas. Por outro lado, não gostaria de que um triunfo fosse sob o nome do seu país, cujo governo lhe causava mais aversão que sua própria rival. Por isso tinha querido jogar com outra bandeira, uma sua. No navio, tinha pensado que adotar a bandeira do sionismo, que exigia um Estado de Israel para o seu povo perseguido, seria a provocação máxima. Gostava da estrela de David bem grande no centro, quase como uma resposta *a priori* à suástica nazista. Tinha ouvido dizer que uma das propostas do movimento era instalar o país judaico em alguma zona Argentina[1], o que talvez explicasse por que sua bandeira também era azul e branca. No entanto, duvidava de conseguir autorização das autoridades, inclusive a da Palestina.

— Ruth usava um chapéu parecido a esse para pegar sol — comentou Menchik, apontando para a cabeça de cera de um modelo, de onde caía um cabelo castanho de um manequim, com a naturalidade que apenas um humano poderia oferecer.

— Qual Ruth? — com a ponta de um cigarro, Sonja acendeu outro, como costumava fazer enquanto jogava (outro indício de que realmente estava jogando!).

— Ruth Bloch-Nakkeruf, a norueguesa da qual te falava, a que os homens declararam Miss Xadrez, no navio.

Por ciúmes (odiava a chamada beleza feminina), Sonja tinha esquecido o nome, mas agora o guardava bem, aliviada. Uma mulher que usasse chapéus tão extravagantes assim não poderia competir com ela, que andava sempre com a cabeça destapada e no máximo usava uma cartola, como provocação. Fazia pouco tempo tinha começado a usar o cabelo repartido para o lado, que combinava com o corte curto, e uma eventual gravata acabavam por lhe dar um aspecto de homem. Femininas podiam ser todas as mulheres, inclusive Vera Menchik, essa balofa amorfa com cara de bebezona entupida de comida, mas a masculinidade era um tipo de encanto restrito a poucas privilegiadas. Basicamente, a ela e a Marlene Dietrich. Nessa ordem, acreditava Sonja, pois ser a Miss Marlene Dietrich do xadrez lhe conferia preeminência intelectual, outra característica (falsamente) masculina.

Mas essa petulância tipicamente malandra no vestir e até mesmo no pensar mascarava a profunda frustração de ainda não ter

---

[1] Cf. *El Estado Judío*, de Theodor Herzl (1896): "Argentina é um dos países mais ricos da terra, possui um território imenso, população escassa e um clima ameno. A República Argentina teria o maior interesse em nos ceder uma porção de território".

podido brilhar entre os homens, no que diz respeito ao xadrez. Tinha derrotado ou empatado com alguns jogadores de renome, como Rudolf Spielmann e Paul Keres, mas isso em partidas simultâneas ou em competições de pouco prestígio. Jogar de igual para igual com eles e derrotá-los nos grandes torneios era seu grande sonho desde que seu pai tinha lhe proibido ir com os irmãos ao Clube de Xadrez de Munique, escandalizado com a simples ideia de que uma senhorita frequentasse esse tipo de ambiente.

Aos enxadristas profissionais também não agradava que o belo sexo aspirasse a mais do que se entreter entre si. Se comentava, por exemplo, que o austríaco Albert Becker tinha proposto que aqueles que perdessem para uma mulher fossem registrados, por mera zombaria, num clube que levasse o nome da tal mulher. Em 1929, Becker enfrentou Vera Menchik de Stevenson e passou a ser o primeiro membro do clube dela. Logo se somariam outras figuras de destaque, o que conferia a Menchik a aura de um homem a quem fosse permitido jogar contra os deuses, e ainda por cima, humilhá-los. Nisso era muito mais masculina do que Sonja, e nenhum travestismo seria capaz de diminuir essa distância.

Foi até o lugar de onde vinha a música e começou a olhar os *singles* de tango, o único bem de exportação que conhecia do país, além da carne (embora duvidasse, do primeiro, se não tinha raízes parisienses, e imaginasse, do segundo, que fazia parte de toda a região, incluindo os países limítrofes). Carlos Gardel tinha morrido há alguns anos, e embora não o conhecesse de nome, sua voz soando agora num gramofone parecia algo familiar, como se cantasse em francês. Também conhecia o teor das letras, mesmo que não profundamente, mas o suficiente para saber que não poderia ter surgido entre índios. Era estranho que uma música de temática tão burguesa, tocada com instrumentos tradicionais, não a tivesse feito atentar para o fato de que seu lugar de origem tinha que ter sido uma cidade grande, talvez não tanto surpreendente como Buenos Aires, que lembrasse Paris até pelo seu frio úmido, mas pelo menos minimamente urbanizada, segundo o ideal europeu de civilização. Quem ela tinha pensado que compunha essa música? Quem ela pensava que dançava? As vacas no meio dos pampas? Os gaúchos nômades enquanto cortavam a carne?

De repente, a música parou. Sonja levantou o olhar na direção do gramofone e viu um homem importante gesticulando efusivamente. Parecia mais importante pela vestimenta do que pela atitude (todos nessa cidade pareciam bem vestidos, a começar pelos subordinados). Decerto era um gerente do Harrods, senão o próprio diretor, recriminando a algum encarregado da seção que tinha colocado essa música voluptuosa, de prostíbulo, para tocar num ambiente que não por acaso se dizia "o império da elegância".

O empregado trocou de disco e então começou a tocar uma ópera cantada por uma mulher de voz bastante aguda. Pouco depois, Harry Golombek e o resto do *team* britânico, que tinham perdido contra Vera momentos antes, apareceram pelo outro lado da sala. Sonja não pôde conter um sorriso debochado ao perceber que a urgência do diretor para trocar de música tinha a ver com a recepção aos europeus, colocando agora um disco que certamente tinha sido gravado naquele continente e que continha o mesmo tipo de música que aquelas pessoas escutavam na rádio, certamente sem prestar atenção alguma. O que mais a incomodava era esse preconceito positivo, segundo o qual todo enxadrista gostava de ouvir música clássica, de pintura e de alta literatura, quando na verdade é a maioria era contador ou no máximo matemáticos, sem nenhuma sensibilidade especial por manifestações culturais muito elevadas. Se por alguma razão o xadrez puder ser considerado um esporte, é porque seus jogadores costumam ser brutos como os que dedicam ao boxe.

Como não queria ficar mais uma vez presa na letargia amena do *"tea team"*, devido à morosidade com que se mexia a campeã (reflexo fiel do que aplicava nos seus movimentos no tabuleiro), Sonja rapidamente se mandou, ainda que isso significasse perder sua rival de vista e, assim, a chance de seguir com sua estratégia de abertura. No fundo, era um absurdo acreditar que o que fosse dito antes de sentar-se ao tabuleiro pudesse influenciar no resultado do *match*, ao mesmo tempo que tinha a intuição de que essa segunda vez que se enfrentariam pelo título seria a determinante (e o seria!), de modo que a única coisa insensata teria sido não fazer todo o possível para virar a disputa a seu favor. Há dois anos, tinha perdido por 2 a 9, um resultado proporcionalmente pior que o obtido num torneio de exibição em 1930, quando caiu por 1 a 3, de maneira que respeitar a progressão natural dos acontecimentos só podia prejudicá-la. Pensando bem, essa progressão dizia que ela sequer poderia participar desse torneio, portanto o jogo antes do jogo tinha começado algumas semanas antes, quando subiu no paquete com destino a Buenos Aires.

Pensando nessas coisas, e também que primeiro deveria assegurar um lugar na competição, Sonja entrou num dos elevadores Antes de ir embora, queria visitar o salão de chá, no oitavo andar, não pelo tão falado esplendor do lugar ou pela pretensa nobreza dos visitantes, mas pelos doces que eram vendidos ali, o seu grande vício, além do tabaco e do álcool (e a roupa masculina!). Apesar do nome, o elevador não a levou para o terraço, mas para o subsolo (e de pé, não sentada, apesar do seu nome em alemão: "cadeira de viagem"). Queria permanecer dentro da jaula de ferro até que empreendesse seu regresso etimológico às alturas, mas o ascensorista demorava tanto que por fim ela decidiu descer e visitar essa espécie de banheiro romano, muito iluminado e todo revestido de mármore de Carrara, e que era um cabeleireiro.

Havia um setor de damas, mas ela naturalmente se dirigiu para o de cavalheiros, onde foi recebida como se realmente o fosse e lhe avisaram que podia esperar numa das mesas do meio, todas já ocupadas (cabelo e barba a 0,75 centavos!). Menos com a ideia de aproveitar a promoção do que com a de descansar um pouco, e de passagem distrair-se diante do impagável espetáculo de ver homens tosquiando homens como macacos catando piolhos nas suas crias, Graf se sentou ao lado de um jovem com a cara séria e cabelo ondulado. O jovem, que não queria perder a oportunidade de ser atendido por pouco dinheiro num ambiente tão distinto, ensaiava desenhos às margens de um jornal repleto de fotos, numa das quais Graf reconheceu Menchik na ponte do transatlântico, estampando uma longa entrevista. Com certo rancor, pensou que ninguém tinha esperado por ela, muito pelo contrário, ela própria teve que procurar uns jornalistas do La Razón, que vagavam pelo porto e que publicaram uma foto em que o que mais se viam eram suas pernas (tinha justamente chegado durante uma onda de calor em pleno inverno, com temperaturas de até 18 graus, o que desatou uma epidemia de cobreiro). Uma nota concisa pouco simpática, que devido a sua ignorância no castelhano, por sorte não pôde ler, acompanhava a fotografia:

> Sonja Graf é uma mulher desenvolta e loquaz, pouco ou nada feminina, mais para feia, porém simpática e agradável. Ela sabe muito bem disso, e no porto foi taxativa: "Não é necessário ser bonita para jogar xadrez bem".

Voltando para o rapaz de pouco cabelo, o que parecia querer plasmar no papel era um croqui de meio planeta, da Europa até aqui, mas como se soubesse menos de geografia do que Colombo ou qualquer outro desses antigos cartógrafos que seguiam linhas ditadas por relatos pouco fidedignos, quando não diretamente pela fantasia e intuição.

— Merda! — disse, em alemão.
— Fala alemão! — se surpreendeu Sonja.
— Uma mulher! — se surpreendeu o alemão.
— É proibido?
— Não que eu saiba. Mas desfaz o corte.

Sonja sorriu. Gostava de estar no meio dos homens, porque, mesmo que parecessem muito sérios, no fundo sempre eram engraçados. E confiantes além da conta. Tudo o que uma mulher, claro, não era, e nem a deixavam ser, pois o-que-dirão?

— Dos artistas de circo, sempre quis ser a mulher barbuda. E o senhor?
Quem sorriu agora foi o rapaz. Nunca tinha se feito uma pergunta dessas. Pensava na sua missão na terra, na sua relação com Deus, no sentido da vida. No seu diário, apareciam perguntas como:

> *A terra morre, o homem morre, mas por isso se deve desesperar? Se as coisas materiais já são capazes de se tornar tão incomensuráveis, se poderia medir, ainda que aproximadamente, o mundo espiritual?*

Ou ainda:

> *Haverá Strauss na Argentina? Haverá também ali uma música pela qual sejamos tomados e com a qual possamos viver? De repente entendi o quanto estamos unidos a essa cultura alemã. Beethoven, Mozart, Haydn, Mendelssohn, Strauss e muitos outros. São obviedades? E como será do outro lado? Não sentiremos, de vez em quando, nostalgia? Não sentiremos nostalgia, em certos momentos, pelos dias em que vivíamos essas obviedades, em que éramos absorvidos por elas?*

Ou ainda:

> *Onde estou? Ainda posso amar? Amar não é viver? É possível viver sem amor?*

Mas qual artista de circo ele gostaria de ter sido, era uma pergunta que não teria escrito nem em cem anos de diário.
— Um anão — respondeu, com notável desenvoltura. — Um anão desses que saem voando.
— Carne de canhão, é isso que o senhor quer ser? Se enganou de continente!
Sonja lembrou da sua entrada no Harrods, onde na falta de um negro alto vestido de branco, quem abriu a porta foi um anão em libré verde, e acrescentou:

— Tenho medo dos anões.
— E eu tenho medo das mulheres barbadas!

A mulher passou a mão na barba inexistente (mas que gostaria de ostentar, nem que você por um instante) e fez o gesto de acender outro cigarro, desistindo logo em seguida, para não reduzir o deleite de continuar fumando o aroma das loções masculinas. Em um lapso de abertura autobiográfica, parecido ao que tinha tido diante de Vera, se viu tentada a contar ao rapaz sobre aquela vez em que tinha luzido não a barba, mas o bigode, durante uma volta pela Espanha, como escreveria depois em *Assim joga uma mulher*:

> Certa noite fomos com o casal Koltanowski a um baile de máscaras. Eu vestia minha roupa masculina e tinha um pequeno bigode, pintado. Quando cheguei na sala, as mulheres me olharam com olhos que não deixavam dúvidas... Decidida a me divertir, tirei uma delas para dançar, aceitou com tanto contentamento, que senti certo remorso. Continuei tendo "conquistas", e dancei com todas as mulheres da sala, até que, já rendida, me refugiei num sofá macio, e então que um dos meus amigos, que sabia do meu disfarce, se aproximou para me solicitar uma dança. Não quis que o pobre pensasse que eu desejava recusar seu convite, e fomos dançar. Imagina, meu bom leitor, o rebuliço que isso causou nas mulheres! Começaram os comentários e logo aquilo chamou a atenção do responsável pelo salão, que se aproximou de nós e disse com firmeza: "os senhores me perdoem, mas aqui não é permitido que dois cavalheiros dancem juntos".
> Tivemos que parar, e para não desiludir a todas aquelas mulheres, continuei sendo um homem durante toda a noite de festa.

Por medo de também decepcionar o rapaz, Graf desistiu de contar a história.

— Tínhamos que fundar nosso próprio circo — disse ela, por sua vez. — Como se chama?
— Magnus. Heinz Magnus.
— Magnus & Graf. O que acha?

— Graf & Magnus fica melhor — disse, galante, logo acrescentando, já com menos elegância: — É teu sobrenome de casada?
— Sim, meu marido está aí.

Sonja apontou para um dos que cortavam o cabelo nas amplas poltronas de couro, o mais feio de todos (sua fraqueza como mulher, e o que dizer se se desse conta de que detrás desse rosto austero se escondia o melhor poeta do século) e o único que não se contemplava estupidamente nos espelhos biselados (porque já começava a não enxergar muito bem). Nisso, o cabeleireiro masculino se parecia mesmo com um banheiro romano, pois ali os homens iam para se comportar como mulheres.

— Bobeiras — desmentiu Sonja. — Meu nome é Sonja, e na verdade sou solteira. Na verdade, meu nome é Susann. Sonja é meu nome artístico.

— A senhora pinta? — Magnus não pensou que podia ser atriz, não porque não parecesse, mas porque precisava de alguém que soubesse desenhar.

— Não. Quer dizer, melhor que o senhor, sem dúvidas. Mas não, sou enxadrista.

Magnus ficou perplexo, não se sabe se pelo ofício de Sonja, pelo fato de que considerava aquilo uma arte a mais ou se pela cara de pau com que tinha debochado do seu pouco talento para o desenho.

— É um desenho simbólico — confirmou. Um livro que viaja entre dois continentes, vê?

Sonja fez uma cara mais ou menos e perguntou o que devia simbolizar aquilo. Magnus respondeu com um gesto, o suficiente para indicar que se tratava de um *ex libris*, e ela disse que também precisava de um, mas em forma de bandeira.

— Uma coisa simbólica da minha liberdade — disse.

— Um "ex livre" — devolveu Magnus, tentando fazer um jogo de palavras entre dois idiomas que não eram seus e que terminou sendo, pelo menos para sua interlocutora, tão falido como o esboço do contorno dos dois continentes.

41

Virou o diário e rabiscou uma bandeira com a palavra "Livre" no meio. Depois a recortou (embora preferisse ter feito aquilo com a tesoura, como fazia com os recortes que colava no seu diário) e a estendeu por cima da mesa.

— Para mim? — perguntou Graf, emocionada. — Que bonita. A usarei no torneio em que Goebbels me proibiu usar a da Alemanha.

— A mim, proibiu de viver na Alemanha.

Sonja tirou os olhos do recorte e pela primeira vez olhou para o rapaz com seu olhar real, feminino. Magnus conseguiu suportá-la apenas por uns segundos, e logo tirou os óculos limpos e voltou a limpá-los com a ponta da gravata. Sonja quis perguntar se era judeu, mas disse apenas que era meio cigana. Com esse nariz, como não seria judeu? Quis beijar aquele nariz. Quis abraçá-lo em nome de todo o povo alemão que não estava do lado dos assassinos.

— Bem, tenho que ir embora — se levantou.

— Posso acompanhá-la? — Magnus permaneceu sentado, duvidando da estabilidade de suas pernas.

— Acho que consigo enfrentar sozinha o anão verde na entrada, e não quero que você perca sua vez.

Se afastou, fazendo sua bandeira libertária tremular pelo salão, não sem antes ameaçar passar pelo teatro Politeama, para vê-la competir.

Com um olhar que despertou suspeita nos outros clientes, acerca da moralidade daquela relação, Heinz seguiu com os olhos os passos dela. Sabendo da questão do disfarce, o que talvez escandalize nosso próprio olhar é que, da perspectiva do rapaz de vinte e seis anos, a senhorita Graf, com seus trinta já completados, era uma mulher quase velha. Mas como tinha o cabelo curto, como minha avó, inclusive já desde jovem, entre outras semelhanças (as duas eram alemãs e inteligentes, as duas eram pequenas, mas de boa silhueta e com um olhar entre sonhador e assustado), há elementos o bastante para assumir que meu avô tivesse gostado dela, mesmo com a idade. Mesmo não sendo judia, inclusive, porque parecia sê-lo, pelo menos no sentido de que também enfrentava os nazistas. No final das contas, nessa época meu avô buscava desesperadamente um amor:

> *Na verdade, não tenho nenhuma razão nem sequer um motivo para escrever o que seja — escreve dia 10 de setembro de 1939, ou seja, alguns dias depois —, mas às vezes sentimos a necessidade de dizer algo, que é mais expressão de sentimentos do que de palavras ou de coisas. Minha vontade é encontrar uma garota simpática com que possa viver como bons companheiros. Não juntos, mas sim como bons amigos. Acho que nesse sentido não poderia descartar o aspecto sexual.*

4. Seria uma partida para perder

— Não tenho nada contra o xadrez — disse, apontando para as pernas da enxadrista na foto do *La Razón*. A única coisa que digo é que não é um esporte. E esta sessão é de esportes. É como se eu te pedisse para colocar, não sei, uma receita de cozinha em Notícias Internacionais. Mesmo que fosse de chucrute, não tem a ver. Além disso, você quer que eu tire meia página do boxe, que é a coisa mais oposta ao xadrez que existe. Isso aí já é uma luta.

Quem falava com essa veemência toda, manuseando um Imparciais (qual outra marca poderia fumar um jornalista?), era J. Yanofsky, de quem só conhecemos uma anedota que apareceria muito tempo depois, num semanário digital sobre xadrez:

> *Entre os feitos curiosos ocorridos durante a olimpíada, a história ressalva o seguinte: dois irmãos de sobrenome Yanofsky disputavam o torneio por países diferentes, e foi ali que se conheceram. J. Yanofsky, de 45 anos, nasceu na Ucrânia, e foi para a Argentina em 1919. Seu pai permaneceu na Ucrânia, emigrando depois para o Canadá e levando seu filho de seis meses, Abe Yanofsky. Abe chegou a ser o melhor jogador de xadrez do país, e foi selecionado para jogar no primeiro tabuleiro. Lendo a lista dos participantes, J. Yanosky se surpreendeu, e ficou ansioso para conhecer A. Yanosky, da equipe canadense. Quando mostrou a foto de seu pai para Abe, ouviu a exclamação, "Esse aí também é meu pai!", e felizes se abraçaram.*

O que essa fonte chama "a história" é nada mais que um comentário anônimo numa página de internet, dedicada a Daniel Abraham (Abe) Yanosky. O outro Yanofsky não aparece entre os membros da equipe argentina, nem de qualquer outro país. O próprio Abe Yanofsky termina por escavar a veracidade do conto, também pela via negativa: entre as suas impressões daquele torneio, gravadas no seu livro autobiográfico *Chess the hard way!*, não fala uma palavra sequer sobre esse episódio que mereceria um livro inteiro. Se trata, portanto, de uma ficção, como a de Mirko Czentovic? Quase. No jornal *La Razón* de sábado, 26 de agosto, aparece o seguinte:

> *O jovem Yanofsky está sempre meio aéreo. Não é para menos. Encontrou seu irmão em Buenos Aires, e em Buenos Aires joga, pela primeira vez, o Torneio das Nações. Uma lembrança que sempre lhe será familiar.*

A seção que captura essa anedota e a lança para a posteridade se chama "Entre os tabuleiros", e é assinada por "O espectador público número 1". Nela, podemos encontrar coisas como: "Acreditava na democracia: explorava a defesa francesa", ou: "Alguns sobrenomes dos participantes são um exercício de paciência. Parecem um abecedário ao contrário". Como se nota, trata-se de uma seção de humor, ou que pretende sê-lo. Portanto, não é demais supor que a anedota de Yanofsky seja uma piada interna entre colegas, que agora nós (nosso eu majestoso, querido avô) propomos continuar, novamente segundo a regra da peça tocada, peça mexida, nesse torneio das noções (jogo literário), em que o jornalismo funciona como elo perdido entre a realidade e a ficção.

— Em vez de olhar as pernas da alemã, veja que aí em *La Razón* está o recorde de inscrição no torneio de xadrez, e do lado está a foto do nosso boxeador, depois do golpe baixo que levou do chileno.

O editor de Internacionais, que podemos chamar de Renzi, como o alter ego de Ricardo Piglia, que trabalha de jornalista em *Respiração artificial*, mesmo que, pela data, tenha de ser o pai, ou melhor, o avô; o editor de Internacionais, Emilio Renzi (avô), tinha se voltado para esse tipo de jornal, onde Yanofsky tinha trabalhado antes de entrar para *Crítica*. Alguns minutos antes, tinha tentado convencê-lo da proximidade entre os dois esportes, mostrando a notícia em que um enxadrista argentino contava que, como preparação para o campeonato mundial, tinha tido aulas de boxe, e que a primeira coisa que fez ao chegar no "campo de concentração" (assim podiam ser chamados os campos de treinamento em 1939) foi perguntar se havia um *punching ball*.

— Mas que chileno mais sujo! — disse Yanofsky, sem olhar a notícia, pois tinha assistido à luta . — Desde o primeiro *round*, ficava provocando nosso lutador. Se não era uma cabeçada, era um empurrão, se não era um empurrão, era outra artimanha qualquer. Está vendo? No xadrez não se pode fazer isso. E é parte do esporte. E olha, de repente até te digo que é a parte mais importante.

Num gesto firme, como se ainda estivesse diante do *ringside* — e seu cinzeiro tinha essa forma —, apagou o cigarro.

— Ou seja, você dá razão às atitudes antiesportivas do chileno, que, além do mais, perdeu — disse Renzi . — Não tem lógica nenhuma.

— Tem lógica esportiva, Emilio. Parece simples, mas é mais complicada que o xadrez.

Renzi pediu que a explicasse, mas Yanofsky respondeu que não era possível, porque estava cheia de contradições. Renzi, então, retrucou, pois o xadrez também não era um jogo livre de zonas escuras. E não dizia isso por causa das casas negras, que de fato nem sempre tinha sido negras, agregou imediatamente, mesmo que agora a alternância entre branco e preto se chamasse "enxadrezado", fazendo referência ao tabuleiro como se tivesse sido criado por Deus, junto com os tigres (por causa de "tigrado", sentiu a obrigação de explicar). Nos seus primórdios, a superfície tinha apenas casinhas brancas, somente quando chegou ao Ocidente colocaram cor, para que ficasse mais fácil de discernir.

Yanofsky fez uma cara de espanto, acendeu outro cigarro e perguntou a Renzi por que não aceitava cobrir o torneio em Internacionais, já que sabia tanto do assunto. De todo modo, a maioria dos participantes era estrangeira, acrescentou, com a boca cheio de fumaça, exalando um argumento não menos enfumaçado. Renzi, cujo problema era saber de quase todos os assuntos, aceitou o cigarro que seu colega lhe deu — menos um convite que um suborno, como o solícito fósforo já acesso —, mas logo contra-atacou a resposta por dois lados diferentes. Primeiro, mencionou a situação na Europa, que não deixava espaço para nada, e que na sua opinião devia obliterar qualquer outro assunto (como de fato estava fazendo, salientou Yanofsky, que por estar mais a par das pelejas nos *rings* portenhos do que das que promovia Hitler lá no velho continente, vivia o desenvolvimento da seção Internacionais com mais espanto do que o mundo vivia o avanço dos nazistas). Em segundo lugar, Renzi afirmou que não estava em condições de cobrir esse esporte, porque, embora soubesse alguma coisa de sua história, não dominava plenamente a parte que Yanofsky chamava de "esportiva", que pelo que tinha entendido, não estava menos desenvolvida no âmbito do tabuleiro. Citando sem mencionar uma água-forte do colega Roberto Arlt, lembrou que Isaías Pleci começava a cantarolar, ia quarenta vezes ao banheiro, deixava cair cinzas de cigarro no tabuleiro e derramava café. Aparentemente, valia tudo na hora de ganhar uma partida de xadrez, que, portanto, devia ser considerado um esporte, até mesmo no sentido antiesportivo do termo.

— E continua chamando de esporte um jogo em que os participantes não saem da cadeira.

— Ir ao banheiro não é sair da cadeira? Além do mais, passar horas e horas sentado também requer uma habilidade física.

— Certo. Mas então teríamos que colocar em Espetáculos. Por alguma razão o fazem no teatro Politeama e não no Luna Park. Renzi não tinha falado com o editor de Espetáculos, e esse argumento não era ruim, no entanto tinha ordem de convencer ao de Esportes, não de pensar, ainda que cumprir com sua tarefa lhe estava custando mais massa cinzenta do que o esperado.

— Sabe que em Espetáculos tudo é pago.
— Sem, principalmente com as atrizes.
— Eles falam a mesma coisa de vocês com os boxeadores.
— Muito engraçado. Agora te digo, por que não pedem dinheiro para o povo da Federação de Xadrez?

Depois de explicar que a organização tinha se endividado para realizar o torneio, e isso que nem tinham conseguido trazer os norte-americanos, campeões do torneio anterior, Renzi voltou ao ponto de antes e argumentou que com o critério do movimento, ou da falta de, as corridas de cavalo também não deveriam estar na seção de Yanofsky, porque tecnicamente o jóquei não saía da sua cadeira.

— O jóquei não se mexe — concordou Yanofsky, embora soubesse que a relativa falta de movimento dele não se comparava com a de um enxadrista diante do tabuleiro —, mas o cavalo sim, e estão tão unidos como o boxeador e sua luva

— Ou como o jogador de xadrez e suas peças, os cavalos, por exemplo, para não ir mais longe.

— Para não ir mais longe do que alcança um braço, claro.

O jóquei não se mexia muito, mas pelo menos podia cair, podia se machucar, continuou Yanofsky, enquanto o jogador de xadrez pode, no máximo, ficar atrofiado de tão imóvel. E o certo é que, concluiu, não podia haver esporte se não existisse a possibilidade de uma lesão física. Em vez de atacar *ad hoc* esta nova definição da atividade corporal de tipo competitiva, tão ou mais duvidosa como as anteriores, Renzi caiu novamente na armadilha do saber oportuno. Como um galã que não consegue guarda para si mesmo suas aventuras extramatrimoniais sequer diante da sua esposa, alegou que as lesões que o xadrez podia provocar eram, em rigor, muito mais graves que as do hipismo, pois os enxadristas não machucavam uma perna ou um braço, mas diretamente a cabeça, por dentro e para sempre. O risco de ficar com o crânio quebrado em 64 pedaços era tão alto, que algumas religiões tinham até proibido o jogo, embora isso também tivesse a ver com uma época em que jogava xadrez misturado com dados, em que era decidido ao acaso que peças deveriam ser mexidas e em que direção. De todo modo, nunca faltava quem comparasse o jogo com o álcool e outras drogas, contradizendo o preconceito positivo de que sua prática incentiva o pensamento. Pelo contrário, para essa gente, se tratava de uma forma sofisticada de imbecilidade, como a mania de fazer palavras cruzadas. Outros viam um perigo ainda maior no xadrez, pois o tomavam menos como uma metáfora da guerra do que como um gerador dessa violência que dizia canalizar. Não por acaso, um dos contos clássicos sobre o tema, cujo nome Renzi gostaria de lembrar, tinha como protagonistas um negro e um branco que disputavam uma partida com final violento, em que o negro derrotava o branco, e por isso o branco matava o negro.

— Perfeito, então coloca em Policiais, vão te receber de braços abertos.

— Mas para me cravar um bispo nas costas — inconscientemente, Renzi pareceu se lembrar do título do conto, "O bispo negro". — Acabo de oferecer uma história genial sobre um suposto espião nazista que quiseram dar para mim, porque o sujeito é alemão, e não a aceitou, então imagina...

Nesse instante, passava pela frente da seção de Esportes justamente o de Policiais, acompanhado do diretor do jornal, Natalio Botana. Renzi os parou, na verdade para falar com Botana, mas a primeira coisa que fez foi se dirigir ao outro, querendo saber se conhecia o conto em que um branco mata um negro, depois de uma partida de xadrez. Policiais o mandou perguntar esse tipo de coisa no suplemento de domingo, como quem manda um amigo meio afetado para uma discoteca com fama de ser para homossexuais, mas logo lembrou que há pouco tempo tinha lido um livro de detetives em que matavam alguém com um bispo branco. Antes de que Renzi perguntasse, disse que não sabia o título, porque não se atentava nessas viadagens, e continuou caminhando para sua seção.

Falando em viadagens — disse Yanofsky —, repara que se pode falar que vi haver um *jogo* de futebol, mas de xadrez é sempre *partida*, como as de gamão ou de cartas. Aí você já tem um abismo entre o que é esporte e o que não é.

— Aqui estou com o colega Yanofsky, tratando de definir o que é o xadrez — explicou Renzi para Botana.

— O xadrez é uma ciência — sentenciou Botana, surpreendendo a ambos. — Como a matemática. Ou como a física, melhor dito. Porque também tem essa coisa (do acaso) da teoria quântica, não é mesmo? O que distingue o xadrez das ciências é o fato de que é completamente inútil.
— Como a arte — disse Yanofsky.
— Como o esporte — disse Renzi.
— O esporte faz bem para a saúde.
— Diga isso para os ovos do cara que lutou ontem contra Godoy.
Botana ficou rindo daquele duelo retórico, e eles, também. O que por fim ajudou a baixar a tensão. Mas como não havia seção de ciência, muito menos de filosofia, não era possível dizer, como se diz, que tinham avançado uma casa na solução do problema. Renzi, então, deu a entender que pela argumentação não encontrariam a solução que exigia o jornal, e o jeito seria requerer uma ordem inapelável vinda de cima, o que ele não poderia impor a um colega do mesmo nível hierárquico. Antes de abrir a boca, Botana meditou uns segundos.
— Vamos fazer uma coisa — disse, finalmente. — Vamos jogar uma partida rápida do nosso jogo-ciência, cinco minutos de tempo para cada um. Quem ganhar fica com o torneio.
— Como quem ganhar? — se assustou Yanofsky, embora fizesse muito tempo que não jogava.
— Quem perder, o senhor diz — disse Renzi, também surpreso, embora soubesse mais da história do jogo do que do jogo em si, que não praticava desde a adolescência. — Aqui nenhum dos dois quer...
Mas Botana já tinha saído caminhando, indicando que o tabuleiro com as peças e o relógio estavam no seu escritório, e que falassem com sua secretária.

5. Um trabalho baixo

O primeiro trabalho que Heinz Magnus conseguiu na Argentina foi, claro, numa empresa alemã, a metalúrgica Segismundo Wolff AS. Ele tinha que fazer tarefas administradas, o que não lhe agradava e, ainda por cima, recebendo muito mal. Segundo a declaração jurada, que seria apresentada às autoridades alemãs, muitos anos depois, reclamando uma aposentadoria em marcos, além de um subsídio pelas sequelas deixadas pelo nazismo, entre elas a de ter que viver num país que ele nunca chegou a adotar completamente, tendo em conta que continuou escrevendo no seu idioma materno até a última linha do seu diário. De acordo com o documento que tenho ante meus olhos, o valor mensal era de 170 pesos em moeda nacional (e passaria a ser 175, no mês seguinte). Era quase o preço de uma rádio Victorette de 5 válvulas, o equivalente a 17 latas de 5 litros de azeite Valiente, no armazém El Luchador, ou ainda uns quarenta dólares no câmbio oficial. Pouco dinheiro, em todos os casos, para manter três pessoas. Por isso, e certamente para pagar as dívidas que deve ter contraído para financiar seu exílio, Heinz parece ter tentado conseguir algo mais do seu antigo empregador, sem ter tido êxito.

> *Hoje alguma coisa se quebrou em mim* — escreve na segunda anotação no seu diário, um ano e meio depois de ter chegado a Buenos Aires. — *A ilusão de que um empregado vê no seu empregador um colega. O interesse que eu tinha por G.R. estava simplesmente acima da média...*

Interrompo a citação para dar vez a outra do ano anterior, que serve para confirmar que efetivamente se dedicava ao trabalho mais do que deveria ou mesmo queria:

Faz dias, semanas, meses, que temos trabalho demais. O negócio exige todas as minhas forças. Tantas, que de vez em quando, e nesses casos, por um longo intervalo de tempo, parece desaparecer toda a vontade de aprofundar e dar forma a minha vida. Nem um [Martin] Buber consegue penetrar no meu interior, e cheguei até a desperdiçar a chance de uma muito possível correspondência com ele. Um péssimo sintoma.

Voltemos a 1973:

...e depois de escrever uma longa e detalhada carta para o Dr. R., recebo, hoje, a sua resposta. Amável, sem dúvida, mas com a inconfundível mensagem subliminar de que não volte a escrever para ele. Claro que isso não é uma preocupação, mas também não é uma alegria, principalmente pelo sofrimento que meu coração tem de suportar por causa daquela pessoa espantosa e terrível. Quantas vezes eu deveria ter escrito aqui, e hoje é a primeira. É uma sorte enorme o que podemos viver aqui, mas, por outro lado, o Altíssimo nos castiga muito. Poucas vezes, como nestes últimos meses, desejei tanto ter uma independência econômica, poucas vezes os meus pensamentos estiveram ocupados apenas com o problema de economizar dinheiro. Mas existe o mundo que existe e aquele outro, que desejamos construir.
Se dependesse de mim, saberia como resolver a questão com essa pessoa tão má; poderia suportar tudo isso sozinho, mas sofro por três pessoas mais. Minha querida mãe, que tanto se esforça, que tanto se preocupa, que tem tanto trabalho, e para quem é tão difícil se aclimatar; meu pai, que já tem 63 anos; e por último, Astarte, que arruína sua juventude, sofrendo horrivelmente.

Astarte é sua irmã Hertha. Um apelido duplamente curioso, primeiro porque se trata da deusa que se passa pela irmã de Adônis (o que beneficia não quem recebe, mas quem outorga), e segundo porque é a deusa da fertilidade, e a verdade é que Hertha não teve filhos (alguns anos antes, ficara estéril, após abortar uma gravidez extrauterina).

Sobre a carta mencionada por Heinz, mesmo que preferisse que fosse para o Dr. B. (sabe quanto valeria hoje em dia uma resposta autografada de Buber, meu avô?), o certo é que foi endereçada ao Dr. Leo Robinsohn, fundador, com seu irmão Max de Gebrüder Robinsohn, de uma importante casa de modas em Hamburgo, para a qual Magnus trabalhou desde os 17 anos, depois de concluir os estudos na Talmud-Tora Realschule, a maior escola judaica do norte da Alemanha. Durante quase uma década, foi vendedor, enquanto se especializava no comércio têxtil, o mesmo em que depois viria a trabalhar seu filho (meu pai). Mas o que ele gostaria de ter feito, e de algum modo tentou, era estudar na universidade:

> *Hoje passei diante de janelas iluminadas* — escreve pouco antes de emigrar. — *Janelas que pertencem a um edifício que amo. É a quintessência do cumprimento dos meus desejos. E quando o vi hoje diante de mim, dois mundos de sensações lutaram por predominar. Quantas vezes entrei ali, na universidade, para escutar as pessoas que se comunicavam conosco. Um verdadeiro eflúvio corre pelas salas, e os corações velam e respiram. A pausa era apenas uma interrupção no discurso do docente, pois nós nos entregávamos ao amplo reino do espírito. Mas agora a universidade estava fechada para os judeus. Salas que nos significaram mundos! Os judeus não são bem-vindos. Mas continuamos... Não queria estudar? É o meu ofício atual uma verdadeira vocação? Não seria útil para a humanidade estando em outro posto mais autêntico? A universidade já foi um lugar, tomara que a encontre outra vez no caminho da minha vida.*

Do outro lado do oceano, em La Plata, meu avô reencontrou este lugar, porém mais uma vez teve de ficar de fora:

> *É uma pequena cidade, muito bonita* — diz sobre La Plata, em 13 de fevereiro de 1939. — *Diante da universidade, subiu pelas minhas veias aquela vontade ainda intacta, tão forte como antes, de querer estudar.*

Porém, tinha que trabalhar, e só pode se dedicar aos estudos quando adoeceu, vinte anos depois, e já um pouco agnóstico, de modo que preferiu aprender grego clássico a estudar hebraico. Sua condição de judeu — voltando aos tempos alemães — arruinou não apenas as suas perspectivas acadêmicas, mas também freou qualquer chance de escalada laboral, até mesmo antes de ter de fugir do país.

> *Minha situação na empresa ficava cada dia mais difícil* — diz em sua breve autobiografia oficial, escrita para as autoridades alemãs, pouco antes de morrer. — *O decreto segundo o qual um ariano não podia apertar a mão de um judeu, abstendo-se de conversar com ele e manter contato direto, me afastou dos meus colegas. Chegou a um ponto em que fui boicotado, e como era o único vendedor judeu no depósito de tecidos, ficou praticamente impossível, para mim, atender os clientes, de maneira que meus ganhos diminuíram.*

Depois conta que se negou a participar da reunião sindical do *Arbeitsfront*, ou Frente dos Trabalhadores, porque havia uma foto do anão antissemita (que todos guardavam dentro, e os alemães, fora), o que lhe acabou trazendo "incríveis humilhações e hostilidades", e o medo constante de ser deportado para um campo de concentração (no sentido não esportivo do termo). As perseguições também aconteciam no ambiente escolar: numa excursão a uma tecelagem, foi atacado por dez companheiros do instituto superior, "sem nenhuma razão, ou melhor dito, a razão era por eu ser judeu". Essa visita foi a primeira coisa que meu avô escreveu num caderno, precursor do seu diário, onde anota algo que parece o ter horrorizado ainda mais:

> *Visitamos a fábrica Bischoff & Rodatz. Um homem da empresa se encarrega de nos guiar. Passa algumas instruções e abre uma porta. Entramos numa grande sala. Máquinas e mais máquinas, com gente parada na frente delas, um barulho estridente, fedor. "Sim, trabalhamos por produção", me responde uma moça à per-*

gunta que fiz. Na segunda sala, um panorama quase igual. Paro do lado de uma máquina em funcionamento e observo o que é que essas meninas fazem aqui. Imaginemos ter que passar oito horas na frente de uma máquina para vigiar que funcione bem, só para isso, e se um fio sai do rolo, voltar a ajustá-lo. Oito horas seguidas. Durante anos. Quem é a máquina aqui?
Com um colega, fizemos o caminho de volta à loja. Ele tem um pé meio torto, por isso não pode andar rápido. Eu tenho os pés sãos, e não posso andar, não me animo a andar. O tempo todo tenho essas moças na minha frente, vejo essas máquinas vivas paradas na frente das máquinas.

Também nós voltando a *Irmãos Robinsohn*, o curioso é que a empresa era judia, e o filho dos seus fundadores, Hans Robinsohn, foi um ativo membro da resistência. Depois teve que se exilar na Dinamarca, para onde a firma tinha mandado meu avô, por algumas semanas, para que se recuperasse da sua insônia, dores de cabeça e problemas cardíacos, que começaram quando Hitler chegou ao poder. Foi pelos seus pais que não ficou lá, pois parece que não podiam ficar sozinhos. E se não se uniu a Hans Robinsohn na luta contra os nazistas, talvez tenha sido porque não tinha o que se chama espírito combativo, uma coisa que tentaremos (não é mesmo, vô?) remediar aqui.

6. Ou uma partida ao contrário

Sonja Graf pediu outro conhaque, e continuou folheando *Crítica*, que ela tinha comprado por ser o jornal com mais fotos. Às vezes parava em algum artigo e tentava lê-lo com a ajuda do dicionário Espanhol-Alemão, que apesar de minúsculo, sempre tinha as palavras que ela procurava, o que por fim não se sabia se era pela qualidade do dicionário ou se pela falta de qualidade do espanhol dela.

"Preso na cadeira por causa do reumatismo", leu debaixo da notícia em que Savielly Tartakower vaticinava quem seria o campeão do torneio ("Provavelmente a equipe argentina, porque, certamente, estão bem acomodados"). A foto que acompanhava essa notícia médica parecia ser também a de um dos enxadristas do Piriápolis, que apareciam em outras imagens, de tanta gente que tinha viajado naquele navio, e acabava sendo impossível reconhecer qualquer um deles, nem mesmo de vista. Palavra por palavra foi decifrando quem seria esse jogador desconhecido que sofria um achaque bastante propício para sua atividade, cuja maior virtude era justamente ficar quieto. Conhecia as conjugações e desinências dos vários tipos de palavra, assim como as regras gramaticais suficientes, e só faltava preencher essa estrutura com o conteúdo do dicionário, e à medida que passasse o tempo, também com suas exceções. Nem mesmo nisso a língua se diferenciava do xadrez, senão por uma questão de graus, que sequer era assim tão grande, se se comparava a utilidade relativa dos dois saberes. O movimento irregular do cavalo equivalia todos os verbos irregulares de um idioma, tendo em conta o que se podia fazer com um ou com outro dentro dos respectivos âmbitos.

Para ela, o mais difícil também era ficar *presa na cadeira*, segundo a curiosa formulação do artigo. Preferia o esforço de conservar diante dos olhos um tabuleiro inexistente, como nas partidas às cegas, a se ver obrigada a manter uma mesa e uma cadeira como centro de gravidade do seu corpo, às vezes durante toda uma noite. A essa impaciência se deviam seus impulsos ocultos em realizar ataques ferozes, em matar ou morrer, como também seu pouco apego pelas peças, reflexo do seu pouco apego a qualquer coisa que supostamente fosse sua. É que no fundo, Sonja não acreditava na propriedade privada, nem mesmo na do seu corpo, simbolizado no tabuleiro pelas diferentes peças, com exceção do rei, a quem defendia por puro instinto, como se defende a vida na hora de um ataque mortal. Jogava, então, para perder, como tinham feito os editores do jornal nas mãos dela, numa partida que, diga-se de passagem, tinha terminado empatada, e por isso as notícias sobre xadrez saíam em "Notícias Variadas"? De jeito nenhum. Sonja considerava impossível jogar o xadrez senão fosse para ganhar, entre outras coisas, porque era muito simples querer perder, pelo menos quando se jogava em determinado nível. Em relação a fazer isso diante de um novato, era na verdade ganhar em dobro, porque mexia as próprias peças e também, por sugestão, as alheias.

"Tome hoje mesmo Pílulas Dodds para os rins e para a bexiga...", leu Sonja no fim do artigo e finalmente percebeu que a notícia sobre o passageiro reumático se tratava, na verdade, de uma publicidade velada, e ainda por cima de um produto que ela conhecia do seu país. Se sentiu uma estúpida, embora tivesse que ser muito inteligente para se dar conta do engano em uma língua que desconhecia completamente até algumas semanas atrás.

Deixou o jornal de lado e foi acender um cigarro, estendeu a tacinha para o garçom de jaqueta branca e modos prudentes, como de médico que dá a um paciente sua dose medicina líquida — talvez isso também fosse publicidade velada —, e tratou de se concentrar novamente no jogo de xadrez que ela tinha aberto na sua mesa. Uma dessas pequenas caixas de madeira em que cada tampa forma uma parte do tabuleiro, e dentro ficam as peças, guardadas em uma extensão com uns buraquinhos que correspondem a cada uma das casas, o que servem para colocar as peças que vão saindo do jogo. Preferia essa versão antiga às novas, com ímãs, não porque eram mais estáveis (nenhum enxadrista deixa de poder reconstruir qualquer posição de um tabuleiro que de repente cai no chão), mas pelo difícil que era desencaixar e voltar a encaixar peças naquele modo. Essa suposta desvantagem multiplicava a força de gravidade das peças, no sentido entre o figurado e o literal, que Graf, com sua leve inclinação suicida, não conseguia sentir nos outros tabuleiros. Acostumada a madeiras talhadas que pesavam um pouco mais que os dedos que a faziam voar de um lado para o outro, jogar com essas pequenas árvores enraizadas era como transportar menires (uma sensação anacrônica apenas se esquecemos que Obelix, apesar de ter sido criado no final dos anos cinquenta, viveu, como se sabe, antes de Cristo). Esse deliberado grilhão a obrigava a refletir mais detidamente, mesmo que de modo inconsciente, antes de se incomodar para mover as peças-pedra. Por sua vez, comer uma peça implicava no duplo trabalho de exumar a peça alheia e depois cravá-la nos buraquinhos à margem, ainda mais fechados, pois quase não eram usados, o que convertia cada ataque concreto numa chatice que, por menor que fosse, freava os impulsos suicidas.

Outra vantagem do xadrez em miniatura para viajantes era que as peças ficavam sempre no exato centro das casas. Sonja tinha uma teoria que considerava que até mesmo as mínimas variações de posição dentro de cada casa revelavam intencionalidades em relação a que peças se queria defender ou atacar. Principalmente quando era o cavalo ou o bispo, que podiam olhar para um lado ou para o outro, marcando a direção do seu próximo movimento (ou dissimulando), a proximidade da base da peça às casas vizinhas disparava nela interpretações e estratégias das mais emboladas. E menos efetivas. As predições baseadas nesse tipo de leitura da borra do movimento costumavam se revelar equivocadas e que confiar demais nelas lhe impedia, às vezes, de ver a constelação de peças na sua simplória complexidade, ou seja, a teoria do descentramento revelador lhe causava mais desgostos que benesses. Sonja, no entanto, continuava seguindo sua teoria, na certeza de que faltava apenas afinar seus métodos de leitura. Até usava este saber esotérico de maneira ativa, manipulando a orientação das suas próprias peças, a fim de gerar falsos vaticínios no seu adversário. Isso também não trazia resultados, ainda não, acreditava seu lado mais esotérico, embora fosse sensata o suficiente para realizar seus treinamentos num tabuleiro que não lhe permitisse cair nessas superstições.

Enquanto mexia distraidamente as peças, pensou mais uma vez na injustiça que significava ter deixado que os alemães, aproveitando a *Anschluss*, incorporassem os grandes mestres austríacos Albert Becker e Erich Eliskases na sua equipe. Como podiam ter sido convocados depois de terem sido, desde 1933, cordialmente excluídos de todas instâncias semelhantes? Desde a sua chegada, ela evitava esses colegas, não por algum tipo de problema pessoal, mas justamente porque não queria lembrar que eram como todos os outros, porém representando ao país errado. Detestaria ter que abrir essa exceção hipócrita, que em última instância levava a separar da sua nação, os habitantes, como se na verdade a formassem sua bandeira e seu hino, seus rios e suas montanhas. Se ninguém se ocupasse da suástica que tinha substituído a águia, no final das contas a culpa da guerra recairia apenas em Adolf Hitler!

Adolf Hitler! Sonja Graf não conseguia sair do seu assombro ao ver como o mundo continuava sem levar a sério os dizeres e as ações desse fanático, coisas que eram um desafio aberto à paz mundial, esse mesmo mundo que se apressava em tratá-lo como um estadista irrepreensível logo quando mentia descaradamente. Enquanto seus discursos e suas políticas contra os judeus e a favor do expansionismo alemão eram minimizados até a indiferença, suas falsas promessas e suas garantias cínicas atuavam como provas de confiança e boa vontade. O melhor exemplo disso era a sua equipe de xadrez, que incluía jogadores de outro país, mas excluía os judeus do seu próprio, obrigados então a jogar pela Palestina. Nada podia ser mais contrário à ideia de nação, que era definitivamente a que devia reger uma olimpíada, e mesmo assim os organizadores argentinos faziam vista gorda diante desta flagrante irregularidade, considerando sua intolerância magnânima como uma contribuição ao entendimento entre os povos.

Iludidos, pensou Graf, enquanto praticava finais no seu tabuleiro portátil, como se estivesse se preparando para entrar na batalha que se desabrochava. Fazia tempo que Hitler mexia suas peças, mas somente agora o mundo começava a considerar a necessidade de se sentar diante do tabuleiro e, finalmente, enfrentar a partida. Tarde demais, continuou pensando Sonja, e para calcular a grandeza do atraso, imaginou uma partida em que as brancas levassem desde o início seis movimentos de vantagem, um por cada ano desde o fatídico 1933. As negras teriam alguma possibilidade de ganhar? Se colocando do lado delas, adiantou as peças nazistas com uma abertura Ruy López, e respondeu com uma morosa defesa berlinense, para dar ao ditador da capital alemã o seu próprio remédio. Logo percebeu que as negras não poderiam aspirar nem mesmo a um empate, a não ser que os nazistas cometessem uma série de erros grosseiros. Essa evidência no tabuleiro fez com que ela concebesse os piores prognósticos para o jogador que assumisse a defesa da democracia na realidade negra, mesmo contando com a ajuda dos aliados. A única forma de ganhar com tamanha desvantagem era violar as regras do jogo, utilizando alguma arma inédita, atômica, dessas que o xadrez não incorporava há séculos.

Por essas circunstâncias externas, ou mais ou menos externas, Sonja estava convencida de que esse torneio não podia terminar bem. Era impossível disputá-lo à margem do que estava acontecendo na Europa, mesmo transportando o cenário para milhares de quilômetros de distância, justamente para tentar infundir essa sensação nos participantes. Até parecia estar organizado com a clara finalidade de dar uma lição ao continente em rebuliço, demonstrando que era possível realizar outra grande guerra, com muito mais países envolvidos, porém de maneira civilizada, sem mortes. Entre as lendas fundamentais do xadrez estava, no final das contas, a de que tinha sido criado para solucionar sem sangue uma disputa territorial entre antigos reis, de modo que as circunstâncias atuais quase obrigavam a resgatar esse sentido primeiro e, por assim dizer, devolver à realidade, a metáfora.

— Iludidos! — pensou Graf, outra vez, quase em voz alta, exclamando para si, ainda que a ideia de jogar a guerra transformasse seus exercícios sobre o pequeno tabuleiro em algo mais prudente, como se de fato dependesse deles o destino da Europa e do mundo.

Tratou de lavar a sério a comparação, de ser tão iludida como de fato eram os organizadores e como seriam vários de seus colegas ao se expressar sobre o assunto. Colocar aspas nos soldados nas fronteiras, para que em contraposição as peças do tabuleiro ficassem livres de qualquer sentido figurado, fazia com que o jogo ganhasse vida própria, como se diz, ainda que mais no sentido literal de também adquirir sua própria morte. Cada baixa, para não falar da derrota final, manchava de sangue e vísceras o tabuleiro, dizimando famílias ou as aniquilando para sempre. Pensa que esses peões, assim como não tinham oportunidade de voltar nos seus passos, também não tinham uma segunda vida depois de ser ultimados pelo inimigo, que os conduzia à estatura de rei, enquanto que o rei acabava se fundindo com os dedos que o moviam, pois viviam e morriam por ele.

No entanto, Graf não conseguia perceber que essas personificações hiperbólicas davam mais emotividade ao jogo. Levar a metáfora invertida até a sua máxima expressão mais tirava do que conferia sentido ao movimento das peças, como costuma acontecer com as comparações forçadas demais. O que deveria parecer trágico acabava soando um absurdo, talvez porque perder, mesmo sendo doloroso, inclusive em termos corporais, não tinha as consequências irreversíveis de um campo de batalha. Ou talvez porque ganhar era apenas continuar de pé entre mortos, depois de ter perdido praticamente tudo. Nas célebres palavras do Duque de Wellington, após a batalha de Waterloo: "Com exceção de uma batalha perdida, nada pode ser mais triste que uma batalha vencida".

O estímulo, então, não funcionava, e Sonja teve que desarticular seu jogo bélico mental para recuperar o interesse na ficção concreta do tabuleiro. As peças deixaram de ser uma metáfora mais ou menos real do mundo, para se transformar no que eram, um mundo em si, sem importar se mais ou menos ilusório do que o outro. A atenção de Sonja se viu absorta numa força maior que a de qualquer outra realidade ainda mais alucinante. Era a força que o sonho exerce sobre nossas mentes, essa que ao lado da vigília só a narração é capaz de emular.

— Se vira rainha, perde.

Graf levantou o olhar, como se voltasse de uma batalha interna (a de seu desejo de ser um homem e fazer parte de uma equipe para jogar contra seu próprio país) e deu de frente com a figura de um rapazinho, coberto por um sobretudo grosso demais até para esse dia de inverno. Por debaixo, saía uma camisa amarela fina demais até para o ambiente aquecido da cafeteria, mesmo que as duas peças fossem da melhor estirpe. Aquele jovem deselegantemente bem vestido tinha os pulsos cerrados e os olhos cravados no xadrez.

— O senhor acha então que devo adiantar as torres? — disse Sonja, sem tirar o cigarro da boca.

— Primeiro, o rei.

O inglês com que se comunicava o jovem era de tipo enxadrístico, usando apenas os conectores necessários para unir os movimentos. Graf se perguntou quantas palavras seriam necessárias para isso, compostas de quantas combinações entre letras e números e cores, e logo pensou se podia ser criada uma língua com

65

essa base enxadrezada, ou pelo menos um método universal de aprendizagem das línguas já existentes, que garantisse poder se expressar com um mínimo de eficácia.

— Como as brancas respondem?

— Avançam com os peões, assim, mas a senhora come com seu cavalo e depois com a torre — terminou de explicar Czentovic como a sair da armadilha que ele mesmo tinha usado no navio rumo à Argentina[2].

Enquanto Sonja mantinha o olhar fixo, tentando adivinhar quem era aquela pessoa diante dela, Czentovic falava sem tirar os olhos do tabuleiro, como se falasse com ele, ou o usasse de intercomunicador. Desde de sua mesa, tomando um submarino de chocolate na primeira hora da tarde, tinha ficado estudando o tabuleiro portátil, até se convencer de que deveria ser uma (ou um?) participante do torneio das nações. Há dias que circulava pela zona do Politeama, justamente para esbarrar com algum jogador, embora não soubesse o que fazer caso encontrasse um deles. A única coisa que sabia era que se jogava por equipes, algo que ninguém tinha lhe avisado antes (nem ele tinha se dado o trabalho de perguntar) e agora procurava desesperadamente uma maneira de ser admitido na competição.

— Gostaria de se sentar? — o convidou Sonja.

— Brancas comem o peão com a torre que a senhora não fez virar rainha e depois oferece empate.

Stefan Zweig, ou seja, o narrador, dá a entender em sua novela que Mirko Czentovic se destacava pela sua soberba. No entanto, Graf percebeu de pronto que sua característica mais marcante era a timidez. O importante era não se deixar enganar pela se-

---

[2] A partida a bordo de A *novela de xadrez* repete a do Dr. Alexander Aleksándrovich Alekhine contra o russo-alemão Efim Dimitrievich Bogoljubow no torneio de Bad Pistyan de 1922. O momento decisivo daquele inesquecível match aconteceu quando as negras de Bogoljubow (do magnata do petróleo McConnor, na novela) tinham tudo em mãos para fazer o peão virar rainha e, por indicação de um terceiro, desistira de fazer isso, no último instante, frustrando assim a armadilha elaborada por Alekhine (Czentovic).

gurança com que se referia a jogadas futuras como se pertencessem a um passado do qual apenas ele tivesse sido testemunha e, portanto, não pudesse ser posto em dúvida por ninguém. Essa confiança exagerada em si mesmo não correspondia à do fanfarrão, mas, sim, à clássica limitação de quem, por estar versado em uma coisa só, põe nela todas as forças que não pode aplicar nas outras, diante das quais guarda um silêncio loquaz que costuma ser tomado por jactancioso.

Sonja se apresentou brevemente e voltou a lhe oferecer lugar, que ele por fim aceitou. A alemã estendeu um pouco mais a sua biografia, e vindo de trás para frente, chegou aos dias atuais e lhe explicou o que a tinha levado a Buenos Aires. Olhando-a nos olhos, o outro disse apenas seu nome e profissão. Para Sonja, foi estranho se ver diante de um enxadrista que se apresentasse como tal e, por sua vez, não reconhecer o nome dele, tendo em conta que não eram tantos pelo mundo que podiam viver desse passatempo. Talvez por isso o rapaz só quisesse impressioná-la, outra característica da timidez que consolidou a simpatia provocada pelo seu aspecto meticuloso e diminuto. Será que tentava encontrar um modo para lhe pedir uma entrada no torneio, como já tinha feito o garçom? Bom, de xadrez parecia saber bastante, e a sua repentina aparição possuía algo de milagroso. Porque se queria realmente ir bem no torneio, Graf precisava treinar com gente de alto nível, que, por outro lado, não fosse uma de suas próximas adversárias. Para comprovar se o céu tinha lhe concedido a graça de um *sparring* (Yanofsky não aprovaria a comparação), o desafiou para uma partida no tabuleirinho, a mesma que já tinham começado, porém no sentido inverso.

— De frente para trás?
— Vence o primeiro que chegar à posição inicial.

7. Um diálogo mágico

Além da questão econômica, outro problema que perturbava meu avô era a condição civil. Sua divina irmã Astarte, um ano mais jovem, já tinha se casado, e ele continuava solteiro. Embora houvesse uma candidata, pelo que parece:

19/4/38
Lili quer vir para cá.

24/4/38
Hoje escrevi para Lili, de maneira bem concreta e detalhada. Quero que venha, porque acho que combinamos.

A única mulher que meu avô menciona no seu diário — pressupõe-se que antes de conhecer minha avó, o que se dará alguns meses mais adiante —, desde que o necessário caminho dos acontecimentos fatuais não se veja perturbado ou mesmo destruído pela fictícia iminente aventura com a senhorita Graf. Outra candidata a minha avó com que ele pensou se casar, pelo que parece, é mencionada quando ainda se encontrava na Alemanha:

31/1/37
Constantemente quebro a cabeça pensando se seria correto me casar com a senhorita Fürst. Ela ainda mora em Viena, mas existem esperanças de que venha para cá [Hamburgo]. A grande pergunta é se ela realmente pode amar alguém, principalmente porque sei que já manteve contato íntimo com dois homens. Isso é um obstáculo para mim, pois me faz pôr em dúvida se ela será fiel. Em pouco tempo emigrarei para a Argentina, e como lá as mulheres são absurdamente idiotas, surge a pergunta se não seria melhor me casar logo. Mas ela poderá e quererá seguir o caminho que quero e devo seguir, isto é, o caminho religioso?

Algumas páginas antes, Magnus já dava detalhes de como tinha conhecido essa mulher:

6/12/1936
E o trem segue avançando a toda velocidade. Sempre se distanciando daqui. É curioso: o trem viaja todos os dias, e, entretanto, hoje é um dia especial. Viaja uma pessoa com quem gostaria de falar outra vez, com quem se tem vontade de estar e com quem parece haver uma chance de se dar bem. Ainda que, talvez, existe algo mais. A mulher é linda e tem um que de feminino, maternal. Por outra parte, vem de uma classe social bem diferente da minha, e as esperanças de realizar minhas ideias com ela me fazem sofrer um pouco a perda. Se é que se pode chamar de perda. Claro que a vi muitas vezes na loja, e falei muitas coisas com ela, mas apenas uma vez pudemos falar a sós. E perto da viagem. E agora o trem corre, e ela com ele, a toda velocidade vai o trem, e ela, de mim. É algo estranho, mesmo que quisesse, ninguém poderia parar o trem, reina aí um poder ao qual não se pode chegar. Podemos apenas permanecer sentados, sem fazer nada, nos perguntando se as esperanças que associamos a uma mulher realmente se realizariam com ela. Talvez sim, talvez não. E só se poderia saber disso tendo a relação com ela. Veremos o que dizem as cartas.

Não sei se essa passageira do trem, que deve ser a senhorita Fürst, é a Lili que namorou com a ideia de vir para a Argentina. Adoraria me transportar para a madrugada de segunda-feira, 28 de agosto de 1939, e perguntar a meu avô, enquanto o observo alisar com brilhantina seu charmoso corte de cabelo, antes de sair para o Politeama, procurando Sonja:

— Vamos falar um pouco de minas, vô.
— Tenho 26 anos e nem tenho filhos.
— Melhor ainda, vamos falar de minas.
— "Minas" é um termo lunfardo, e o lunfardo é muito malvisto. Lembra que Roberto Arlt o usa entre aspas, para não se manchar demais.
— Bem, vamos falar de mulheres, Heinz.

— Primeiro vamos falar dos teus conhecimentos de alemão, meu neto querido. De onde é que você tirou que eu disse que as mulheres argentinas são idiotas (*dumm*)? Se eu sequer as conhecia! O que eu digo é que eram escassas (*dünn gesät*).
— Putz, que imbecil.
— Se você diz...
— O problema é a letra de merda que você tem, vô. E não sou eu quem diz, mas teu filho, que estudou grafologia.
— Isso é tudo o que ele tem para dizer do diário do seu pai?
— Parece que sim, porque nunca teve interesse em ler.
— Ele herdou meu lado organizador, mas não a curiosidade intelectual, que saltou uma geração,
— Falando de curiosidade intelectual: você teve alguma coisa com a tal senhorita Fürst?
— Um cavalheiro não recorda essas coisas.
— É a do trem, não?
— ...
— Ou é Lili Lebach, a livreira que publicou a primeira edição de *Schachnovelle*?
— Linda livraria, Pigmaleão. Lindo nome, aliás.
— Não, deve ser a outra: morava longe, era de outra região...
— Linda cidade, Viena.
— Se casar com uma vienense te colocaria mais próximo de Stefan Zweig. De todo modo, não sei como você sabia que ela tinha estado com outros. Ela que te contou ou ficou sabendo por alguém?
— Eu digo que teve contatos íntimos, o resto fica por tua conta.
— Por isso se pergunta se é possível amar mais de uma pessoa? Pensei que era por você mesmo, mas vejo que era por ela.
— Não estou entendendo.
— Enfim, se nota que você também não leu teu diário. Vou citar o que escreveu em primeiro de janeiro de 1937:

> *Tantas vezes surgiu o problema de como é possível que alguém tenha amado uma pessoa, amado realmente, com tudo o que pode, e que exista a possibilidade de que outra vez, ou várias vezes,*

possa amar outra pessoa, desde que se separe da primeira. Naturalmente que está claro, aquelas pessoas que tomam o amor com a máxima responsabilidade e com a mais profunda seriedade "amam" relativamente poucas pessoas. No entanto, o fato de que o amor não tenha um caráter único é algo sobre o que penso constantemente.

— Estava considerando se casar ou não com uma mulher divorciada?
— São perguntas que se fazem, típicas de diário. Você nunca se perguntou isso?
— Não sei, nunca tive um diário.
— Por quê?
— Sei lá, nunca me interessei por esse tipo de escrita.
— E o que tem de diferente do romance?
— Tudo. Mas vamos resumir em apenas uma: você pode fazer um romance com formato de diário, mas um diário nunca pode aspirar a ser um romance. Existe uma diferença aí, digamos que de camadas.
— Não sei, sempre levei meus diários muito a sério. Para mim, são as obras da minha vida.
— Não duvido. E não disse pejorativamente.
— Está, meu neto, você é sangue do meu sangue.
— E não é que você não tinha filhos?
— Você que começou esse diálogo absurdo, agora o problema é teu.
— Tem razão, vamos acabar aqui antes que a gente perca o controle. Embora eu gostaria de saber por que você diz que aqui as mulheres eram escassas.
— Me referia às judias alemãs. Nos jornais da coletividade daquela época, que vou te deixar, você vai ver que todos os anúncios de solteiras diziam explicitamente que estavam prontas para emigrar. Se casavam para se exilar. Veja só.

JUDIA, 40 anos, boa aparência, de boa família, do lar, deseja conhecer senhor judeu sólido, segundas núpcias e depois emigração.

SIMPÁTICA VIÚVA *judia, 50, sozinha, 10.000 — procura marido sério, judeu de nascimento com requerimento no exterior ou boas relações internacionais.*

JOVEM MOÇA JUDIA EDUCADA *de Berlim, título estatal, alto nível intelectual, de bons modos, procura marido judio de 28-35 anos, se possível, em Paris.*

BONITA *e independente dama judia, loira, 41 anos, com capacidade de adaptação, com algum patrimônio e vida caseira própria procura marido judeu sozinho educado e culto de boa situação. Também emigração.*

— Entendi. E se casar com uma não judia?
— Era proibido. Além disso, era impensável para mim. Não vamos nos esquecer que quero ser rabino. Por que está perguntando?

8. Um encontro sem precedentes

Yanofsky tinha dificuldade de entender que o torneio das nações seria disputado num teatro, e que as pessoas iriam para presenciar as partidas ao vivo, mas ao chegar no Politeama e ver a quantidade de gente, e ainda por cima pagando até dois pesos de entrada (mais do que custava o frasco grande de pílulas Dodds, "para se sentir sadio e dono de si mesmo", como ele mesmo tinha noticiado), teve vontade de ficar do lado de fora e fazer uma matéria como se se tratasse de uma notícia internacional.

— Por favor, cavalheiro, qual a graça de ver duas pessoas sentadas diante de um tabuleiro, movendo peças de madeira?

— Na verdade, nenhuma. Vim porque vou cometer um crime e preciso de um álibi.

— E a senhora, não tem nada melhor para fazer?

— Não, sim, acontece que me enganei de dia. Pensei que hoje era aquilo sobre a Argélia, com aquela mocinha simpática, como se chama? [Eva Duarte!], mas enfim, já que vim, então vou ficar.

Só assim que era possível entender a longa fila de homens engomados e mulheres cheias de maquiagem, ainda por cima com a maioria dos primeiros, o que corroborava a proximidade do xadrez mais com o esporte do que com o espetáculo. Claro que numa luta de boxe no Luna Park haveria ainda menos damas, mas isso se devia ao fato de que ainda não as tinham feito subir no *ring*, como acontecia no xadrez. Houve uma tentativa, quando o boxe masculino se estabeleceu como esporte olímpico, porém não tiveram êxito. Na redação do jornal, havia a foto de duas boxeadoras norte-americanas que tinha feito uma exibição no início do século, ambas metidas numa espécie de anágua que cobria os braços e ia até o pescoço. Ah, se tivessem lutado com o dorso nu, como os homens!

Yanofsky era contra a discriminação. Se queriam lutar, que lutassem. E quando queriam, sabiam fazê-lo muito bem. Nas suas idas ao bordel, tinha visto mais de uma vez as senhoritas se pegando, não o cabelo ou de mordidas, mas na porrada, e por essas breves exibições (sempre chegava um homem para separá-las, provavelmente que pensava ter o direito de ser o único a bater nelas) sabia que muitas delas teriam tranquilamente derrotado não apenas o quarentão perebento em que se tinha transformado Yanofsky devido ao sedentarismo e ao tabaco, mas também o jovem robusto e saudável que teria praticado boxe com muito prazer na sua Ucrânia natal. Se também ele não tivesse sido vítima de discriminação. Não por ser mulher, óbvio, mas por ser judeu. No seu país, para de chamar de alguma maneira esse enorme brinquedo de todos os países vizinhos, incluindo esse outro enorme brinquedo que era Polônia, talvez por isso seu desinteresse pelos jogos de guerra, pois sabia que sempre acabaria perdendo; no seu grande paíseco era tão óbvio que um judeu não podia se dedicar a esse esporte, nem a nenhum outro, de modo geral, (com exceção do xadrez!), que até chegar a Argentina não acreditava que existissem boxeadores dessa religião.

Somente quando começou a trabalhar em jornal, primeiro como estagiário, depois como jornalista, primeiro em *La Razón*, depois na *Crítica* (primeiro em Internacionais, depois em Esportes), passou a descobrir que o mundo do boxe estava cheio de judeus. Até pouco tempo atrás, os lutadores da comunidade judaica estavam em maior número que italianos e irlandeses, pelo menos nos Estados Unidos. O problema era descobri-los por trás dos seus pseudônimos. Para Yanofsky, a primeira surpresa tinha sido Benjamin Leiner, vulgo Benny Leornard, sobre quem escreveu recentemente uma matéria, quando cobriu seu retorno após a aposentadoria. Essa calamitosa luta de outubro de 1932, em que um Benny lento e já meio careca manchou, com um terrível *knock out*, uma longa carreira sem conhecer a lona, determinaria, por sua vez, a passagem triunfal de Yanoksfy do caderno de Internacionais para o de Esportes. Tinha sido encarregado de fazer a matéria sobre a luta, e na ânsia de completar o número de linhas designado, sem ter recebido uma mensagem sequer de telégrafo, deu na sua telha pesquisar um pouco nos arquivos, e acabou descobrindo que Leonrard era oriundo de um gueto judio de Manhattan. Emocionado, levou a novidade para o editor, para quem aquilo não passava de uma obviedade, o que lhe provocou certo descontentamento:

— E o que importa isso? — quis saber, ou melhor, não quis saber.

— Bom, nenhuma — balbuciou Yanofsky, um pouco atordoado, embora tenha logo se recomposto. — Ou seja, sim, porque as pessoas gostam de saber se um boxeador é negro ou italiano, não?

— Não são cavalos.

Era desses editores que sentiam vergonha da seção que tinham que dirigir. Provavelmente tinha maiores aspirações, por exemplo, estar em Internacionais, de onde vinha Yanofsky, e seu complexo de inferioridade o induzia a temer que estavam querendo lhe dizer como trabalhar. Yanofsky acabaria sabendo depois (sempre depois!) de outra possível razão para aquele comportamento, que era o fato de ser ele próprio judeu e de ter trocado de nome para dissimular, além de se casar fora da comunidade. De qualquer maneira, essa reação desagradável do editor, somada ao prazer que sentiu ao escrever sua primeira matéria séria sobre esportes, pois antes se limitava a resumir telégrafos, o fizeram lutar para trocar de seção (mesmo significando uma despromoção), para dentro dela crescer o máximo possível (mesmo que isso implicasse serrar o chão de um conterrâneo). Cinco anos mais tarde, aconteceram as duas coisas, e as celebrou escrevendo um perfil daquele que tinha se transformado no seu boxeador preferido, Dove-Ber David Rosofsky, vulgo Barney Ross, também nascido na Ucrânia.

Nessa época, ele já tinha começado a acompanhar os boxeadores locais que fossem judeus, como David Werner e Jacobo Stern, pensando que algum dia poderia escrever um livro sobre o assunto (mas que tema era esse mesmo?). Também tinha começado a frequentar o Luna Park e outros estádios da cidade e do interior, a maioria das vezes por trabalho, na dupla função de cronista e aspirante a *manager* de algum boxeador iniciante, outras vezes ia até por prazer. Quando chegava aos lugares, sentia sempre uma coisa parecida com a primeira vez em que tinha sido levado por seu pai para ver uma luta profissional, porém numa versão agora mais reduzida, quase paródica: uma espécie de repulsão atávica pelo tipo de espetáculo que vinha ver. Assim como a atração suscitada pelo combate talvez remetesse aos princípios da humanidade, tudo, menos *humana* em termos morais, o resultado era uma espécie de culpa, parecida com a que sente o sensível viciado em jogo ao entrar num cassino. Como posso sentir prazer — pensava por um instante, como um bom cristão antes de cometer um adultério — vendo dois homens trocando socos diante de olhares atentos, lascivos até, de um bando de energúmenos com sede de sangue? Naquela vez seu incômodo durou apenas até o início da segunda luta, quando se deixou contagiar pelo fervor generalizado do público e começou a pedir aos berros a morte de um dos lutadores. Desde então, isso continuou acontecendo, embora em um lapso de tempo menor, e hoje em dia é praticamente uma ação automática, deixando de ser aquele choque de quem mete o corpo debaixo d'água fria.

Quando entrou no Politeama, Yanofsky sentiu uma coisa parecida, e não soube interpretá-lo, pois não havia nada de semelhante. Desde o suntuoso edifício até a elegância do público, tudo se revelava o contrário de uma noite de boxe. Para não ter que pagar entrada, mentiu, dizendo que era jornalista "especializado", embora dissesse para si mesmo que "em boxe, *football* e outros esportes de verdade", e prometendo a si mesmo fazer eco no livro de queixas dos organizadores, por causa das pessoas que entravam sem pagar ("Diga, da minha parte, para todos esses portugueses[3], que a Fe-

---

[3] Um lamentável modo lunfardo para se referir a quem não paga entrada. (Nota a pedido da revisora e tesoureira da Associação da Amizade Luso-Argentina).

deração de Xadrez tem ainda um déficit de cinto e cinquenta mil pesos, de repente assim eles resolvem pagar").

— A lista completa dos jogadores por equipe com todos os jogos da fase preliminar e espaço para anotar os resultados? — o desafiou um jovem de olhos esbugalhados, porém olhar de peixe morto, o corpo afundando numa libré violeta e a cabeça protegida por um gorro redondo como daqueles dos lanterninhas de cinema.

— Não se diz as partidas? — se espantou Yanofsky.

O rapaz entrecerrou os olhos, o que acentuou seu aspecto de lerdo. O jornalista se limitou, então, a estender a mão e agradecer.

— São dez centavos, senhor — nisso o rapaz não pareceu nada lerdo.

Yanofsky lhe mostrou o distintivo marrom pendurado na jaqueta, o que indicava que era jornalista, e o rapaz perguntou se era do tipo especializado. Yanofsky então pensou que a sua dignidade profissional valia pelo menos cinquenta centavos, e soltou a moeda.

Sobrevoando a homérica relação de jogadores listados para essa outra guerra (o cavalo que o torneio simbolizava era o de Troia!), se perguntou se uma cópia autenticada das grafias utilizadas nas diversas publicações, incluindo as oficiais, não acabaria revelando que nos casos difíceis (a escala era: difícil, muito difícil, eslavo) não haveria nem duas menções sequer que fossem idênticas, nem mesmo dentro do mesmo jornal ou documento. Devido a seu próprio sobrenome, Yanofsky se sensibilizava com o tema, e tinha muito cuidado na sua seção, prestando atenção para não sair errado nem mesmo os nomes dos reservas numa partida de *football*. E embora agora estivesse representando outra seção, queria continuar respeitando sua ideia de que não existe pior deslize ortográfico do que os referentes a um nome próprio. Se agora não conseguia acatar essa regra justamente por falta de regras claras (quem podia dizer como se pronuncia um nome búlgaro que jamais tivesse sido pronunciado em nossa língua?), pelo menos se comprometia a manter o mesmo erro durante todo o torneio.

— Abraham Janowski? — leu em voz alta, surpreso.

— A sensação canadense — lhe respondeu um homem de barba e cabelos brancos despenteados. — Tem quinze anos e é segundo tabuleiro.

Yanofsky logo percebeu que era um desses velhos simpáticos, porém meio chatos, que gostam de fazer amizades em eventos esportivos. Há muitos desses nas lutas de boxe (outra coincidência!). Embora costumasse recusar a companhia desses entusiastas desagradáveis, desta vez pensou que lhe poderia ser útil.

— Segundo tabuleiro...

— O resto da equipe, no entanto, não é muito forte — continuou informando, em voz baixa, olhando para os lados para ver se alguém gostaria de escutá-lo . — Para mim, a disputa está entre os poloneses e os alemães. Que coincidência, não?

Yanofsky demorou alguns segundos para entender que o velho fazia alusão à situação atual na Europa, pois, primeiro, não pensava muito nisso, segundo, não esperava que o xadrez pudesse ter relação alguma com o mundo real. Além do mais, tinha ficado pensando em Janowski.

— E este Janowski...

— Yanofsky com "y" e "f". Está escrito errado. Está jogando contra Sor Thomas Barry numa das mesas do fundo. Venha cá.

E o levou (tinha dito Sor em vez de Sir?) pelo longo corredor em forma de ferradura, com os homens se apertando à esquerda e à direita para ver os jogadores sentados a suas mesas, ordenadas em três fileiras, uma dupla, no centro da sala, e duas simples, nas laterais. As cordas que mantinham a distância entre o público e os quadriláteros foi outra coincidência que Yanofsky descobriu, além dos escudos pátrios e as escarapelas absurdamente grandes, penduradas por toda parte, fazendo-o lembrar das lutas internacionais no Luna Park.

Quando chegaram ao setor onde geralmente ficava o cenário, e onde agora o corredor fazia a curva, a acumulação de gente era tamanha que nem na ponta dos pés conseguiam ver os jogadores, muito menos o tabuleiro. Yanofsky comentou que deveriam erguer o *ringside*, mas o velho não entendeu a alusão, ou pelo menos não achou graça nenhuma. Com uma agilidade impressionante para a sua idade, o levou para o camarote do segundo andar, desde onde Yanofsky pôde ver a mesa com prismáticos, também facilitados por seu novo amigo.

— O senhor acha que se parece comigo? — soltou para o outro, para ver no que dava (ele próprio pensava que sim, um pouco).

— Por que diz isso? — fez um gesto como se focalizasse (embora tenha pego o instrumento ao contrário)

— Porque temos o mesmo sobrenome.

— Ah. E não será um desses sobrenomes estranhos, que no seu país são como Fernández aqui? — perguntou o velhinho, que, em compensação, tinha um nome inconfundível.

Não era tão comum, porém também não era tão singular como para sair logo suspeitando um parentesco, teve que admitir Yanofsky, decidindo esquecer os assuntos familiares para se concentrar na sua tarefa profissional, que era escrever nuns cadernos coloridos sobre o que visse no lugar. Além disso, devia falar com Capablanca. O diretor do jornal tinha ficado sabendo que *El Mundo* tinha contratado Alekhine, e *La Razón*, Tartakower, para escrever com exclusividade, e não queria ficar para trás. O problema era que Yanofsky não sabia como Capablanca era fisicamente, e tinha certa vergonha de perguntar.

— Capablanca não joga hoje? — optou por uma tangente.

— Parece que não, não é mesmo? — sorriu o outro, captando uma alusão que Yanofsky não tinha feito.

Somente no outro dia que viria a entender a interpretação maliciosa que podia haver na pergunta, quando receberam o primeiro artigo de Capablanca, explicando por que tinha empatado com um rival menor, como o palestino Moshe Czerniak:

> *Meu fãs e amigos terão certamente pensado que eu deveria ter vencido e, provavelmente, têm razão... Na parte técnica foi onde estive fraco, como já há algum tempo. Mas isso é facilmente compreensível se se leva em conta que, por causa das minhas ocupações*

e dos muitos interesses que tenho, alheios ao xadrez, passo meses sem ver um tabuleiro... o que posso garantir é que depois de alguns meses de treinamento adequado, estaria em condições de enfrentar, com certa vantagem, penso, qualquer adversário [leia-se: Alekhine, que me deve a revanche de 27]. E estou disposto a isso, inclusive em condições de que qualquer premiação vá toda para o ganhador [leia-se: Alekhine, se tem tanta confiança assim].

Como se esse devir necessário, que hoje nos permite citar artigos de Capablanca em *Crítica*, operasse *retrospectivamente* sobre seu entendimento, Yanofsky se deu conta que as equipes eram marcadas com bandeirinhas, de modo que bastaria ter procurado a de Cuba, e assim reduziria sua área de procura a apenas quatro pessoas. Se, além disso, deduzisse que Capablanca tinha de ser o tabuleiro principal, bingo (xeque-mate!).

— *Veja essa bela dama...* — chamou sua atenção o velhinho Fernández, como se suspeitasse que ele estivesse a ponto de ir embora. — *Me refiro a essa bela dama de xadrez. A uma peça como essa só pode acontecer uma coisa, e a arte do enxadrista é se dedicar a que lhe aconteça essa única coisa possível: que por uma técnica refinada, sutilíssima, as personagens do tabuleiro passem repentinamente para a vida.*

A imagem das peças se transformando em humanos fez com que Yanofsky quisesse realizar a ideia de um xadrez gigantesco, com pessoas, embora ficasse por resolver quem moveria as peças (Deus!). Seja como for, o espectador seria digno de ver, e mesmo de pagar, e então deveria comentar urgentemente com o dono do jornal, para tentar conseguir algum recurso.

— Me deu uma grande ideia — disse, agradecendo ao velho dos prismáticos, que também seria lembrado nos seus cadernos.

— A ideia já estava adormecida em seu interior, o que fiz foi apenas despertá-la — devolveu o velho, cedendo qualquer direito de propriedade. — Se pudéssemos ler o pensamento dos jogadores, descobriríamos que na maioria das vezes acontece o mesmo com eles. Pensam e pensam, mas a jogada que, por fim, fazem, lhes vem por alguma coisa externa, uma distração⁴.

Antes de voltar para o térreo, em busca das mesas dos cubanos, Yanofsky parou no *foyer* do primeiro andar, atraído por uma nova aglomeração de gente. Numa sala estreita tinham pendurado tabuleiros enormes, patrocinados por YPF, em que eram acompanhadas e comentadas as partidas mais importantes, entre elas a de Capablanca, de modo que já soube em qual mesa encontrá-lo (ao lado da que ocupava seu xará, por isso a quantidade de gente amontoada ao seu redor). O procedimento era como na trincheira: alguém cantava as jogadas que outro lhe comunicava desde a sala, e um terceiro ia arrumando as peças de papelão nas respectivas casas. Como comentarista, ficava geralmente uma velha glória do xadrez vernáculo, um sessentão com porte e até nome de boxeador aposentado, Benito Villegas, "fanático dos burros", segundo o chamavam, embora fazendo referência não aos do hipódromo, mas aos do tabuleiro, e pelo que parece era capaz de perder uma partida apenas para demonstrar que os cavalos eram peças mais nobres que os bispos. Aos comentários do enxadrista aposentado, tão adiantados às jogadas, que seria necessário um segundo tabuleiro para poder segui-los, ainda que perder de vista a posição das peças tivesse o seu encanto, como um golpe que ninguém viu direito de onde saiu e decide a luta; a esses comentários autorizados se somavam os do resto do público, que claramente estavam ali menos por comodidade que

---

⁴ A observação de Macedônio Fernández está correta. O terceiro tabuleiro da equipe holandesa, Adriaan De Groot, tinha aproveitado a travessia no *Piriápolis* para realizar alguns dos célebres estudos psicológicos que publicaria depois da guerra em *Pensamento e ação no xadrez*. De Groot se sentava para jogar com Lodewik Prins, o quarto tabuleiro, e o fazia relatar em voz alta, como um psicanalista com os sonhos do paciente, tudo o que pensava antes de fazer uma jogada. No relatório de um dos seus experimentos, fica comprovado que depois de pensar meia hora em todas as possibilidades, o barulho da campainha para ir comer lhe provocou a improvisar uma jogada na qual tinha acabado de pensar.

por fuxico. Enquanto um jogador fazia um movimento, esse tipo de espectadores de transmissão cinematográfica já tinha antecipado mil variantes melhores, outra coincidência com o público de boxe nos intervalos entre *round e round*. Sem conseguir entender bem as dúvidas e objeções dos gênios do *foyer*, Yanofsky intuía que se os jogadores dessem ouvidos ao que aquela gente dizia, quase nunca ganhariam (e isso ele colocaria no seu artigo, embora na boca de outra pessoa, por pura humildade).

De volta ao térreo, suas anotações continuavam numa linha negativa e até mesmo zombeteira. Definiu o xadrez como a "expressão científica do silêncio" e os jogadores como a "negação da atividade febril da época", o que conferia ao lugar "reminiscências de igreja na semana santa" (Pessach!), com o público fazendo suas "paradas" de mesa em mesa. Com boa dose de gozação, anotou sobre os fósforos absurdamente grandes que o norueguês Haakon Opsahl usava para acender os cigarros (charutos?) e sobre o fuxiqueiro (não com essa palavra, que surgiria muito depois) que recolhia assinaturas dos jogadores em um tabuleiro de papelão. Também anotou, e depois reproduziu no texto, que "o torneio feminino certamente não é um torneio de elegância. Não faltam sweaters de Jersey e roupas extravagantes". Como não podia falar das pernas da "alemãzinha" Graf, ressaltou o "cabelo de *garçon* e supôs que não usava a bandeira do seu país "porque não é ariana pura", o que não deixava de falar em favor dela.

Apesar do teor desses "achismos" que publicaria sob o pseudônimo de "O rei branco" (em alusão velada a um boxeador albino que tinha conhecido numa de suas viagens ao interior e de quem pensara se tornar um representante, menos pelo seu talento no boxe que pela sua chamativa cor de pele); apesar de suas ironias e troças, o tom obrigatório do jornal para o qual trabalhava, o certo é que Yanofsky estava se divertindo. Até se arrependia um pouco de ter utilizado a entrevista de alguns dias antes com Paul Keres para ressaltar que o xadrez lhe impedia de ter namorada e que o homem praticava esportes, como deixando claro que o xadrez não o fosse.

À medida que a noite avançava, outra coincidência importante, diga-se de passagem, pois não lhe vinha em mente em nenhum outro esporte que fosse jogado preferencialmente nesse horário, além do boxe; à medida que se aproximavam do dia seguinte e a tensão no ar aumentava junto com a fumaça acumulada dos cigarros, Yanofsky foi se sentindo cada vez melhor, a ponto de ficar com a atenção presa numa partida da qual ele mesmo zombaria depois, dizendo que os dois adversários "medem superioridades, como diria um cronista de boxe". Gostou do *match* entre Ernst Sorensen e Lodewijk Prins (aquele do experimento psicanalítico!) e também por ter terminado empatado, um resultado que quase não se via no boxe, chegando a pensar que não teria sido má ideia que acontecesse mais vezes.

Ficou surpreso ao pensar que as trocas de peças eram muito semelhantes às trocas de golpes, quanto mais durassem, mais emocionantes, e sempre com alguém melhor posicionado, mesmo que o outro tentasse dissimular a desvantagem. A imagem podia ser traduzida até mesmo para as jogadas sem vítimas, que naquela de ameaças e socos errados também atacavam, sem maiores consequências, a defesa formada pela distribuição das peças rivais no tabuleiro. Em geral, a evolução desses dois conjuntos flutuantes, porém homogêneos, o preto e o branco, parecia uma representação em câmera lenta, aquática, dos corpos suados, com shorts bicolores, se entrelaçando no *ring*. Principalmente pela negativa, se via bem quando ambos se enrolavam sem causar verdadeiros danos, porém fazendo danos para a beleza do espetáculo.

E mais ainda. Porque embora não houvesse pausas no xadrez, era possível observar breves *rounds* entre as peças, em certas partes do tabuleiro, até que a ação se movesse para outro lado, como acontece no quadrilátero. Que cada ataque franco deixasse a defesa descuidada ou que dominasse o *match* quem dominasse o centro do território em disputa eram coisas que o faziam lembrar do seu esporte favorito, em que agora reconhecia, pela via contrária, uma série de movimentos que podiam ser homologados aos das peças de madeira, e que não por acaso também tinham seu nome no boxe. Durante a noite imaginou um quadrilátero enxadrezado (não tinha quase oito metros quadrados, contando com a parte de fora das cordas?), e apenas porque não tinha inclinação para a originalidade (nem o xadrez vivente nem as publicidades camufladas o eram) não pensou numa competição que combinasse os dois esportes, com três minutos no *ring* e três minutos diante do tabuleiro, como faria, no início do século seguinte, o *Schachboxen*, na Alemanha. Chegou a se arrepender de não ter ido à primeira noite, e prometeu para si mesmo ir a todas as demais (o que não faria).

Por volta da meia-noite, terminou a partida de Yanofsky contra Najdorf (0-1), e Yanofsky, nosso Yanofsky, o de ficção, ou quase, se aproximou ao real existente. Apenas ali se deu conta de que podia ter sido um filho seu, devido à semelhança e principalmente pela idade. Como não conseguia dizer nada, tirou a pequena foto do seu pai, que trazia sempre consigo na carteira, uma foto de tanta qualidade que em um quarto de século a única coisa que tinha envelhecido era o corte de cabelo do retratado (dá fé deste fenômeno a foto do meu avô, na qual me baseei para descrever o corte de cabelo no capítulo anterior, igualmente nítido e brilhante depois de três quartos de século de ter sido feita). O jovem Yanofsky, que tinha acabado de assinar ao fuxiqueiro *avant la lettre* o tabuleiro de papelão, pegou a foto para dar seu autógrafo, surpreso (embora não tanto) de que alguém ali tivesse seu retrato. Apenas quando o instinto de conservação (das lembranças) fez com que o mais velho arrancasse da mão do mais jovem, que ele então parou para olhar com mais calma.

— Esse é meu pai! — exclamou o canadense, em inglês.

— Eu também! — disse o ucraniano, em indígena.

Comunicação prosseguiu por gestos, sendo o último deles um abraço com o que selaram o inesperado reencontro, segundo consta na crônica que vai além dessa ficção. No entanto, sabemos, por experiência, que esse tipo de remates novelescos são o que costuma surgir no esplendor do relato, mais como expressão de desejo ou conclusão emocionante do que como dado fático. Paradoxalmente, constituem a marca de que um fato foi real, mesmo que eles próprios não o sejam.

De um modo ou de outro, o certo é que logo se separaram. A falta de um idioma em comum dissimulou com certa elegância a falta de interesse do mais jovem em falar com seu irmão, como se veria depois (não) refletido no seu livro de esquecimentos, *Xadrez aos golpes*, como preferiria ter traduzido Yanofsky.

— Esse aí não se chama como você? — disse um colega de *La Razón*, precisamente o já mencionado "espectador público número 1", se aproximando um segundo depois da cena entre os irmãos.

— Acabei de saber que é meu irmão — respondeu Yanofsky, menos comovido pelo encontro que pela comprovação de que seu pai tinha seguido sua vida, sem retomar contato com ele.

— Está de sacanagem!

— Meio irmão, na verdade.

— Está meio de sacanagem!

De ficar surpreso pela quantidade de tempo que tinha tido de ficar esperando num canto para poder cumprimentar o ex-companheiro de redação que demorava, falando com um jogador aparentemente desconhecido, o colega de *La Razón* passou a ficar pasmo de que esse encontro tenha durado tão pouco. Principalmente a reação do jovenzinho lhe pareceu inapropriada, pois não tinha demonstrado que achar um novo parente em um país distante lhe importasse mais que o animal de estimação de um vizinho na esquina da sua casa. Talvez tivesse mais a ver com a idade, pouco dada a essas nostalgias, talvez com sua condição de enxadrista, gente que não se sobressai pela efusão de sentimentos. Seja como for, parecia que nada tinha acontecido para o jovem, e sabendo que o seu colega não poderia mencionar aquilo, pois não eram ninguém para poder falar de si mesmo num jornal, prometeu lhe dedicar algumas linhas no seu jornal, para que não se perdesse como uma boa jogada que alguém pensa mas não faz.

9. Entre robôs humanos

Meu avô gostaria de ter entrado no capítulo anterior, mas ficou dormindo. Não conseguia se adaptar ao costume argentino, ou espanhol, na verdade, de esticar o dia até já entrado o seguinte, após tê-lo cortado ao meio durante várias horas. Não fazia a sesta e de noite, após jantar comida kosher, caía no sono.

Às vezes, a comida kosher tem seu lado divertido — aparece na primeira anotação escrita em Buenos Aires, no final de 1937. *— Depois de comer lácteos, havia uma sobremesa também feita com leite. Como geralmente comemos carne, mamãe não pensou nisso e não me deu sobremesa. Quando perguntei por que, me responderam que tinha leite, mas como não tinha comido carne antes, eu disse que então não havia problema algum.*

Hoje também não aguentou ficar acordado, e como sempre dormiu cedo, antes das dez, se levantou apenas para urinar, um pouco depois da meia-noite — gostaria de dizer que por ter tomado muito mate, até o mate Salus, que era o mate oficial do campeonato de xadrez, ou quis sê-lo, se levamos em conta a publicidade que aparecia por aqueles dias:

SALUS, cumprindo um grato dever de hospitalidade, oferece mate aos melhores enxadristas do mundo. Cada delegado do grande torneio de xadrez foi contemplado com um mate, uma bombilha e uma lata de erva SALUS.
Alguns levarão o presente para o seu país, como recordação de um saudável costume argentino; mas não faltará quem se inicia na arte criolla de tomar mate, comprovando com admiração a lucidez e energia que o mate SALUS proporciona ao pensamento.
SALUS satisfaz, afasta do álcool, atrai para o lar, simplifica a vida e protege [sic] a salus [sem sic!].

Viva a Pátria!

ERVA SALUS
Mackinnon & Coelho LTDA. S.A. *[yec!]*

...dizia, antes deste espaço publicitário, que gostaria de registrar aqui, me unindo aos nossos irmãos ingleses e portugueses, que meu avô se levantou na metade da noite por ter ficado bêbado de mate Salus, mas o certo é que em toda sua vida nunca deve ter provado nem essa marca nem qualquer outra.

Seja como for, decidiu não voltar para a cama, mas pôr uma roupa e sair. Mais uma vez gostaria de deixar registrado que parte do impulso foi porque ele gostava de xadrez, mas isso seria falta mais uma vez com a verdade, pois não tenho nenhum indício de que soubesse nem mesmo jogar. Seus passos eram guiados exclusivamente pela perspectiva de voltar a ver a alemãzinha cabelo de *garçon*, a esperança de ter um trato íntimo com ela (já veremos o que isso significa, ou não), e por fim, embora fosse o primordial, o desejo audaz de propor a ela que ficasse na Argentina quando o torneio terminasse (coisa que de fato faria, como já ficou duplamente dito, por nós e pela história). Não ser judia era um problema, um enorme problema, porém solucionável através da *guiur* ou conversão. E embora isso não fosse o ideal, o que o era nessa altura da vida do pobre Heinz?

As ruas estavam escuras e desertas, e frias demais para que Heinz temesse um assalto. A umidade congelava o ar, fazendo-o sentir na sua cidade natal, Hamburgo, onde costuma sair bastante à noite, não pela hora, mas pela falta de sol. Depois de uma longa caminhada chegou a uma parte da rua Corrientes que recentemente tinha sido alargada, e ficou deslumbrado com as luzes, no sentido literal e figurado, pois não deixava de lhe causar estranheza que se gastasse tanta energia elétrica para manter a noite inteira uma rua iluminada. Certamente que por aqui caminhava gente a toda hora, mas bastava um poste a cada cinco para ninguém tropeçar.

De longe já se via o cavalo de néon, símbolo da Federação Internacional de Xadrez e, por conseguinte, também do torneio (havia outro na Plaza de Mayo, se por acaso alguém pensasse que fosse alusivo a um festival de adestramento). Chegou ao edifício cuja fachada era em Art Decó (ou Ar*lt* Decó, pois atrás se escondiam os azulejos oitocentistas) quinze minutos antes das duas da manhã, e viu que estava fechado. Como todo homem de sua casa, para quem a chamada vida noturna é um ente homogêneo em bloco, estranhou que uma atividade iniciada desse lado do relógio não terminasse com o alvorecer, mas num difuso ponto intermediário. De todo modo, a decepção teve seu lado reconfortante, porque o fez se sentir um autêntico madrugador, algo que até então só tinha experimentado pela via negativa, devido a sua insônia frequente, apesar do Placidón (calmante que, se nos é permitido outra chamada publicitária, ele tinha escolhido por causa da propaganda erudita:

> Aquiles, herói da Ilíada, era temido pela sua irritabilidade, o que muitas vezes o levou a cometer vinganças cruéis. Na vida atual, é indispensável controlar os nervos).

Estava prestes a retornar, quase contente de que o destino tivesse dado às costas mais uma vez para ele, como se se tratasse de um rival tão implacável que nem dói perder; estava prestes a voltar para casa, para chamar de alguma maneira os quartos pouco acolhedores que dividia com seus pais, numa cidade que lhe era completamente desconhecida até pouco antes de embarcar rumo a ela; agora sim, já a ponto de voltar, quando nem a desculpa para acender um cigarro o faria ficar mais um pouco (qual força o podia frear?), quando Benito Villegas saiu do teatro, e, vendo meu avô perdido (como a maioria dos jogadores quando se afastava meio metro de um tabuleiro), lhe disse que, como de praxe, todos iam para o Chantecler, ao mesmo tempo que apontava para o lado contrário para o que iria logo depois.

Resignado, Magnus deu uns passos até a esquina, certo de que nunca encontraria o lugar cujo nome sequer tinha guardado, de modo que não poderia nem perguntar por aí, falando corretamente o nome do local (se é que fosse possível falar em correção diante dessa variação aberrante de *"chante Claire"*). Somente pelo fato de que as luzes da discoteca na rua Paraná podiam ser avistadas desde a esquina é que Heinz não voltou ao lugar do qual nunca deveria ter saído, se fosse pelo bem da família que deveria começar a formar após conhecer minha avó.

Mal entrou, a fumaça e o tango lhe agarram pelo pescoço como um cachorro que saúda alegremente seu dono, caso Heinz gostasse de cães, coisa improvável, pois nunca teve um, ou seja: como um cachorro que ataca uma pessoa estranha. Porque meu avô também não devia gostar de tango, pelo menos eu não herdei nenhum disco do gênero. E também não fumava tabaco, como se dizia, nem sei se tomava álcool (embora haja uma anotação curiosa das férias de fevereiro desse ano, em que se lê: "Hoje dormi muito, colei fotos e li com pão e vinho"). Numa rápida olhada no salão entupido de gente, um Politeama em miniatura, com seus camarotes e seu palco, não pôde avistar a enxadrista livre, de maneira que estavam dadas as condições para, assim como tinha entrado, sair.

Mas fazia calor, meu avô, e isso sempre convida a ficar um pouquinho mais. Além disso, Magnus se sentia mais desperto que nunca, como se tivesse cheirado um pouco da cocaína que devia circular entre as mesas e no banheiro. Justamente a este local ele se dirigiu, ou acreditou estar se dirigindo, porque tinha tirado os óculos embaçados, e quando voltou a colocá-los percebeu que essa porta dava para a cozinha, e acabou deixando de achar que tinha necessidade de se aliviar. Sentou na primeira cadeira livre que encontrou, perto de uma mesa ocupada por um rapazinho que parecia estar ali pela mesma razão que ele, se considerarmos que não tinha um casaco. Talvez o tivesse deixado no cabide na entrada, no que Heinz não confiava nem quando morava em

Hamburgo, embora nunca tivesse ouvido falar de alguém que tenha sido roubado. Ao garçom que logo se aproximou, mais por desconfiança que por atenção, talvez porque se notasse a cara de mal cliente, ou seja, de abstêmio, ou talvez porque seu colega de mesa não tinha nada mais pela frente do que uma xícara de café (com seu respectivo copo d'água, que aqui era servido sem precisar pedir, um detalhe que era comovente para meu avô); ao cético de terno branco e penteado oblíquo que se aproximou com falsidade serviçal, apontou com displicência a xícara do seu subordinado improvisado, como quem se refere a um caso que fez jurisprudência e assim se acha eximido de culpa e responsabilidade, sejam eles quais for.

— Com o senhor joguei três vezes e tenho um escore favorável de dois a um — escutou dizer na mesa do lado (e nós leremos no livro *Najdorf por Najdorf*, escrito pela filha do enxadrista).

— O senhor mente — escutou a resposta, sempre em alemão (o idioma em que Alekhine dizia pensar quando jogava xadrez). — Jogamos duas vezes e as duas foram empate. Numa dessas partidas, o senhor se salvou.

Respaldado pelo seu colega de mesa, que olhava para aquele que acabava de falar como se fosse um deus (como se estivesse apaixonado, foi o que realmente pensou), Heinz girou o torso e também ficou observando. Nenhum deles parecia se incomodar com essa indiscrição, praticamente pediam ou pelo menos esperavam isso, pois já eram o centro da atenção dos outros quatro que se apertavam à volta deles.

— Não, doutor, jogamos três vezes — voltou a dizer o primeiro, Moisés Mendel Najdorf, de quem mais tarde circularia a seguinte anedota:

> *Certa vez, meio-dia na Embaixada da Polônia, Najdorf contava para o embaixador, para o cônsul e para mim — Juan Carlos Gómez, um amigo de Witold Gombrowicz — um conto que tinha uma moral. A questão é que Najdorf, como integrante da equipe de xadrez polonesa, que veio para a Argentina competir nas*

Olimpíadas de 39, tinha sido responsável, segundo nos contava, da morte de outro enxadrista, também judeu.

Najdorf tinha sua participação assegurada, antes do último jogo do torneio de seleção que aconteceu na Polônia, porém seu adversário só podia conseguir a vaga se derrotasse Najdorf. Então, a mulher do adversário pediu para a mulher de Najdorf que pedisse a seu marido para não jogar. Najdorf não atendeu o pedido, o colega judeu ficou na Polônia e os alemães o mataram num campo de concentração.

Quando Najdorf pôs ponto final na história, após ter conseguido o clima dramático que precisava, o cônsul interveio com um aspecto sinistro. A inteligência e a astúcia brilhavam nos seus olhos. Pediu para Najdorf não ficar triste, pois não tinha sido ele, mas o destino que tinha originado a tragédia. Na verdade, se Najdorf tivesse deixado o outro vencer, seu adversário judeu teria se salvado, mas aquele que veio na Argentina no lugar dele, também judeu, teria ficado lá com a mesma sorte que teve o que morreu. Tomamos uma vodca e passamos para a próxima anedota.

— Em 1929 [dez anos atrás!], o senhor fez uma exibição de trinta partidas simultâneas mais duas a cegas, na Polônia, em uma dessas eu estava — completou Najdorf.

— Trinta partidas mais duas a cegas... — duvidou prontamente o outro, segurando o copo de whisky na altura dos lábios. — O senhor sacrificou a torre em h7? É o senhor! Tem razão.

Brindaram, também com os acólitos, que festejavam o entredito com risos e aplausos. Nesse momento, a orquestra começou a tocar um novo hit e o garçom se aproximou com duas xícaras de café. Magnus levantou a mão, recusando a xícara extra, mas ao ver o sorriso de agradecimento que outro lhe fez na hora em que o garçom trocou a xícara vazia por uma cheia, abaixou a mão e desfez o gesto de recusa, trocando por um de cordialidade.

— Esse aí, Alekhine, grande campeão, campeão mundial — lhe informou seu convidado Mirko Czentovic, em forma de agradecimento.

Menos que a informação, que demorou a processar (campeão de quê? Ah, claro), Heinz agradeceu o lamentável inglês com que a informação tinha sido transmitida, pois aquilo o fez sentir um verdadeiro cavalheiro britânico. Em maio do ano anterior tinha começado a ter aulas na Cultura Inglesa, e um mês depois já escrevia no idioma de Shakespeare, no seu diário, ou digamos do *Buenos Aires Herald*, como, por exemplo, este trecho de 26 de junho, detalhando a mais charmosa aventura para um apaixonado pelos livros:

> Essa noite um dos meus sonhos foi cumprido: comprei o Oxford Dictionary. Durante quase uma semana visitei todos os livreiros, para averiguar o preço deste livro ou conseguir algum de segunda mão. Enquanto a maioria dos dez ou quinze livreiros que consultei não tinha o livro, nem novo nem usado, dois ou três deles ofereciam a m$n 9. Mas antes de entrar em todos os locais, perguntei para a secretária da nossa Associação, que me falou de um preço de m$n 7. Assim que fiquei contente, depois da minha perambulação por Buenos Aires, de conseguir esse dicionário por esse preço, e agora começa uma nova era no meu estudo do idioma inglês.

Seu primeiro ano tinha sido um sucesso, e não apenas em termos de qualificações. Na falta de uma universidade, Heinz pôde se entregar ao que mais gostava, o estudo, depois de anos, ou de uma vida inteira, melhor dito, de não fazer nada que não fosse do trabalho.

> 2/4/1936
> Ontem me despedi. Me despedi dos meus ideais, me despedi das minhas esperanças, me despedi dos meus livros. Faz dias que estou deprimido. Oprimido porque toda a esperança se encontra debaixo dos escombros. Eu ansiava a verdade, esperava a revelação... mas nem toda a filosofia nem sequer a religião conseguem me transmitir mais que a visão relativa do ser humano. A existência do homem só parece ter sentido na relação com os

homens ou com as coisas. Mas quem me dera se acreditasse que este é o sentido de tudo o que existe! Claro que é ousado colocar a pergunta pelo sentido da vida, mas sem uma resposta, não posso viver de forma verdadeira e realmente consciente. Tudo o que se faz, toda criação carece de sentido se o sentido do todo permanece oculto. Não me sinto preso a este mundo, a esta vida, não sinto nenhuma alegria nem tenho vontade de viver nem medo da morte; não posso viver apenas porque simplesmente estou aí, nem pegar alguma coisa só porque me dão; quero realizar algo. Mas os anos passados que deviam me guiar a esse objetivo, esses anos ficaram para trás, e uma noite negra caiu sobre mim. E foi assim que dei à consciência um passo desde a consciência: existir dentro da esfera em que já não se pode nem se quer perguntar pelo sentida da vida. Pois tenho pais e meu sentido de dever me exige me ocupar deles. E não poderia conseguir isso sem uma atitude relativamente positiva diante da vida.

Ontem esvaziei meu armário no trabalho. A Torá, a tradução de Buber, livros filosóficos, a história da evolução do mundo... Tudo, tudo ficou para trás e seu lugar foi ocupado pelo idioma inglês e os livros mercantis, que serão seguidos pelos livros de espanhol. Meu mundo afunda, e um mundo alheio, um mundo pouco amistoso, haverá de me dominar. E devo estabelecer uma relação com ele, devo me adaptar a esse outro mundo novo.

Mais uma vez reuni ânimo para alcançar esse objetivo de "fazer carreira", outra vez reuni todas as energias para me manter vivo, porque, sim, porque o sentido da vida nunca pode ser o de aniquilar a si mesmo e ao mundo. Sem dúvidas, esse não é seu sentido, mas se alguém pode e poderá suportar o sofrimento sem conhecê-lo, isso só o futuro dirá.

— Não deixa de me surpreender quão forte era teu dever filial — me sento na mesa do Chantecler, aproveitando que Czentovic não é muito de conversa. — Me faz lembrar da minha avó materna, que diga-se de passagem vivia em Hamburgo naquela época... você a conheceu?

— Bem que você queria, não? Assim poderia inventar uma história de amor para incluir na tua novelinha.

— Realmente fiquei pensando que a vovó poderia ter sido a moça do trem. Não sei se tinha algo lindo ou maternal, mas sim sei que vinha do campo, de uma classe social "totalmente diferente" da que você conhecia. Afinal, o que diziam essas cartas que você ficou esperando?
— *None of your business.*
— Bom, pelo menos vejo que as aulas de inglês estão indo bem. E me diga, nunca foi atendido no hospital judaico de Hamburgo?
— Nesse que tua avó materna trabalhava? Lamento te dizer que nem se tivesse me internado lá a teria conhecido, porque as datas não encaixam. Fui embora de Hamburgo em 1937 e ela chegou na cidade em 1938.
— Sabia que ela também escrevia um diário? Somente por uns dias, também escritos no barco que a trouxe da Europa. São quatro ou cinco páginas, nada mais, mas fala de Auschwitz e essas coisas.
— Quer dizer que é muito mais interessante que as centenas de páginas que escrevi, que não passei por nenhum campo de concentração?
— Não se comparam. A anotação de 25 de maio de 1938, cheia de palavras em castelhano, me parece mais eloquente que todos os livros sobre nazistas na Argentina.
— ...?

> *Hoje estive na* Plaza de Mayo. *Entre uma massa de milhares de pessoas havia um grupo de 20 a 30 jovens que fizeram saudação fascista quando foi tocado o hino, gritando:* Viva Espanha, abaixo os judeus. *A massa se distanciou claramente deles, respondendo o tempo com gritos de* abaixo as mãos, *e deixando claro que hoje é um dia da pátria, ou seja, um dia para todos, sem divisões. Além dos gritos mencionados se podia escutar:* Viva a revolução de Maio, viva a próxima revolução.

— O que sim se compara, como te dizia, é o mandato do dever filial. Ela foi deportada voluntariamente para Theresienstadt em busca da sua mãe, cega, e a seguiu depois até Auschwitz e a teria seguido até os fornos, se um nazista (Menguele em pessoa, segundo uma duvidosa lembrança) não tivesse impedido com um chute que quebrou a mandíbula dela.

— Se acredita que se ocupar dos próprios pais é um dever filial forte é porque vive numa época de dever filial escandalosamente fraco.

— É possível. Mas você não parecia estar convencido e por isso recorre a pensamentos silogísticos para não se matar.

— O sentido da vida não pode ser acabar com a vida e com ela toda a possibilidade de sentido. Pode ser que alguém não encontre sentido na vida, ou que a vida não o tenha mesmo, mas o que não pode ser é que a resposta a essa pergunta aparentemente sem resposta seja a anulação das condições materiais para colocar essa pergunta.

— Estou totalmente de acordo. Embora não sei se não é uma obviedade dizer que se matar não pode ser a solução para a pergunta de por que não se matar.

— A ideia é que quando não encontramos a razão de alguma coisa ser, pelo menos sabemos que anular, que é a solução quase instintiva que nos propõe o desespero, não pode ser essa razão.

— Vou tomar como um conselho de avô. Pode servir até em situações menos dramáticas, pensando bem. Por exemplo, quando traduzo teu diário e me vejo diante de uma frase que não parece ter solução. Agora sei que deixar de traduzi-la não pode ser a solução para o problema.

— Bom, aí não sei se posso estar totalmente de acordo. Na frase "lesen in Brot und Wein", por exemplo, que você acaba de traduzir como "ler com pão e vinho", acho que seria melhor se tivesse deixado como pergunta.

— ...?

— Não conhece o poema "Pão e vinho", de Hölderlin?

— Não, só conhecia o cântico de estádio: Pão e vinho, pão e vinho... e sem aspas.

— É um diário escrito às pressas, meu querido. Esse "in" é usado para falar de um livro. Senão parece que estou lendo afundado em comida...

— De todo modo, a pergunta que permanece no ar é se realmente não encontrou uma saída para teu dilema. Porque no fundo sabia que o sentido da vida estava, ou está, no estudo e nos livros.

— Mas eu falo de uma razão transcendente, universal.

— E por que não pode coincidir com uma razão pessoal, egoísta? De fato, o livro é esse objeto ambíguo que reúne as duas esferas, a mundana e a espiritual. É uma coisa mais entre as coisas, e, por sua vez, contém o universo.

— Os livros como a única imagem de Deus que nós judeus permitimos adorar, na falta de esculturas e imagens. Gostei.

— Por isso é que ter de se separar dos teus livros foi como um suicídio. Neles tinha encontrado o sentido da vida e agora as circunstâncias não te deixavam viver. Terrível.

— Mais terrível é o que tua avó sofreu.

— Mas para mim é mais fácil entender a crueldade nazista lendo esse trecho do teu diário do que ouvindo da boca da Oma Ella o relato muito mais impressionante.

— É verdade que na derrota racional e espiritual que significa o nazismo há alguma coisa que transcende o horror físico, como se a chegada dele tivesse retirado qualquer possibilidade de sentido que transcenda à vida e ao ser humano, mesmo depois de terminado o martírio corporal. A perseguição e os campos ajudaram, em todo caso, que cada pessoa buscasse o sentido muito além da sua própria pessoa, como se vê nas seguintes anotações do meu diário, que peço licença para citar, na tua sempre duvidosa tradução:

16/4/1936
Uma pessoa gostaria de seguir adiante. Mas na vida não existe um objetivo preciso e bem desenhado. Uma pessoa gostaria de estudar, saber. Estudar dá alegria e o saber parece conceder uma justificativa para o orgulho. Mas isso se transforma rapidamente, talvez até rápido demais, em humilhação, em contrição e desespero.

22/11/1936
Às vezes, como ontem à noite, quando estou cercado da mais completa calma e aí é quando se esforça para dormir e descansar das obrigações cotidianas, vem então essa voz tão temida e ao mesmo tempo bendita, a mais amada, a única verdadeira, e me faz a pergunta que desde muito tempo mexe comigo: para que você vive? Não está arruinando a tua interioridade? Não vou visitar o [rabino] Spier. Em parte, porque realmente não tenho tempo, em parte, porque tenho que estudar inglês e espanhol, mas também porque já não possuo um fundamento verdadeiro sobre o qual construir minha vida, como em outros tempos imaginei.

7/12/1936
Uma vez ou outra me vejo diante da seguinte pergunta: vale a pena? Se a pergunta que antes pairava sobre mim, com toda a fúria, era se tinha algum sentido, agora essa pergunta mudou um pouco. Curiosamente, a gente pensa saber a resposta, intuí-la: claro que apenas de forma relativa, desde o ponto de vista do ser humano. O que Deus quer com o mundo? Não sei. Mas com frequência, quando o estado de saúde não é o ideal, quando é preciso se esforçar e se arrebentar, quando não se enxerga êxito nenhum e (não por último) quando se percebe que a única coisa que sobra na vida é trabalhar até o fim, nesse momentos, quando não somos perturbados pelo ruído ou pela "importância" do trabalho, surge a pergunta: vale a pena? Valem a pena esses esforços? Não nos deitaremos em algum momento e fecharemos os olhos para o sono eterno, depois de ter estado "remendando" coisas por aí? Tem sentido um trabalho desses?

25/12/1936
Hoje à noite, quando faltam quinze minutos para a meia-noite, me vem pela primeira vez à mente que talvez haja uma solução. Uma solução um pouco torta, sem dúvidas, mas pelo menos é uma solução. Uma vez ou outra me vem a advertência de que, apesar de tudo, devo seguir minha vocação de estudar filosofia e religião. Mas é infinito, é uma barreira insuperável o que me impede. Não tenho o exame final do bacharelado, já estou bem

velho, não tenho dinheiro para estudar, meus pais dependem de mim. Queremos, temos que ir embora da Alemanha. Estudar idiomas é o mais importante. Inglês e espanhol. Todo o resto é secundário, e não existe sacrifício maior para mim que o de não ter tempo para me dedicar à filosofia da religião. Um sacrifício enorme que ninguém pode apreciar. E por isso a questão surge novamente e me corrói e me pressiona e me apressa. E pela primeira vez, quero me dar um presente por todo o sacrifício que estou fazendo. Vou estudar, estudar idiomas, literatura técnica sobre indústria têxtil, tudo, tudo, mas esse tudo com o objetivo de em pouco tempo, talvez em dezessete anos [isto é, quando fizesse 40], ganhar tanto dinheiro que me ficará o resto da vida para me dedicar às coisas que, para mim, seriam uma bendição e, para outros, talvez uma ajuda. Tomara que eu consiga, tomara que minha energia seja então ainda muito maior que agora.

— Chama a atenção que entre o infinitamente muito que te impede estudar, você não mencione o fato de que era proibido, como você mesmo tinha anotado no início do ano.

— De repente eu já tinha as leis raciais tão incorporadas que não contavam como um obstáculo conjuntural.

— Ou terá sido a tua maneira de não pensar na tua posição de perseguido? Porque exceto aquela anotação, em momento algum você fala explicitamente das coisas que sofria por ser judeu. Como se fosse um tabu até mesmo para um diário.

— É um regime que repugnava a razão ao ponto de que não podia ser incluído numa lista de argumentos, sequer negativamente. Em certo sentido, o nazismo era tão incompreensível nesse momento como o seria para as gerações futuras.

— De todo modo, é surpreendente que a única vez que você menciona Hitler, enquanto está na Alemanha, seja em janeiro de 37:

Hoje Adolf Hitler falou da transformação de Berlim numa verdadeira capital. Para a ampliação se prevê um tempo de 20 anos.

— É um discurso que ele deu no Parlamento, quando foram cumpridos quatro anos do seu governo. Eu fazia planos para os próximos dezessete anos e não podia imaginar que estaria o mesmo ditador no poder.

— Pensando no silêncio que você guarda no teu diário, em relação ao tema, me pergunto se a indiferença não seria uma estratégia não de defesa, mas de ataque. Ou seja, responder à segregação com inclusão, ao antissemitismo (judeufobia) com germanofilia, como quem diz: não trate de me convencer que somos diferentes, porque nós dois sabemos que somos iguais. Era possível ser tão sutil naquele momento? Vô, era possível ter tanto sangue frio?

— ...

Meu avô não responde, e talvez seja melhor assim, porque isso não é um livro de entrevistas como o que fiz com minha avó[5], mas um romance, então me levanto da cadeira, como uma peça imaginária, e deixo meu avô sozinho com o pequeno personagem desabrigado, cujo inglês também ruim, e ainda por cima norte-americano, compensou com acréscimo o gasto que Magnus tinha tido involuntariamente, quando pediu a mesma coisa que ele.

— Se me permite perguntar, de onde o senhor é? — pronunciou com o seu inglês melhor de Oxford (Dictionary).

— Dos Estados Unidos, mas nasci perto do Danúbio — respondeu, com um inglês que essa tradução melhora e até estiliza.

— Sou campeão de xadrez, porém fictício. De uma novela de Stefan Zweig, não sei se conhece.

— Stefan Zweig? Como não vou conhecer, se é meu escritor favorito! — se apressou em dizer Magnus, para acabar com essa dúvida quase ofensiva, e logo depois, mais sereno, recapitulou o que tinha acabado de ouvir. — Campeão fictício?

— Exatamente, por isso não reconhecem aqui e me impedem de jogar com Alekhine.

---

[5] *A avó*, publicado em alemão como *Duas calças da marca Herring*. (Basta de publicidade!)

Paradoxalmente, Heinz Magnus sentiu que o café lhe dava um ataque de sono. Na verdade — para expressar também em termos paradoxais —, o que sentiu foi que ele próprio caía num sonho. A fumaça, o tango e os cartazes de metal com publicidade de Quilmes certamente contribuíam, quando não exigiam, essa interpretação do mundo circundante. Para Magnus, o exílio sempre tinha sido algo onírico, ou se se prefere, novelístico, e apesar de a sensação ir diminuindo com o passar do tempo, nada assegurava que isso acontecia pelo fato de a percepção entender, finalmente, as novas circunstâncias, e não porque tivesse se rendido diante de circunstâncias que continuavam sendo irreais.

— Seu nome qual é mesmo?

— Sim, perdão. Czentovic. Mirko Czentovic. Muito obrigado pelo café.

Magnus repassou o nome das personagens dos romances de Zweig que tinha lido para comprovar que a fantasia desse rapazinho seguisse pelo menos o padrão de uma mínima verossimilhança, mas não encontrou nenhum nome sequer parecido (lembremos que A *novela de xadrez* sairia nessa época). Para ele, era difícil decidir o que era mais absurdo, se o rapaz se achar um personagem de novela ou se ele dizer isso abertamente. Entendia que é sempre melhor saber a verdade e dizê-la, mas não estava certo se a máxima valia também para a autoenganação flagrante, a pura e simples mentira. Aceitar que alguém viva submerso num delírio só porque se mostra sincero a respeito disso confere a essa honestidade a perigosa força de transformar um sonho claro numa vigília difusa, sem deixar de ser vigília.

O tchan-tchan da orquestra fez com que os aplausos irrompessem e, como se isso voltasse a despertá-lo, meu avô teve um golpe de pensamento que lhe daria vergonha confessar em voz alta, pois demonstrava com muita evidência seu lento, porém indeclinável giro para o ateísmo: o que pensou foi que também ele, além de ser filho do seu pai, dizia ser um personagem de Deus. Não era o único, é verdade, e isso fazia toda a diferença em termos sociais, mas no fundo, e visto desde essa perspectiva, o absurdo ficava muito matizado, ao ponto de quase se igualar com outras *Weltanschauungen* parecidas ou idênticas. A diferença, se é que havia, não ultrapassava a que se estabelece entre as drogas legais e ilegais, ou entre as chamadas drogas e os chamados medicamentos. Se ele admitia ser membro do povo do livro, qual diferença fazia o tipo de livro trazido pelo outro?

— Também sou um personagem, mas da Torá — pensou, ecumenicamente, em voz alta.

— O senhor é enxadrista? — o outro não deixava de pensar fanaticamente nas suas próprias coisas.

Magnus não conseguiu sequer negar com a cabeça, pois já se distraía com a repentina chegada de Sonja Graf, esplêndida, apesar da sua expressão carrancuda e apesar de não ter nem olhado para ele. Vinha acompanhada do jovem estoniano Ilmar Raud, de quem não sabemos nada além de que também ficou na Argentina após o fim do torneio. Ele, porém, ainda não sabia, porque não era seu plano; estava tão pouco preparado para esse giro na sua vida que em menos de dois anos, depois de tentar, sem sucesso, sobreviver jogando por dinheiro e dando aulas particulares, morreria de tifo, jogado na rua ou de repente num manicômio. Segundo algumas versões, morreu foi de fome, por mais que seja difícil de acreditar que isso tenha acontecido num país onde as pessoas, para dizer que "ganham o pão", falam de "ganhar o puchero", comida muito mais completa, quase opípara, como logo depois também observaria o polonês da mesa ao lado, Najdorf, um detalhe que segundo seu testemunho o faria decidir permanecer no país após perder toda sua família, um total de trezentos membros, nos campos de extermínio nazistas.

— Nenhuma possibilidade — disse Graf, acendendo um cigarro. — Nem com uma bandeira que diga "Livre", como a minha.

— A sua? — se permitiu duvidar Heinz, com um sorriso de orgulho e emoção ao saber que o desenhinho tinha sido adotado, o que acabou o ajudando a ver que o seu *ex libris* não estava assim tão ruim e que o mandaria imprimir já no dia seguinte.

Só aí que Graf reconheceu o judeu da barbearia, e a saudação se limitou a esse gesto de reconhecimento, porque logo depois se virou de novo para o resignado Czentovic.

— Vamos pensar em alguma coisa — o consolou a mesma que o tinha desencorajado. — Não pode ser que um talento como o seu fique à margem do torneio.

Nesse instante, apareceu o atencioso garçom, e embora Heinz agora sim quisesse convidar a uma rodada, teve que evitar repetir qualquer gesto que pudesse provocar o aumento de mais cinco pesos que tinha conseguido para o próximo mês. A alegria de encontrar sua enxadrista tinha minguado ao vê-la acompanhada de outro homem, ainda por cima tão jovem quanto ele e até de feições parecidas, mesmo que ambas as coincidências fosse, no fundo, um bom sinal. Estar cercada por jovens parecia exaltar a enxadrista, e naquele afã foi ela quem acabou convidando a mais uma rodada, embora tivesse mais dinheiro apenas que Raud, sem dúvida o mais pobre da mesa. O único comensal abastado, Czentovic, era o que nunca convidava, como se o seu dinheiro também fosse fictício, ou de alguma maneira não tivesse valor nesse mundo.

— Poderia jogar no meu lugar — propôs Raud.

— É uma ideia! — se entusiasmou Sonja.

Raud vinha de jogar com as pretas contra o cubano Alberto López Arce, e precisou suspender sua partida até o dia seguinte, deixando o próximo movimento entreaberto. A ideia de ceder seu lugar nascia de uma certa covardia que lhe acometera após sentir que tinha tomado o rumo errado e que perderia (mas não percebia bem, porque no dia seguinte conseguiria a vitória).

— Podiam fazer o truque do turco — disse meu avô, voltando a colocar seu inglês em prática, onde também faziam esses jogos de palavra. — O turco de Maelzel, o autômato de quem fala Poe...

Isso era quase tudo o que Heinz sabia sobre xadrez, e ficou surpreso de ver que a referência não dizia nada a esses enxadristas, ainda que justamente esse tipo de incongruências paradoxais são as que costumam definir a erudição, por um lado, e a ignorância, por outro, se é que não são ramos da mesma família. Com franco prazer, já que ele gostava de glosar histórias de livros tanto quanto os ler em voz alta, e de passagem podia alardear diante da mulher dos seus sonhos, ou a melhor que nesse momento oferecia a realidade; com franqueza prazerosa, então, Magnus passou a parafrasear o ensaio em que Edgar Allan Poe denuncia que o robô enxadrista criado pelo barão húngaro Von Kempelen no século XVIII era um engano. Nessa época, estava nas mãos de um tal Maelzel, que com seu suposto autômato fazia turnês pelas principais cidades dos Estados Unidos, ganhando da maioria dos que o enfrentavam (mas não de todos). Poe tinha visto várias dessas exibições, que depois descreveu minuciosamente no seu texto, explicando com não menos prolixidade como a fraude era feita. Magnus não tinha guardado os detalhes expostos por Poe para mostrar que no lugar em que estava a máquina, na verdade havia uma pessoa, e como essa pessoa fazia, ou pessoinha, para mexer o braço do turco. Tinha guardado apenas alguns dos argumentos de Poe para negar a base da autenticidade, entre eles aquele que se referia justamente a seu *score* imperfeito:

> O autômato não ganha todas as partidas. Se a máquina fosse uma máquina pura, não aconteceria isso, e ganharia sempre. Se é descoberto o princípio através do qual se pode fazer que uma máquina jogue uma partida de xadrez, uma extensão do mesmo princípio permitiria que ela ganhasse uma partida e uma extensão subsequente lhe permitiria ganhar todas, isto é, bater qualquer combinação possível de um adversário. Qualquer pessoa que pense um pouco nisso estará convencida de que a dificuldade de fazer uma máquina que ganhe todas as partidas não é em nada maior, no que se refere ao princípio das operações necessárias, que fazer uma ganhar uma única partida. Se considerarmos este jogador de xadrez uma máquina, devemos supor (o que é bastante improvável) que seu inventor preferiu deixá-lo incompleto a aperfeiçoá-lo.

Embora esse argumento parecesse categórico para Heinz, não por acaso se lembrava dele e podia reproduzi-lo agora, prontamente explicou que Poe incorria aqui numa tremenda subestimação matemática. Segundo tinha lido numa nota de rodapé do próprio texto (isso ele não disse), o teorema falhado de Poe se parecia ao do rajá hindu que inocentemente tinha conseguido — como conta a mais célebre das lendas fundacionais do jogo — satisfazer a recompensa solicitada pelo seu inventor, aquela de um grão pelo primeiro escaque e a duplicação progressiva do mesmo até o último tabuleiro, o que terminava dando uma soma tão exorbitante quanto o número de todas as jogadas possíveis, incalculável até para as máquinas que ainda não tinham sido inventadas.

Mas para Heinz importava menos a precisão matemática de Poe que seu comovente esforço teórico, reminiscente, no seu entender, do de Paléfato, aquele discípulo de Aristóteles que tomou para si a irrisória tarefa de refutar com as armas da lógica — o que hoje em dia (vale também para 1939) chamaríamos de "cientificamente" — os antigos mitos gregos. Tanto trabalho argumentativo para negar o que caía pelo seu próprio peso criava um elo entre os dois autores para além das diferentes regiões e épocas em que viveram e dos alcances das suas respectivas quixotadas. Magnus, por sua vez, se apressou a analisar esse último ponto, o do autômato — isso que hoje (e apenas hoje) chamaríamos de "inteligência artificial" —, algo que já preocupava a Leibniz, pois levar a sério um exemplar dessa raça semi-humana, ainda que fosse apenas para demonstrar que não pertencia a ela, era praticamente um dever para toda pessoa interessada nas possibilidades e nos limites da ciência.

A breve exposição impressionou o pequeno público, que por estar composto de importantes figuras, como no tabuleiro do lado, certamente teria transcendido até os nossos dias (e esse livro se chamaria *Magnus por Magnus*). Quem reagiu primeiro foi Sonja Graf que pelo menos conhecia Poe, embora não como historiador de xadrez, mas como autor de mistérios, certamente muito crítico do jogo, cuja "frivolidade elaborada" punha por debaixo do *whist*. Talvez por isso Sonja estava mais para acreditar que a do turco era mais uma de suas histórias inventadas, também de mistério, embora sem mortos, apenas derrotados, e não deixou de dizer que lhe parecia um pouco simples demais e inverossímil. Espantado, Magnus teve que insistir que não, que era sim verdadeira, ou seja, que verdadeiro que não era um autômato, quer dizer... Poe tinha feito tanto esforço para refutar uma ficção para que agora custasse explicar que naquele momento ela aparecia como verdadeira! Em voz alta, Magnus lembrou que Robinson Crusoé também tinha sido lido mais como crônica que como romance, mas a alusão não surtiu efeito, e no desespero acabou lançando mão de um argumento estranho, próprio de um Paléfato: se aquele turco tivesse sido fictício, Czentovic deveria tê-lo conhecido. Logo percebeu que era uma presunção absurda, até mesmo dentro da sua irônica racionalidade, como perguntar para Ilmar Raud se conhecia a certo estoniano apenas pelo fato de vir do mesmo país.

— Será que algum dia uma máquina ganhará do homem? — disse Raud, direcionando a conversa para um tema inescrutável para todos ali.

— Se conseguimos fazer robôs com vida que tenham a metade da efetividade das nossas máquinas de morte, sem dúvidas — Graf demonstrou tanta fé nas possibilidades infinitas da ciência como nas do ser humano de pôr limites a ela.

— A pergunta é se um robô criado pelo homem não volta a ser um triunfo do homem — disse Magnus, sendo mais preciso.

— É verdade — Graf o olhou de lado, cheia de futuro, pensou Heinz. — Deveria ser um robô construído por um robô.

Animado pelo conhaque, ou por não ter de pagá-lo, Czentovic contou que na exposição universal de Nova Iorque, esse evento de magnitude dificilmente amplificável (vale para 1939, não para hoje em dia), tinha visto um robô enorme, todo dourado, que se movia seguindo as ordens transmitidas através de um telefone, falava com voz metálica e até fumava cigarros. Não lembrava o nome desse prodígio (muito menos se lembraria de que tinha sido construído para divulgar uma marca de eletrodomésticos, de maneira que fica demonstrado que já naquela época a publicidade era um engano voltado não para os consumidores, mas para os fabricantes, que são quem financia essa vistosa fraude); não tinha guardado o nome do robô (e não seremos nós quem lhe fará publicidade gratuita), mas lembrava que o tinham apresentado como "um Frankenstein amigável", esquecendo que também Frankenstein era, no início, amigável, ou que pelo menos tinha sido construído com boas intenções.

— O robô enxadrista é uma questão de tempo — concluiu Czentovic, sem estar convencido, pelo que parece, pelos argumentos matemáticos que contradiziam Poe. — Quando chegar, seremos mais obsoletos que os faroleiros.

— Poderíamos dizer que a eletricidade é o robô que acabará inventando o robô que nos dará seu xeque mate elétrico — completou Raud.

— Falando em mate, vocês o experimentaram? — sem razão aparente, Magnus desviou o assunto, apenas para contradizer meus preconceitos a respeito da sua argentinidade. — Dizem que tira a fome, mas me dá fraqueza.

— O que me impressiona nesse país é que estão o tempo todo dizendo "tchec". Me sinto o tempo inteiro em mate — brincou Graf.

— Não é "tchec", é "tchê". Assim que falam um com o outro.

— Todos verdadeiros *ches-players*.

Riram, apesar de a piada não ter sido boa. Prerrogativas de quem paga, pagando uma rodada mais como agradecimento. Meu avô pegou o relógio de bolso — que eu guardo em alguma gaveta (cravado exatamente em quinze para as três, sempre supus que da tarde, mas agora acho que não) — para ver a hora, e deu uma bocejada descomunal, uma certa falta de educação, mesmo tapando um pouco a boca. Seu dia de hoje já era, para a sua vida na Argentina, o que é o capítulo para o presente livro, e se seria quase conveniente estendê-lo até juntar com o seguinte, talvez em companhia, preferiu paga a sua parte e ir embora.

— A acompanho até o hotel? — descarregou sobre Sonja o seu próprio desejo.

— Acho que prefiro ficar um pouco mais — disse ela, que na verdade queria ir embora.

— Não disse que precisa ser agora — corrigiu Magnus.

— Sendo assim, tudo bem — se alegrou Graf.

No entanto, uns minutos depois, desenganado pela resposta dela, Magnus pagou e foi embora. A jogada não deixou de surpreender Sonja Graf. Positivamente.

10. Entre ficções vivas

Em *Histórias breves e extraordinárias*, Borges narra uma partida de xadrez entre dois reis que paralelamente vão determinando as vicissitudes do combate que travam seus respectivos exércitos:

> *Por volta do entardecer* — fecha "A sombra das jogadas", baseada na lenda galesa de Mabinogion —, *um dos reis derruba o tabuleiro, porque sofreu xeque mate, e pouco depois um cavaleiro ensanguentado anuncia para ele: teu exército foge, perdeste o reino.*

Também o torneio das nações, se serve de alguma coisa comparar as lendas com a realidade, entrou na etapa decisiva da sua fase classificatória justamente quando a Europa entrava na etapa decisiva das preliminares da Segunda Guerra Mundial. Enquanto aqui se davam as condições para que Alemanha enfrentasse a Polônia (ambos *teams* ocupariam o pódio dos seus respectivos grupos e lutariam cabeça a cabeça pelo primeiro lugar do torneio, que finalmente ficaria nas mãos da Alemanha, por meio ponto de diferença); enquanto aqui os dois países marchavam em direção ao conflito final, na Europa os dois países moviam suas peças mais ou menos para o mesmo destino.

Hitler tinha dado um ultimatum a Polônia: ou deixava voluntariamente parte do seu território ser anexado, como fizeram Áustria e Tchecoslováquia, ou o exército nazista o tomaria a força. Para seu adversário, era como lhe anunciassem um falso xeque, ou pelo menos um que ele se negasse a reconhecer, alegando movimentos ilegais ou até falhas nas regras do jogo. É certo que poderia ter entregue a peça que pediam, mesmo que equivalesse a uma rainha, para proteger as outras, mas em algum ponto sabia, como todo jogador sob ameaça, que esse sacrifício desproporcional lhe faria ganhar apenas um pouco de tempo, nunca a partida. De fato, o pacto de

Hitler com Stalin, tornado público dias antes, já deixava estipulado, mesmo que aquilo ainda fosse tema para especulações, que os russos ficariam com a outra parte do país, como se veria depois.

No entanto, seria um erro achar que a posição era clara. Nenhuma delas é quando analisamos a fundo, esquecendo por um instante que sabemos qual foi o próximo movimento e até como terminou o *match*. A linha que realmente seguiu o jogo já está desenhada, com um traço talvez mais grosso que os demais, mas os mil caminhos que ficaram no limbo das possibilidades são os que verdadeiramente ajudam a explicar por que aquele terminou sendo o escolhido. O problema central são as peças aparentemente relegadas dentro do tabuleiro. Por exemplo, Itália, no tema que nos diz respeito. O pacto russo-alemão parecia fazer tacitamente cair por terra o pacto anticomunista ítalo-germânico, deixando Mussolini livre para tomar partido pela Polônia, junto com a França e a Grã-Bretanha. A estratégia — ofensiva, como as melhores defesas — bem poderia levar um nome italiano, pois algo muito parecido tinha feito a Itália na primeira guerra, traindo seu aliado alemão depois de ter sentido ser traída por ele.

Poderia ser dito que até aqui chega a metáfora enxadrística, pois num tabuleiro não pode acontecer de as peças decidirem de repente trocar de cor e começar a atacar suas antigas companheiras. O que ocorre no xadrez é que a posição momentânea de uma peça própria não jogue mais contra todas as rivais, ou que a própria estratégia se converta numa cilada por causa de um movimento inesperadamente traiçoeiro do rival, que não traria maiores problemas se não confiássemos tanto na manutenção de certa linha de jogo. As peças, como vemos, mudam à sua maneira, e o primeiro em saber disso é o analista, pois para ele os dois grupos são próprios e alheios de uma só vez.

O equivalente a esse analista contemporâneo à partida, e todos passam a sê-lo desde o momento em que se dedicam ao estudo atemporal de uma posição, como se ainda não tivesse sido resolvida, uma das magias do xadrez é justamente que conta com uma medida de tempo intrínseca, como já tinha notado o linguista Ferdinand de Saussure, ao compará-lo com o sistema de signos de uma língua, em determinado momento; o equivalente aos analistas reunidos no *foyer* do primeiro andar do teatro Politeama, comentando as jogadas reproduzidas nos tabuleiros no mural YPF (e pensem bem!) seriam os editoriais de jornal, escritos por civis que acreditam saber mais do jogo que os militares, mesmo sem ter a menor ingerência no desenvolvimento daquilo. Mario Mariani, para dar um exemplo, escritor e ensaísta italiano que escrevia "exclusivamente" para o jornal *Crítica*. Na sua coluna de 18 de agosto, em que usa a metáfora do tabuleiro e dos movimentos para explicar a situação na Europa, Mariani especula com a possibilidade de que Hitler abandone o projeto de invadir Polônia e pactue com França e Grã-Bretanha, para assim dominar a Itália e ter um "um porto no Mediterrâneo". Como demonstra essa jogada que ficou no limbo (o inferno!) das possibilidades, e para usar uma manchete do mesmo jornal, "A situação está dominada pelo mais completo confusionismo". A imprensa colaborava com esse caos, com *Crítica* na frente. No início da guerra, o jornal de Botana (de Yanofsky!) publicou que Berlim, segundo um telégrafo de United datado de primeiro de setembro, tinha sido bombardeada por aviões poloneses. Não seria a notícia mais desproposidada que publicariam por esses dias:

> *o ariano puro chama hoje em sua ajuda*
> *o judeu lhe oferecendo esquecimento de empunha*
> *as armas pela alemanha*

Uma notícia, quase tão surpreendente quanto o pacto de não agressão russo-alemão, chega de Berlim.
É uma breve informação que nesse momento de comoção internacional e prévia de guerra talvez passe despercebida e não ocupe oito colunas nos jornais; notícia que tem, entretanto, uma enorme importância para os cem mil judeus espalhados pelo mundo, desterrados, fugidos da perseguição nazista.

"Podem voltar à sua pátria, se quiserem"; serão bem tratados, principalmente os que estão em condições de pegar em armas; serão imediatamente incorporados ao glorioso exército alemão e poderão gozar da altíssima honra de deixar-se matar pelos verdugos dos seus pais e irmãos. Os antifascistas e judeus italianos estão certos de que, se o perigo aumentar, Mussolini lhes dará a mesma graça: declarará solenemente que conhece apenas italianos, que todas as desavenças anteriores acabaram, e que acima de tudo é necessário defender a pátria.
Há duas coisas que caminham sempre juntas: a covardia e a crueldade. O cruel é sempre um covarde, o covarde é sempre cruel. As camisas pardas que arrastavam nas ruas de Berlim, entre gargalhadas, os pobres velhos em farrapos, culpados apenas de não ser arianos puros, e que faziam com que os bondes esmagassem as cabeças deles, hoje lançam um chamado desesperado aos sobreviventes das chacinas antissemitas e dos "pogroms", para que corram para se alistar sob as bandeiras dos torturadores de sua raça, de seus assassinos.
É esse o orgulho racial dos arianos puros! Arianos podem ser, mas gente assim de puro não tem nada; nem o sangue, nem a alma, nem o cérebro.
Maravilhoso espetáculo de covardia! Despois do espetáculo de crueldade, sem precedentes na história. Mas haveria uma covardia ainda maior, uma covardia que não queremos nem imaginar; e seria a covardia dos liberais, democratas, socialistas, comunistas que aceitassem o chamado e fossem derramar, para salvar a tirania, o pouco sangue deixado pelos tirados.

Não estavam menos equivocados os vaticínios enxadrísticos do analista estrela do jornal, Raúl Capablanca, que uma vez iniciada a Copa Hamilton Russel, anunciou que a final seria entre Suécia e Argentina, e nenhum deles conseguiria chegar nem mesmo ao pódio dos três melhores. E assim como as notícias de *Crítica* respondiam aos seus interesses ou desejos políticos (ver a queda de Hitler), Capablanca lançava seus vaticínios e comentários com a evidente finalidade de ficar bem com as autoridades locais, para que pudessem tramitar sua esperada revanche contra Alekhine.

De todo modo, alguns vai e vem eram reais. Numa partida já claramente decidida também aparecem a todo instante jogadas incongruentes ou que retardam o inevitável. Polônia podia ceder, como fica dito (e mesmo feito, por Áustria e Tchecoslováquia!), e assim evitar o princípio de um conflito armado de consequências incalculáveis (um grãozinho por um escaque!). Essa fé numa espécie de empate para a paz mundial se manteve mesmo depois do fatídico primeiro de setembro, como pode ser visto no diário Íntimo (edição internacional):

1/9/39
Hoje às 5 da manhã, Alemanha começou a bombardear Polônia. Porém ainda acredito que as coisas podem se ajeitar. (Meu avô usa aqui o verbo "arreglieren", que não existe em alemão, exceto nesse dialeto não oficial que depois seria conhecido como "Belgrano Deutsch", por causa da quantidade de emigrantes que viviam nessa zona de Buenos Aires. A regra básica desse bairroleto consiste em pegar uma palavra castelhana e colocar uma desinência teuta. É o que de fato ocorre no verdadeiro alemão, puro, com muitas palavras latinas, que obviamente fazem parte do vocabulário refinado. Tão refinado que se alguém recorre ao termo irreal, como "arreglieren", é muito difícil que alguém o corrija, por medo de parecer um burren.)

2/9/39
Hoje de manhã renunciamos completamente à esperança de uma solução pacífica. Hoje pela tarde acreditamos vislumbrar um pequeno fio de esperança.

3/9/39
Hoje às seis da manhã, hora local, aconteceu o inevitável. Inglaterra declarou guerra à Alemanha. Pouco depois a França também declarou guerra à Alemanha. Esperemos que quebrem logo o pescoço desse criminoso.

Mas ainda não ressoaram as sirenes daquela madrugada de início de setembro anunciando o começo real de um conflito que não deixaria de trazer consequências até para sua metáfora enxadrística. Voltando à madrugada anterior, um movimento que não deveria perturbar ninguém, pois é o que estamos fazendo desde o princípio, nada do que é contado aqui deixa de fazer parte da história e portanto é assunto conhecido e resolvido, nesse sentido podemos ficar completamente tranquilos, ou cair no desespero mais grave; voltando à madrugada de 31 de agosto, dizíamos, nos encontramos na *prévia* de outra catástrofe, de tipo doméstica e própria dos vai e vem das novelas, mesmo das que têm um final anunciado.

Heinz Magnus, depois de perceber que para ter um encontro mais íntimo com Sonja deveria tirá-la do ambiente dela, que não era apenas o do xadrez, mas também o dos homens, viu que essa noite estava livre (dupla liberdade!) e decidiu convidá-la ao cinema. Tinha olhado a programação, em busca de algo apropriado para a ocasião, talvez uma produção argentina, para poder traduzir para ela ao pé do ouvido, mas acabou optando pelo bom cinema europeu: *A besta humana*, de Jean Renoir. Certamente não era de amor nem nada do estilo, mas também não fazia sentido achar que uma mulher só se interessaria por esse tipo de filme. De fato, pensar assim seria subestimá-la, essa enxadrista de aspecto varonil e língua afiada certamente teria se sentido ofendida se fosse levada a ver algum melodrama qualquer. Não era uma dona de casa, mas uma mulher do mundo, uma intelectual. Tratá-la de outra maneira era, no fundo, subestimar a si próprio, pois ele também teria se ofendido se ela preferisse ver alguma porcaria vernácula. E se essas não eram mais do que desculpas para ver o que ele queria, também não estaria ruim. Em última instância, o que Heinz procurava era que Sonja se interessasse não pelo filme, mas por ele, e a escolha desse e não outro filme era uma tentativa.

Seja como for, na quarta-feira aproveitou a pausa do almoço para passar pelo cinema Ambassador, na rua Lavalle, e comprou dois ingressos para a sessão das nove e quinze. Do trabalho foi direto para o hotel onde estava a alemã. Para não ter de dar explicações, se limitou a chamar por ela na recepção, acentuando bastante seu sotaque (na verdade, o aproximando mais ao francês, que tinha o som mais marcado). Como temia e na verdade até esperava, a senhorita Graf não estava, mas se quisesse o cavalheiro poderia deixar um recado. Era o que tinha pensado em fazer, então se afastou um pouco e simulou escrever o que já tinha trazido preparado no bolso: um vale "para a mulher barbuda", para uma entrada de cinema "na companhia do seu sócio no circo". Essa codificada referência ao passado deles em comum, que por sua vez projetava um futuro indefinidamente extenso, lhe parecia bem acertada, e certo de encontrá-la na entrada do Ambassador na devida hora, passou pela sua casa para se arrumar.

A mulher barbuda, porém, tinha outros planos para essa noite. Ou, melhor dito, outras improvisações. Os dias livres sempre a pegavam desprevenida. Era a única jogada que não conseguia antecipar, como costuma dizer. Certo é que não iria outra vez ao Harrods, muito menos com Vera Menchick de Stevenson, que desde o início do torneio quase não lhe dirigia a palavra. Teria medo dela? Uma possibilidade. Embora a campeã viesse invicta e ela tivesse perdido dolorosamente contra a russo-estadunidense Mona May Karff (companheira de andar no hotel, para piorar as coisas), se sentia mais forte do que nunca, uma notícia que certamente chegou até sua rival. Os grandes campeões simulam não se interessar pelo resto e olhar tudo desde o longínquo castelo do eterno triunfo, mas possuem um grande séquito de capangas que observam potenciais competidores. Vivem no terror de perder isso que ganharam, como acontece com qualquer rei e seu reino e suas riquezas. Nesse sentido, ser a segunda melhor era uma vantagem, uma tranquilidade sem igual, que realmente não gostaria de perder por derrotar a outra. Mas ninguém chega a ser segundo se não quer ser primeiro, essa é a lei primeira (e segunda!) de todo esporte competitivo.

Em parte por não saber o que fazer com seu tempo livre nessa espécie de megalópoles campestre (era possível ver mais animais pelas ruas que nos povoados alemães, incluindo vacas leiteiras que distribuíam seu produto fresquinho — e quentinho! — a domicílio), em parte porque queria se livrar o mais rápido possível do gosto amargo da derrota no dia anterior, Graf recebeu com alívio a notícia do comitê organizador, dizendo que havia um erro no cronograma e que ela teria, sim, de jogar essa noite. Por isso, se sentou com um enorme entusiasmo diante da canadense Annabelle Louhgeed-Freedman, que em Buenos Aires jogava sua primeira olimpíada de xadrez, em que, diga-se de uma vez, ganharia apenas uma partida e ficaria em último. Em acordo com esse a priori, Graf a destroçou. Bastaram apenas 33 jogadas, sem ter que pensar muito tempo em nenhuma delas. Quando se levantou da cadeira, eram dez e quinze da noite. A organização não tinha se confundido, somente pecado de indiscreta: era realmente um dia livre para a jogadora livre.

Durante o almoço tinha escutado que essa noite fariam uma sessão de xadrez vivo em algum lugar no centro, perguntou como chegar lá e foi, a pé e sem companhia masculina (o que ninguém na rua percebeu, pois não apenas se vestia, mas caminhava como homem). Embora fosse difícil de acreditar, Graf nunca tinha visto um espetáculo desses, nem mesmo durante sua breve estadia em Ströbeck, o povoado alemão que se dedica exclusivamente ao xadrez desde a Idade Média, e que o xadrez vivo era praticado nas praças públicas, sempre que o clima também estivesse com vontade de jogar. O sonho de Sonja, que obviamente nunca tinha confessado a ninguém, pois parte dos sonhos é sempre que alguém o interprete sem que alguém conte, a isso deve a psicanálise o seu êxito; a ilusão de Graf, desde pequena, e mesmo agora, pois a evolução desse tipo de desejos infantis é que não evoluam nada, todos os anos em que permanecem invariáveis carrega um aumento exponencial, como grãos de milho no legendário tabuleiro; o sonho de Susann era não apenas ver um desses espetáculos, mas participar ativamente dele, no lugar do bispo, se pudesse escolher. O bispo do rei, para estar perto da sua peça favorita desde criança:

> *Quando era bem pequena, bem jovenzinha, tinha a virtude de ser má, rebelde e descarada — lemos em Assim joga uma mulher. — Para ser sincera, ainda tenho algumas dessas qualidades. Quando cheguei aos doze ou catorze anos, me apaixonei terrivelmente, da cabeça aos pés. É certo que não é nada estranho, isso acontece com quase todas as meninas, que nessa idade possuem um íntimo ideal e suspiram por um príncipe encantado.*
> *Mas o meu amor era de outra índole, e certamente será uma surpresa para você, querido leitor [nosso querido leitor!], conhecer o motivo dos meus amores: era um Rei, um Rei de madeira, esbelto, enigmático, pensativo e melancólico, Rei do mais nobre e espiritual dos jogos, era um Rei de xadrez.*
> *Ele tomava todos os meus sonhos e pensamentos, e eu só era feliz quando podia estar na companhia dele, contando-lhe todas as minhas esperanças e todos os meus projetos.*
> *Quantas vezes recusei as bonecas e os brinquedos que meus pais e meus amigos me davam, para ficar na solidão daqueles momentos com ele, passando meus melhores momentos de infância; e como chorava desconsolada quando, jogando uma partida com algum amiguinho ou irmão, tínhamos que render nossas armas diante do ataque inimigo. Em lágrimas, eu lhe pedia perdão por causa do meu descuido, lhe prometendo nunca mais voltar a deixá-lo desamparado.*
> *Ele me entendia perfeitamente, tenho certeza, e correspondendo a esse meu puro sentimento, me ajudou no futuro. Animada por este grande amor, desenvolvi meu caráter.*

Ainda que hoje preferisse ter se apaixonado por um peão, ou até por um bispo, que em outras culturas é o sacerdote, para Sonja restava o consolo de pelo menos nunca ter querido ser a rainha, outro fetiche comum das enxadristas, quando não são muito maiores que as peças com as quais se identificam.

Instigada por esse inconfessável sonho, Sonja foi andando pela rua Corrientes, mais iluminada do que qualquer uma da Cidade

Luz, deu uma volta no Obelisco da Derrota, como ela tinha batizado, em alusão ao Arco do Triunfo parisiense, fazendo uma associação de paralelos genitais, e finalmente chegou ao Luna Park. Teve que praticamente dar uma volta inteira até encontrar a entrada desse lugar dedicado ao basquete, à luta livre, à patinação artística e ao boxe, pelo que anunciavam as imagens em gesso em cada uma das esquinas. Gostou de pensar o xadrez entre essas disciplinas esportivas, principalmente na última, pela qual tinha uma estranha atração, nunca satisfeita, nesse caso por questões de recato feminino.

Pagou a entrada que valia a mesma coisa do que ir vê-la jogar, sem saber se isso era caro ou barato, e lá dentro se deparou com um tabuleiro enorme, de pelo menos dez metros de lado, com homens e mulheres se movendo sobre ele. Usavam fantasias tão simples, quase caseiras, que mais pareciam de festas escolares de fim de ano. A coisa mais triste naquela encenação era o fato de que o rei negro (a única coisa que poderia atrair uma menina branca) fosse mais baixo que os bispos adversários, que por sua vez já eram baixinhos (em altura, quem superava a todas as peças era curiosamente um dos peões brancos). Se sentiu tão decepcionada que quase chorou como uma criança, reparando como havia muitas delas para um espetáculo noturno no meio da semana. Apenas pela vergonha que sentiu por ter vontade de chorar é que não foi embora do lugar.

Outra coisa que lhe fez não se levantar tão rápido e ir embora foi descobrir que estavam reproduzindo uma partida muito interessante do torneio, a do ataque Panov de Alekhine contra a defesa Caro-Kann de Eliskases. Duas pessoas de roupa negra e gestos sacerdotais comentavam a partida desde o centro da cena, se movendo entre as peças como se fossem coreógrafos: eram justamente Eliskases e Alekhine (o jogador que move a peça é uma peça!). Embora ela não pudesse entender o que falavam, a consolava pensar que, pelas frases longas e explicações que davam com as mãos e até com o corpo, o resto do público também não. No entanto, escutavam atentamente e com muito respeito, aquele mesmo respeito que tinham para assistir aos demais jogadores e a ela mesma no Teatro Politeama. Talvez esse público vivo também fizesse parte do espetáculo, pensou, uma ideia que a fez ter esperanças de se sentir imersa num tabuleiro, no dia seguinte, quando voltasse a competir. No fundo, o que ela tratava era sempre de recuperar essa sensação telúrica, a primeira que se tem quando se começa a jogar e a primeira que se perde quando se profissionaliza, como ocorre com qualquer artista que se mistura com as suas primeiras obras até que entende o que são e se perde um pouco delas.

Mas não teria que esperar tanto para voltar a ser uma menina, ou pelo menos para estar diante da oportunidade disso. Quando as peças desfizeram as fileiras e começaram a dançar ao som de uma orquestra ao vivo, o que a deixou bastante perturbada, pois embora odiasse estudar partidas, com essa agora tinha se concentrado como em um radioteatro; quando a reconstrução da partida passou a uma apresentação musical, Graf decidiu ir embora, não sem antes tomar algo na cafeteria do *foyer*. Ali se cruzou com J. Yanofsky, que vinha na direção oposta.

— A jogadora livre! — ele logo reconheceu a alemãzinha com cabelo de *garçon*.

A frase tinha um duplo sentido evidente, percebeu Graf, que gostou dessa delicada falta de delicadeza. Gostou também que o homem a reconhecesse como se fosse uma estrela de cinema, o que por certo não seria assim tão absurdo, se o fosse, e gostou que ele falasse com ela nessa variante judaica do alemão, que soava tão bem para os seus ouvidos. Mas acima de tudo, gostou do homem, um quarentão descabelado e corpulento, bem viril, ainda mais se o comparava com a maioria dos locais, que lhe pareciam muito afeminados.

— É por minha conta, pode pedir o que quiser — disse ele, num ídiche que saía das suas entranhas, principalmente quando estava meio alegre, pois tinha sido a língua em que sua mãe o criara, e a única coisa dela que permanecia. — Nessa noite, sou o dono do circo. Se quiser, posso fazer com que joguem uma partida sua. Se quiser, posso até fazer você subir no palco. Seria fenomenal: a jogadora fazendo o papel de uma peça da sua partida. Qual gostaria de ser?

A proposta num todo, mas particularmente a última pergunta, voltou a deixá-la a ponto de chorar. Nem que esse homem tivesse lido a mente dela! E logo depois pareceu ler outra vez, pois interpretando bem o silêncio dela, o silêncio de uma pessoa adulta diante da possibilidade de pôr em prática um desejo infantil, cuja realização pode apenas decepcioná-la, mais até do que se ficasse apenas na vontade; interpretando corretamente que um desejo é um desejo e realizá-lo é matá-lo, o macho claramente não argentino cobriu a negativa silenciosa com um manto verborrágico de confidências sobre como tinha sido pensado o evento, que o jornal, para o qual ele trabalhava e que naquela noite representava, assim como na noite em que esteve no Politeama e a viu jogar, patrocinava.

De todos os detalhes e anedotas que resumiu em uns poucos minutos, a que mais impressionou Graf, ou melhor, a que ela entendeu, porque o homem falava mal, porém muito rápido, como se tentasse tapar cada erro com o seguinte, foi a das crianças, que acabava explicando a massiva presença delas no local. Pelo que parece, tinha sido ideia dele mencionar de forma explícita o público infantil, no anúncio do evento, apelando aos pais com uma forma difícil de ignorar: "traga seu filho e fará que ele guarde uma bela recordação".

— Sempre falamos da criança que existe em cada adulto, mas nos esquecemos do adulto que existe em toda criança — continuou dizendo Yanofsky, sempre em ídiche. — Esse adulto em miniatura não quer aprender coisas que depois lhe serão úteis na vida, mas viver hoje mesmo experiências próprias da sua idade, isto é, impróprias para o tamanho seu corpo. Se observar bem, verá que as recordações que melhor guardamos, para o bem ou para o mal, são os eventos que não condizem com nossa idade ou nosso entorno. Estavam destinados a outras pessoas, e nós o interceptamos, digamos assim. São recordações alheias, furtadas. Vou dar um exemplo pessoal, mesmo que certamente tenha o seu. Quando era bem pequeno meu pai me levou para ver um *match* de boxe. Quando saímos, me disse: "Você ainda é muito pequeno para isso, mesmo assim quis te mostrar, para você lembrar quando crescer". Foi a única coisa que meu pai me deu, além de um meio-irmão que conheci faz alguns dias.

Repassando brevemente suas próprias recordações infantis, que logo colocaria em terceira pessoa em *Yo soy Susann* (*Ella é Susana!*), Sonja percebeu que realmente se lembrava mais dos eventos sexuais que não eram os mais apropriados para a sua idade. E não apenas os ruins, como o que acabou lhe custando ser internada num colégio de moças, onde, em compensação, conheceu as delícias de Safo, o que mostrava que nem mesmo o inferno deixa de ser seu lado amável; não associava apenas às más recordações o sexo anacrônico, havia também as coisas divertidas:

> *No mesmo quarteirão havia uma loja de perfumes caros e tentadores, cujo chefe tratava a mocinha da maneira mais atenciosa possível. Frequentemente, dava de presente grandes frascos de aroma para Susann, que por sua vez dividia com os irmãos e irmãs, que disfrutavam bastante do obséquio. Desde então, o perfumista, com o passar dos anos, em que a menina se desenvolveu corporalmente, despertando inconscientemente desejos entre os homens, não se deu por satisfeito com o simples fato de presentear sem compensação. Por esse motivo, certo dia, enquanto a moça falava de modo simpático, ele disse, de repente:*
> *— Me diga, não precisa de dinheiro?*
> *— Mas que pergunta, claro que sim!*
> *— Bom, se você me beijar, te darei vinte pesos.*

— Você acha mesmo bom colocar "pesos" para uma anedota que se passa nos anos trinta na Alemanha? De tradutor para tradutor, te pergunto com o maior respeito.

— Pesos por beijos até rima. E é mais fácil de entender.
— Mas com "marcos" é mais fácil realizar um *quadro* da situação.
— Não, porque não se entende quanto custa.
— E quanto daria em pesos?
— Bastante.
— Bom. Se vai argentinizar à vontade, coloca Susana no lugar de Susann. E dá uma aliviada com os advérbios que vão se desvalorizar tanto quanto o peso.
— Pode deixar, obrigado pela ajuda.
— Obrigado? São vinte mil austrais.

Que estranho, pensou Susann, então os homens fazem negócio com os assuntos mais íntimos. Que mundo mais estranho! Sem dúvida alguma era uma boa soma; no entanto, a moça riu, zombando da cara daquele senhor e se afastando. Mas sempre que a encontrava, o homem insistia mais e mais desejoso de beijar os lábios de Susann.
A moça, então, contou para os seus irmãos sobre essa proposta desmedida e todas aquelas ofertas do tal perfumista e foi convencida por eles — milagre se tivesse sido diferente — de aceitar a proposta, sem dar o que era pedido.
— Tudo bem, mas como me defendo?
— Muito fácil! Nós estaremos do lado de fora, e a qualquer sinalização tua, corremos para te ajudar.
E assim fizeram. A moça entrou, com sua cara divinamente inocente; logo, o homem voltou a falar do seu assunto preferido.
— Te daria o que você quisesse para beijar teus lábios, sentir teus beijos.
— Mesmo? — perguntou ela . — Quanto me dá...?
O animal se aproximou, mostrando cinquenta pesos. Susann quase desmaiou, jamais tinha visto uma nota de valor tão alto. Ficava pensando quantas coisas não poderia comprar com aquele dinheiro, e decidiu agir com diplomacia.
— Dá para mim — disse, tranquilamente —, e te darei um beijo depois.
E bobamente aquele homem apaixonado, cego no seu desejo, pôs a cédula na mão da moça, aproximando-se dela para ganhar o

pedido. Porém..., com um grito furioso de Susann, a porta foi aberta, revelando quatro caras assustadoras que cravavam os olhos no dono da loja. Confuso, ele tinha que fazer de conta que aquele jogo feio não era nada,, e a moça aproveitou para fugir silenciosamente. Com uma enorme felicidade no coração, os jovens membros da família dividiram o dinheiro entre si. Parecia que aquilo tinha terminado, mas bem que dizem que para os apaixonados não existe cura, e como aquele infeliz insistia em beijar os lábios da moça, muitos pesos — marcos — mais foram parar nas mãos de Susann.

— E o senhor tem filhos? — voltou para o assunto Graf, embora parecesse estar perguntando outra coisa.

— Pelo amor de Deus! — Yanofsky franziu a testa, se fazendo de ofendido com uma convicção talvez exagerada demais. — Estou assim tão acabado?

— Não, bom, é que... — jamais um homem lhe tinha feito hesitar, exceto aquele juiz, quando ela teve de testemunhar sobre o caso de incesto e também seu despótico pai, ou seja, nenhum deles em um bom sentido.

— Se percebe que não tem. Ou me equivoco?

Mesmo se tornando um pouco mais frontal, continuava tendo algo de delicado. O homem tinha dotes de boxeador, seus lances eram violentos, mas medidos, profissionais.

— Também teria gostado de que meu pai me tivesse levado para ver boxe — disse Sonja, já que se encontrava numa noite de nostalgias. — Mas a verdade é que não me deixava sair nem para jogar xadrez.

Yanofsky deixou o copo pela metade, olhou seu relógio de bolso e, sem dizer nada, a chamou para alguns movimentos sutis, como um boxeador conduzindo o outro para um canto do *ring*. Lá fora, entrar num carro de aluguel, em direção a um Club Deportivo de Avellaneda, onde vários boxeadores amadores, que Yanofsky observava, mediam superioridades nessa noite.

11. Em guerra simultânea

Das 928 partidas disputadas durante o torneio das nações, 84 a menos que as 1012 planejadas, já logo veremos o motivo, embora não seja um segredo para ninguém minimamente versado no assunto; entre todos os *match* daquela olimpíada acidentada, que quase não aconteceu por causa de problemas econômicos, a piada xenófobo-lunfarda que fizeram com Yanofsky no oitavo capítulo é verídica (como o governo não tinha conseguido os fundos devidos, as mesas e as fichas tiveram que ser perdidas em doações, em troca de que fossem devolvidas após serem usadas, em certa medida com muita inspiração, pelos grandes mestres); das milhares de partidas, com desconto e quase sem financiamento, a da alemã Elfriede Rinder contra a norte-americana Mona May Karff, na noite de 30 de agosto, não chamou muita atenção, nem dos especialistas nem do público presente. Mas contém um segredo, escondido até os dias de hoje entre os historiadores versados (porém, menos poéticos!), que será revelado exclusivamente para os leitores dessa novela.

Para a norte-americana de origem russa (que tinha vivido os seus primeiros anos na Palestina), a partida contra a alemã de origem alemã (que sempre viveu na Alemanha) tinha um pouco de pimenta, como se diz. Primeiro, porque era sua rival direta na luta pelo único lugar em disputa, depois de Menchik e Graf ou vice-versa (embora esse terceiro lugar viesse a ficar surpreendentemente nas mãos da chilena Berna Carrasco); primeiro por isso e segundo por ser judia (ou vice-versa!). De todo modo, não perder para a alemã era uma dupla questão de honra, tanto desportiva como de raça.

O *match*, que como sempre começou às 21:30 "em ponto", como os argentinos chamavam tudo o que acontecia daí até mais ou menos 21:50, quando ressoava o curioso gongo que inaugurava e encerrava as rodadas, conferindo ao lugar um ar oriental que, se não faltava pela ausência de representantes daqueles países (não participavam dessa competição, embora viessem a se inscrever na sua metáfora real); a partida pontual, que a alemã abriu com e4 e Karff respondeu não menos classicamente com uma defesa siciliana (c5), logo provocou um ataque índio rei, como era chamado não em alusão aos nossos índios, mas aos originais (também não representados na competição, nem na guerra que diziam mundial).

A escolha de Rinder era menos uma estratégia que uma piscada, mesmo um convite para selar um pacto secreto. Seguindo os movimentos clássicos dessa abertura, citava o *match* que lhe tinha servido de ensinamento, o de Samuel Rosenthal x Gustav Richard Neumann, disputado na metade do século anterior, em Paris. Nas circunstâncias atuais, fazer explícita referência a um judeu era mais que uma *captatio benevolentiae* para manifestar sua repulsa ao que o governo do seu país fazia à raça da sua adversária. O objetivo da alemã era fundir essa empatia de maneira concreta no resultado da partida. Como não podia verbalizar a coisa, e deixar a outra vencer seria evidente demais, além de poder ser considerado um gesto menos amistoso que humilhante (dizem que não existe melhor defesa que o ataque, mas não falam que também não existe melhor ofensa que a derrota deliberada); como não podia ser selado um pacto oficial, Rinder entendeu que repetir uma partida longínqua fosse uma boa maneira de se entender taticamente com sua adversária, e de passagem dar uma mensagem ao mundo. No fim das contas, os enxadristas não falam alemão, inglês ou hebraico, mas xadrez, e embora se trate de um idioma de luta, nada se perdia em tentar usá-lo de um modo contrário. Os armistícios também surgem de uma ordem militar, dada no idioma e mesmo no tom da guerra.

Tinha em mente várias partidas memoráveis, jogadas por judeus com as brancas e que terminaram empatadas, e decidiu justo por essa quando sua rival respondeu com o peão de bispo rainha. Por alguns movimentos, pensou que tinham se entendido, apesar de que a adversária não reproduzia exatamente as jogadas de Neumann (interpretou aquilo como uma estratégia para evitar suspeita dos eruditos). Mas a ilusão não passou do quinto movimento, quando Karff, em vez de adiantar o cavalo para g3, preferiu reproduzir seu próprio *fianchetto* do lado do rei, se lançando depois a um equivocado ataque pelo lado oposto, obrigando Rinder a voltar o cavalo que estava parado aí, na esperança de que a luta (a falsa luta) se concentrasse do outro lado do tabuleiro.

Em todo caso, o falso sem fundamento revelou ser sua esperança de um empate coordenado implicitamente, pois sua adversária estava longe de entender seu convite para arranjar a partida. Mentalmente, Karff estava longe até mesmo da própria partida, como se observa claramente pela maneira como deixou a rainha exposta nesse desnecessário ataque. Emblemática foi, nesse sentido, sua jogada número 13, em que colocou sua melhor peça em b2, para em seguida ir para c2, onde queria tê-la posto desde o início (também não era uma boa ideia, como se veria depois). Estas e outras distrações, raras num *match* de tamanha importância, a obrigariam a abandonar na jogada 40, embora a partida estivesse decidida desde o momento em que a torre tinha ficado entregue. Não ter abandonado nesse momento não foi nenhuma obstinação ou espírito de luta, mas simplesmente outra falta de atenção.

Os jogadores judeus tinham razões o suficiente, e, em breve, inalienáveis, para não conseguir se concentrar no torneio. Um exemplo tristemente célebre seria a partida entre o polonês Teodor Regedzinski e o sueco Ekenberg Bengt, quando o quarto tabuleiro da equipe vice-campeã perderia um ponto de ouro, que podia ter significado o título, teve de jogar no mesmo dia em que o exército alemão bombardeava sua cidade natal, Lodz.

No entanto, esse não era o caso de Mona Karff, que morava com sua família bem longe da zona de conflito. Então como explicar esses erros flagrantes que a levariam a terminar em quinto lugar, justamente abaixo de Rinder? A resposta é simples: pelo seu sobrenome parecido com o de Sonja Graf, pelo menos para o ouvido de um recepcionista argentino.

Uma hora antes da partida, o envelope que Heinz Magnus tinha deixado para a alemã chegou por engano no quarto da norte-americana. Esse convite explícito demais do meu avô foi o que mais tarde impediu a enxadrista de perceber a proposta muito sutil de Rinder. O que mais a perturbou, além de não conhecer o inesperado pretendente e de não poder ir ao encontro, nem que fosse para matar a curiosidade (ele saberia que é divorciada?); o que mais a distraiu durante a partida foi que "o dono do circo" a chamasse não pelo nome, mas por "a mulher barbuda". Como sabia que lhe chamavam assim na infância, depois de ter usado essa fantasia numa festa da escola? Seria algum antigo colega, emigrado na Argentina? O dono de algum circo, de repente?

Seja como for, isso também explica por que a verdadeira destinatária daquela mensagem nunca poderia ter ido ao encontro, nem que fosse pelo dia livre ou qualquer aversão ao cinema francês (que não tolerava). A culpa, de todo modo, era do galã, que, por um lado, tinha exagerado na discrição, ao não escrever no envelope o nome da destinatária e do remetente e, por outro, tinha exagerado em perspicácia, como Rinder, no momento de escolher o ponto de encontro. Meu avô lia *Crítica*, e, portanto, não podia desconhecer que essa noite se realizava a sessão de xadrez vivo, anunciada exaustivamente no jornal. Era um bom ponto médio para tirar Graf de seu ambiente e não a meter tanto no dele. Mas pedir ponto médio para um bipolar é coisa de mal novelista, assim que não vou reclamar de mim mesmo.

Heinz também não, porém de si mesmo, parado na frente do Ambassador, quando teve que admitir que seu plano tinha fracassado e começou a procurar alguém que pudesse comprar o ingresso da ausente. Deus tinha achado melhor assim e ele não podia fazer nada a não ser estar de acordo com a decisão. É mais, devia estar agradecido. Essa mulher não era para ele, invitá-la já tinha sido um desatino. Não estava na idade de aventuras transloucadas, mas, sim, de encontrar uma mãe para seus filhos, sentenciou, para a desgraça dessa novela, embora em benefício do meu pai e, por extensão, de mim também. O que ele queria, como escreveria ao conhecer minha avó Liselotte, era "a absoluta dona de casa", mas que, ao mesmo tempo, fosse "muito inteligente", uma mulher com quem, "em certo sentido, podemos compensar-nos e completarmo-nos". A mulher barbuda, por sua vez, encarnava o oposto desses ideais. Louvado seja Deus, pensou Heinz, ou melhor, rezou, por não ter permitido que acontecesse o encontro dessa noite.

— Está querendo um ingresso? — disse para a única pessoa que perambulava por ali, também como se estivesse esperando alguém que (na razão do Altíssimo) não lhe convinha.

— Obrigado, o senhor é muito gentil — e pegou como se aquilo fosse um presente. Como Heinz não se animou a contrariá-lo, realmente acabou ficando como se fosse mesmo.

Para estender seu agradecimento, entrou na sala grudado com seu benfeitor involuntário e se sentou na poltrona ao lado. Nesse ponto, teria que aclarar que o personagem em questão é o mesmo que uma década atrás tinha tentado seduzir Silvio Astier no quarto de pensão do terceiro capítulo de *O brinquedo raivoso*, de Roberto Arlt, em que, no caso, a pessoa esperada não era nenhuma mulher. Depois daquela má experiência já não fazia mais isso de subornar os recepcionistas para que lhe facilitassem entrar nos quartos dos rapazes, porém continuava procurando encontros furtivos, e o cinema (principalmente o francês) sempre era uma boa oportunidade. Não seria o caso com meu avô, para quem se vê obrigado a trocar a companhia feminina, barbuda e tudo mais, por um homem, nem mesmo de barba bem feita nem limpo, parecia um castigo exagerado, quase uma vingança por parte de quem quer que fosse que lhe mandasse o Barbudo direcionar a sua vida. Assim que terminou o noticiário "Sucessos argentinos" e começou o filme, o incômodo passou:

> 31/8/39
> *[Já dublada ao castelhano no original, pelo próprio autor]*
> Ontem vi o filme A besta humana. Para dizer já de cara: é um dos maiores filmes, um dos mais importantes e melhores que há na atualidade. As fotografias são únicas. Me lembro da viagem do trem quando passava pelo túnel. O trem se aproxima mais e mais do túnel, a locomotiva entra e não se vê completamente nada: escuridão, noite completa e negra. Muito muito longe se nota uma luz tão pequena como a cabeça de um alfinete; a cabeça cresce, se agiganta alcançando seu tamanho natural: é a saída do túnel de onde o trem sai como um relâmpago. Outro mais era o aspecto *[a vista]* que gozava o segundo inspetor de sua cabine cujas janelas dão para os trilhos. Especialmente me chamavam a atenção as fotografias da locomotiva, tanto das rodas como do lugar do maquinista. E agora os personagens. Os homens são bons, mas têm o sangue envenenado. Culpa de pais ou avós que tinham vícios e em certos momentos da sua vida lhes invade uma tristeza, uma vontade diabólica de acalmar sua raiva vã e inexplicável matando um homem. Deve ser a profunda pergunta da vida que os emociona: o porquê e para que. A resposta deles mesmos é: aniquilar uma vida para que desapareça uma existência de onde possa provir essa pergunta fatal. Uma vez cometido o crime o sangue se apazigua e transmite o domínio sobre o homem ao espírito. Mas já é tarde demais. Aconteceu isso que tanto temem, eles que são doentes e à luz do dia não podem suportar a pena que lhes causa o ocorrido. Devem eliminar mais uma vida. Esta vez é a sua própria.

Segundo o filme, e segundo a citação original do romance de Émile Zola em que ele se baseia, o assassino (um deles) deve suas "crises" ao alcoolismo dos seus pais e avós. Em momento algum se fala de que "deve ser a profunda pergunta da vida que os emociona: o por que e para que". Muito menos a rebuscada resposta de "aniquilar uma vida para que desapareça uma existência de onde possa provir essa pergunta fatal". Tendo em conta que as do protagonista Jacques são crises que os médicos não podem explicar, que incluem uma "tristeza que te obriga a se esconder como um animal no fundo de um poço", me parece que vovô está fazendo aquilo que se costuma chamar de projetando (é cinema!) suas próprias crises depressivas e seus próprios impulsos suicidas. Já a importância que ele dá a cena inicial, que não dura mais de meio minuto, mostra claramente que não está vendo imagens, mas metáforas, nesse caso, a da luz no fim do túnel.

— Dos maiores filmes, um dos mais importantes e melhores que há na atualidade — disse Magnus quando acenderam a luz, projetando no desconhecido do lado a mulher que tinha convidado.

— E pensar que esse tipo de coisas está a ponto de ficar enterrada pelas bombas de uma nova guerra — respondeu o outro, lhe oferecendo um cigarro, que foi recusado (mal sinal!).

Emocionado com essas palavras, que quase repetiam as que ele dizia diariamente (será que esse homem também teria sido enviado pelo que tudo sabe e tudo vê?), Magnus explicou que, na sua opinião, a cultura europeia se perderia de maneira irrevogável se não fossem encontradas as pessoas que a protegessem e continuassem cuidando dela. Se puseram de acordo que América do Norte não era o lugar propício para isso, principalmente por se tratar de um país vedado a qualquer expressão de cultura que não fosse grosseiramente popular, e que, portanto, cabia se unir aqui mesmo, nessa cidade tão europeia, um grupinho de pessoas que se encarregasse de salvar o que fosse possível. Por último, passaram para a primeira coisa, se apresentar um ao outro, com que pôde saber que aquele também tinha ascendência europeia, judeu naturalmente, de pais nascidos na Rússia. Anastasio Petrovich, prazer todo seu.

— Nós nos reunimos durante as tardes, aqui no café Rex — se despediu, depois de tentar sem êxito que Heinz o convidasse para tomar algo. — Por que não dá uma passada? Sexta-feira temos uma grande reunião para decidir nossa posição diante da guerra.

— Deus não os escute! Ainda há esperança de que tudo acaba bem. Mas não havia. Enquanto meu avô e outros otimistas incorrigíveis se agarravam na esperança de uma solução pacífica para um problema inexistente, o assim chamado *Lebensraum* ou espaço vital que, segundo Hitler, os alemães necessitavam, mero pretexto para ir a esse *Totensraum* ou espaço mortal que é a guerra; nesse mesmo dia, já de noite, aquele que jogava com as brancas fez secretamente, na fronteira com a Polônia, o que em xadrez se chama "sacrifício simulado", pois quem o faz sabe que não arrisca nada. Embora, a rigor, o simulado foi essa simulação, e se tratou da jogada mais suja que pode ser feita, uma que, de tão baixa, não tem nome: moveu uma peça do seu oponente. Anteriormente já tinha feito coisa semelhante, ao mandar seus próprios peões atacar posições próprias, fazendo-os se passar por adversários, mas o simulacro do dia 31 de agosto contra a estação de rádio de Gleiwitz, famosa pela sua torre de madeira, serviu de desculpa definitiva para realizar a invasão. A movida, parte de toda uma série, como é também o caso no ataque índio rei, levava o nome secreto de *Operação Tannenberg*, que bem poderia ser o de uma estratégia básica de um perfeito enxadrista, em que um jogador solitário, sem vontade de competir sequer contra si próprio e querendo ficar só com o tabuleiro, mudasse de lugar todas as peças, diante do olhar negligente ou incrédulo dos seus potenciais adversários.

Na madrugada de sexta, primeiro de setembro, "a angustiante estridência das sirenes anunciava os prolegômenos do drama", segundo informou *El Mundo*, fazendo referência ao alarme que *La Prensa* ativava, no seu edifício da Avenida de Mayo, quando queria transmitir para "a cidade e com ela para todo o país a primeira sensação da realidade". Em *Crítica*, porém, uma pena que não deixou sua assinatura, injustiça que será reparada nessa novela, dando um nome, mesmo que artístico (o do chefe da seção Internacionais, que supriu a falta de telégrafos com uma crônica de cor local); na edição recorde de *Crítica* (811.917

exemplares vendidos!) e sob o título "As sirenes colocaram uma nota de autêntico dramatismo", Renzi (avô) deixou registrada aquela primeira sensação de realidade, para que também não seja difícil para nós imaginá-la à distância, também temporal:

> Quando a sombra noturna tendia a abrir caminho para as primeiras insinuações do alvorecer, as sirenes cortaram com o seu lamento o sono da cidade. Nessa hora indecisa, desalentadora, aflitiva em que a sombra luta com a luz, esse lamento agudo das sirenes, essa imagem prolongada da agonia, pôs cada um dos habitantes portenhos diante da evidência da tragédia. Não houve quem, passado o primeiro momento de confusão, não dissesse a terrível palavra de seis letras: Guerra. Mas ainda não se sabia de nada. Apenas se escutava o grito das sirenes ondulando no ar sombrio, golpeando cada porta, se detendo em cada janela como um uivo da noite ou do mundo. A cidade foi retirada do seu sono, com o coração apertado para entrar inteira no temido clima da angústia.
>
> Se a mais de onze mil quilômetros de distância dos lugares em que os acontecimentos atuais ocorreram, a voz de alarme na noite semeia tal desânimo, não é difícil, portanto, imaginar o efeito dilacerante que as sirenes terão produzido nos lugares invadidos, anunciando a chegada de centenas de aviões de bombardeio.

As pessoas, "vestidas de qualquer maneira", saíram em massa para ler nos murais, como em grandes tabuleiros, aquilo que já sabiam de antemão, pelo menos quem entendia algo do jogo ou o analisava não desde o desejo, mas desde a racionalidade (para chamar de algum modo o instinto de se destruir mutuamente). Encarando um frio mais de acordo com o continente onde acontecia aquilo (eram registrados 5,6 graus às 5:55 da manhã), os vizinhos do local passaram o tempo comentando a partida e especulando sobre os possíveis jogadores que seriam conhecidos somente no domingo, quando as mesmas sirenes voltassem a soar bem cedo pela manhã, para anunciar que "a última esperança de paz tinha sido queimada".

— Tem que ver o que diz Churchill.
— Tem que ver o que faz Stalin.

— As declarações de Churchill são boas para que lhe deem o Nobel de Literatura.
— Hitler foi nomeado para o Nobel da Paz, ano passado. Se tivesse ganho, não acontecia isso.
— Se lhe dessem Danzig, também não.
— Os alemães precisam de um *Dancing-raum*.
— Que venham para a Patagônia. Todinha pr'eles.
— Cala a boca, senão acabam vindo os judeus.
— Exatamente!
— Fico perguntando se nosso presidente vai ter culhões para declarar guerra a esse louco.
— O louco seria ele. Tem que permanecer neutro, assim vendemos trigo para todos.
— E por algum caso você tem terras?
— O que me perturba são os russos.
— O que me perturba são as russas.
— Que gênio!
— De qualquer maneira insisto que o importante é o que os russos fizerem.
— Os russos não jogam.
— Que não jogam que nada. Para mim, estão do lado dos poloneses.
— De toda maneira ganha a Alemanha, porque tem a Áustria.
— Você não pode comparar.
— Tenho fé no nosso *team*.
— Que *team*?
— Ué, não estamos falando do torneio de xadrez?
— Aquele que estava sendo jogado no Luna Park?

Mas a discussão não deveria ter sido sobre os jogadores, que iam sendo agregados aos de antes, ou permaneciam os mesmos, apenas com algumas mudanças de grupo. A discussão deveria ter sido sobre o tabuleiro, pois essa era a grande novidade nessa nova disputa. Apesar de ser conhecida como segunda, na verdade era a primeira de todas, pelo menos no sentido de que seria imposta uma nova regra, tão importante como quando a rainha se transformou na peça mais versátil ou os peões começaram a poder virar rainha. E não pela invenção da arma maravilhosa, que naturalmente não foi o V2 de Hitler (embora tenha servido para derrotar Vera Menchik de Stevenson), mas a atômica de Albert Einstein. Essa guerra não seria a primeira por causa do seu poder destrutivo, algo que historicamente sempre evoluiu, de modo que seja natural que quem bombardeie por último bombardeie melhor (risos!), assim como na época da primeira guerra, foi inaugurada a escola hipermoderna de xadrez, que introduziu novas armas, como as defesas índias (Rinder x Karff) e pôs no centro da disputa a rivalidade de tipo ideológico nas concepções do jogo, assim a segunda seria a primeira em que se impôs a modalidade bélico-ideológica de não alternar mais os adversários — embora eles sempre se sintam protagonistas —, mas apenas o lugar dos acontecimentos, isto é, o tabuleiro. Como no já mencionado poema de Borges, em que se oculta por trás o de Omar Kayam, por trás de cada país se alinhariam desde então as superpotências mundiais, transformando os jogadores em meras peças.

O primeiro em ver isso foi mais uma vez Borges, agora no seu conto "O milagre secreto", que é sobre a guerra, mas também sobre o xadrez. A metáfora enxadrística da guerra (ou a bélica do xadrez), de tão batida corre o risco de não dizer nada, ou de ter, no máximo, a duvidosa força de uma tautologia, porém, quando a coisa é tão flagrante, é necessário voltar a ela, da mesma maneira que se invoca o conhecido sentido etimológico de uma palavra quando o contexto merece, mesmo sob o risco de que a falsa erudição nos deixe em verdadeiro ridículo (é o caso, sem ir longe demais, da palavra "xadrez", que remete, como se sabe, às quatro armadas do exército indiano: a infantaria, a cavalaria, os elefantes — nossos bispos — e os carros de combate que depois viraram torres). Por isso é que em "O milagre secreto", esse conto sobre a maior *Wunderwaffe* de todas, a invenção literária, única capaz de sobreviver a qualquer bomba; nesse conto que se passa em 1939, com a entrada dos nazistas na Tchecoslováquia, o autor "da inacabada tragédia *Os inimigos*" sonha com uma longa partida de xadrez que "não eram disputadas pelos indivíduos, mas por duas famílias ilustres" e que "tinha acontecido há muitos séculos". Era a que começavam a pôr em marcha, de uma vez e por muitas gerações, as ideologias de Karl Marx e Richard Smith.

12. Planejando em segredo

Tremendo de raiva, ou melhor, de desejo, mas de um desejo ruim, por ser do mal alheio, embora redundasse, por sua vez, num bem generalizado; tremendo então de ódio ou de sentimentos encontrados, ou de desencontro consigo mesmo diante desses sentimentos odiosos, tão impróprios de um aspirante a rabino e, em geral, de um pensador; tremendo e com os dentes trincados e a mão suada, Heinz Magnus escreveu, no domingo 3 de setembro de 1939, aquele "Esperemos que quebrem logo o pescoço desse criminoso".

Embora eu não seja grafologista, posso sentir a raiva inveterada nessa frase, que afinal de contas é de morte. Esse sentimento deve ter sido tão profundo que ainda hoje me salta aos olhos com mais intensidade do que me vem ao nariz o cheiro do caderno de capa negra, um aroma que com o tempo se transformou no do meu avô. O *opi* Heinz sempre cheirou a papel. Primeiro pelos livros da sua biblioteca e depois por suas cartas e seus diários, que de alguma maneira são os livros escritos por ele. Por isso é que talvez me fricciono (me *ficciono*!) uma vez ou outra com suas páginas, como um gato que busca imprimir nelas o seu próprio cheiro.

"*Wollen wir hoffen, dass dieser Verbrecher bald den Hals bricht*", pensou Magnus, e escreveu, apertando a esferográfica entre os dedos, até deixá-los roxos, como se os desejos sangrentos só pudessem ser expressos com o sangue de quem os sente e registra, daí que soltassem uma fragrância especial enquanto se mantivessem legíveis. Ou talvez não tenha pensado assim, mas de um modo personificado, pois eram exércitos concretos de países específicos que deviam matar o bandido, que também tinha nome próprio (o mesmo do seu pai, bem verdade, o que de repente explica a demora em personalizar o seu ódio, pelo menos por escrito); talvez não tenha concebido o magnicídio com essas palavras tão transparentes como difusas, mas da passagem do pensamento à ação, digamos assim, acabou deixando o castigo nas mãos do único Juiz que reconhecia como autoridade absoluta. Pensou um desejo, porém redigiu uma prece.

Talvez advertido pelo seu inconsciente dessa escandalosa despersonalização, deixou tudo como estava e foi para a rua, justamente num impulso de não deixar tudo como estava. Apesar de ser domingo, no ar frio, embora não tão úmido, da cidade se respirava a agitação impotente do público diante de um evento esportivo, o campeonato de xadrez no Politeama. Assim tão próximo parecia palpitar em Buenos Aires o combate em tabuleiro europeu, talvez pela quantidade de imigrantes que o conheciam da outra partida, a primeira, entre eles os pais de Heinz, e até o próprio Heinz, embora fosse muito pequeno para se lembrar dela.

Na autobiografia que estava escrevendo naqueles dias, e que seria publicada após seu suicídio, Stefan Zweig tratava de explicar por que a guerra de 1914 tinha estabelecido um antes e um depois na história da Europa e do mundo:

> Meu pai, meu avô, o que eles viram? Cada um viveu sua vida de uma maneira uniforme. Do início ao fim, uma única vida, sem quedas, sem comoções e perigo, uma vida de pequenas tensões e transições imperceptíveis. Num ritmo regular, parcimonioso e lento, a onda do tempo os levou do berço ao caixão. Viveram no mesmo país, na mesma cidade e quase sempre até na mesma casa. O que se passava no mundo exterior só aparecia no jornal e não batia nas portas de seus quartos. Em algum lugar em seu tempo, alguma guerra era travada, mas era apenas uma guerrinha, comparada com as dimensões atuais, que acontecia longe, na fronteira, não eram escutados os tiros de canhão, e após meio ano, terminavam, eram esquecidas, uma folha seca na história, e começava novamente a mesma vida de antes. Nós, por outro lado, vivemos tudo sem volta, nada de antes ficou, nada retornou.

Para nós, ficou reservado participar ao máximo daquilo que outra coisa senão a história, econômica, vai dividindo de cada vez para um país apenas, para um século. Uma geração tinha, no máximo, feito parte de um golpe de uma revolução, a outra, de um golpe de Estado, a terceira, de uma guerra, a quarta, da fome, a quinta, da quebra do país... e algumas nações benditas e gerações benditas, de nada disso. Mas nós, os que hoje temos sessenta anos e por direito ainda teríamos um pouco de tempo, o que nós vimos, sofremos ou presenciamos?

    Dito em termos enxadrísticos que o próprio Zweig talvez tivesse usado, era como se os habitantes daquele solo tivessem deixado de levar uma vida de reis, ou pelo menos de bispos, para se transformar em meros peões, que já não podem dar passos para trás. Embora os autênticos peões fossem, na verdade, as gerações seguintes, que nem chegaram a viver "o mundo de ontem", como o nomeia Zweig num sentido não relativo, mas absoluto. Essas peças que não conhecem sequer a primeira casa do seu lado do tabuleiro, que nasceram, digamos assim, na segunda casa ou até na quarta, sentem uma nostalgia especial por aquele passado isolado, que é menos seu antes que o pai incompreensível de tudo o que viria depois.

    Talvez advertido pelo inconsciente dessa personalização poderosa, que fazia com que a nova guerra europeia, de algum modo, revanche da anterior, parecesse estar acontecendo em um dos teatros portenhos, Magnus se dirigiu outra vez para o centro da cidade, numa repetição instintiva do movimento planejado que havia feito na quinta, embora induzido, nesse caso, menos por amor que por ódio. Para ele, também significava uma revanche. O retorno da vitalidade perdida depois do encontro frustrado com a enxadrista, para ver A besta humana, que não por acaso tinha interpretado em seu diário em termos metafóricos como referência à tristeza e ao porquê da vida; a renovada euforia o levava agora até o mesmo lugar de onde tinha voltado deprimido, como indicando que os dois movimentos de ânimo fizessem parte do mesmo ciclo, algo que, entretanto, apenas recentemente as gerações seguintes entenderiam, as bestas que já nasceríamos com o "sangue envenenado" pela ciclotimia bipolar.

Essa ideia de revanche, que é de uma continuidade mantida no tempo, que permite emendar o que já passou e assim desfazê-lo, *aufhebeá-lo*, como se diria em *Belgrano Doich*, que meu avô estava fundando junto com outros imigrantes *jeckes* de Buenos Aires, a mesma ideia que subjaz à de partida e que serve para unir várias jogadas, ou à de torneio para aglutinar várias partidas, ou à de *score* ou *ranking* que engloba todos os torneios e competições para que, definitivamente, nada seja definitivo, nada nunca termine; o revanchismo inconsciente de Magnus acabou de tomar forma quando passou na frente do café Rex e lembrou que ali se reunia com seus amigos pacifistas aquele sujeito do cinema. Na sexta-feira tinha estado muito melancólico para entender que ir a uma dessas reuniões, embora não esperasse entender nada e até temesse que fossem anarquistas ou comunistas, duas logias com as quais não comungava de maneira alguma, embora as atuais circunstâncias os encontrassem do mesmo lado da conjuntura política; aceita o convite do russo, entendeu agora, era a melhor forma de fechar a ferida que a alemã tinha deixado nele, como se naquela ocasião tivesse marcado um encontro não com ela, mas com ele. Além disso, reencontrar com aquele homem para mudar o mundo, e já não com aquela mulher para, no máximo, mudar sua vida, conferia uma dimensão muito maior à jogada toda.

O cenário do encontro estava à altura. Talvez não seja demais lembrar, aproveitando que a caminhada de Magnus não é de menos de uma hora, que nas mesas do café Rex, no número 800 da rua Corrientes, seria feita, alguns anos mais tarde, a tradução coletiva do *Ferdydurke*, de Witold Gombrowicz, o escritor polonês que tinha chegado por acaso a Buenos Aires, na mesma época que o *Piriápolis*[6]. Ele próprio se referia a essa casualidade em termos claramente enxadrísticos: "foi como se uma mão gigantesca me tivesse pego pela gola da camisa para me tirar da Polônia e me jogar nessa terra perdida no meio do oceano, perdida, mas europeia... somente um mês antes da guerra". Sobre o Rex, Gombrowicz lembra o seguinte no seu célebre *Diário*:

> *No final de 1943, peguei um resfriado que me deixou uma febrinha que não ia embora nunca. Naquela época, eu costumava jogar xadrez no café Rex, na rua Corrientes, e Frydman, diretor da sala de jogo, nobre e bom amigo* — *além de terceiro tabuleiro da equipe polonesa que joga (e perde) hoje à noite contra o chileno Letelier, no Politeama, e que também ficaria em Buenos Aires e abriria um salão de xadrez, justamente aqui, na parte de cima do Rex* —, *se assustou com meu estado de saúde e me deu um pouco de dinheiro para que eu fosse para as serras de Córdoba, o que me pareceu muito gentil. Mas quando cheguei em Córdoba, a febre continuava, até que finalmente, crac, o termômetro que Frydman tinha me dado quebrou, compro um novo e... a febre desaparece; é assim que devo minha estadia de alguns meses em La Falda, pois o termômetro de Frydman marcava alguns décimos a mais.*

Nesse café com tanta história (futura), entrou meu avô, e eis que não se encontrou com Witold Gombrowicz (as aparições estrelares de Jorge Luis Borges na barbearia do Harrods e de Macedônio Fernández no Politeama praticamente esgotaram[7] a verba que tínhamos para o que poderíamos chamar de *calameos*, isto é, cameos literários ou próprios do cálamo); lamentavalmente não foi com Witold Gombrowicz, mas com o homem que procurava, pego aqui por empréstimo da obra de Roberto Arlt, que meu avô se encontrou.

---

[6] E não no *Piriápolis*, como afirmam os sensacionalistas da coincidência histórica (e nós repetiríamos com prazer, senão fosse pelo anão realista que temos dentro de nós).

[7] Reservamos um convidado surpresa.

"Ou me enganei de dia, ou essa gente vive aqui", pensou Magnus, ao vê-lo reunido com outras pessoas em uma acalorada, e por sua vez secreta, discussão, num espaço mais afastado, no fundo do café, com todos eles em volta de duas mesas cheias de copos e garrafas. O russo o reconheceu e cedeu sua própria cadeira para ele, enquanto se levantava para pegar outra. Magnus gostou do gesto e também de que a conversa não tivesse sido interrompida por causa da sua chegada. Isso era um autêntico coletivo, pensou, embora lamentasse que estivesse contaminado de ateísmo (justamente não ter um máximo líder nem mesmo no céu a transformava na coletividade perfeita, vovô!). Se sentiu ainda mais cômodo quando pediu a palavra um rapaz que não tinha mais de vinte anos, para tratar da situação atual, com a que também ele, Heinz, já tinha se ocupado no seu diário, um ano antes:

> *Hoje quase não se pensa na incrível tensão que reinava quando estávamos cem por cento certos de que a guerra tinha de vir —* se lê na anotação de 30 de outubro de 1938. *— Não queríamos nem podíamos acreditar que as democracias entregariam em sacrifício uma democracia para a ditadura: Tchecoslováquia* [Boêmia-Morávia!]. *Chamberlain prestou um esplêndido serviço a Hitler* [com o pacto de Munique], *e a paz, uma paz horrível, reina sobre a terra. Para além de que agora todo mundo se prepara para a guerra, de que a Alemanha tenha se convertido na primeira potência mundial, de que quase toda a República Tcheca se alemanizou, de que não vai demorar muito até que as antigas colônias também se alemanizem, para além disso tudo, o espantoso é que nós, os judeus, nos vemos afetados em todos os países do mundo, pois nunca mais teremos um lugar onde podemos começar a construir uma vida a longo prazo. Não vão passar nem dez anos até que o fascismo e o nacionalismo, junto com o antissemitismo, inundem o mundo e, então, já não sobrará lugar algum para os judeus. A decisão de Chamberlain foi a sentença da nossa desgraça. Ou será que em algum momento nos oferecerão um lugar onde finalmente possamos nos estabelecer e desenvolver? Porque essa constante luta apenas pela sobrevivência acabará arruinando um povo.*

O orador não apenas mencionou Chamberlain como também falou dos "perseguidos", incluindo, entre as várias minorias, entre elas o povo judio, a dos anarquistas, obviamente que em primeiro lugar, mesmo que de maneira tácita. A conversa logo rumou para a posição da Rússia, que, também para Magnus, que nunca tinha visto Stalin com bons olhos, mas confiava nele para deter o outro demônio, tinha ficado bastante problemática desde o pacto com Hitler. A postura geral da mesa coincidia com esse desejo e até vaticinava sua realização, o que algumas semanas depois ficaria demonstrado não ser uma quimera:

> A guerra continua — ficou registrado na edição de 23 de setembro do ano em curso, no Íntimo. — Antes de que começasse, nos indignava o pacto de não agressão entre russos e nazistas, depois entendemos que isso só podia prejudicar a Alemanha. Depois, o criminoso atacou a Polônia, e quando estava no meio disso, a Rússia também atacou a Polônia. Sentimos um calafrio. A Rússia quer ajudar a Alemanha? E hoje percebemos: invadiu para prejudicar a Alemanha, pois bloqueou as fronteiras com a Hungria e com a Romênia, de modo que o assassino não atinja sua verdadeira finalidade. Seu desejo era "atravessar rumo ao leste". Foi impedido. Estou bastante convencido de que as democracias triunfarão, ainda que com grandes perdas e muito sacrifício. Pois bem, apenas Deus sabe o que virá após essa guerra, que certamente será longa.

Surpreendentemente unido a essas pessoas pela sua visão (em parte) do passado e seus desejos (em parte) para o futuro, se sentindo pela primeira vez parte (em parte) de uma coletividade que não a própria, e aditivado (em não última parte) pela Quilmes que uma vez ou outra despejavam no seu copo de vidro verde (parcialmente biselado), Magnus aproveitou um leve silêncio (alguém pediu licença para ir ao banheiro e alguém pediu uma cerveja ao garçom, como sempre tivesse que ser mantida a mesma quantidade líquida dividida entre garrafas, copos e bexigas), para responder a quem algumas horas antes tinha despersonalizado a luta até praticamente desprezá-la, ou seja, a ele mesmo.

— É preciso fazer alguma coisa — disse, ou se disse, fazendo o erre rolar na garganta, como notou que faziam muitos nessa reunião. — Alguma coisa concreta.

A exortação caiu como uma bomba. Teria surtido menos efeito se numa reunião sobre mecânica automotora alguém propusesse pensar um pouco sobre o *motor* primeiro do universo.

— Um atentado, estou de acordo — disse um de bigode.

— Não, não falava em algo tão concreto — se assustou Magnus, que antes de nada era pacifista (embora a pergunta ali não fosse o que alguém é *antes de nada*, mas o que está disposto a ser *depois de tudo*). — Pensava em alguma coisa mais simbólica, uma mensagem.

Com a mente ocupada por um explosivo, mais especificamente o que tinha sido lançado pelo anarquista Simon Radowitzky no chefe de polícia Falcón, em 1909, era difícil conceber a ideia de um atentado simbólico — no estilo do mictório de Marcel Duchamp, que era enxadrista e realizou sua obra antes de que também ele tivesse sido embarcado por uma mão gigante (a que move os homens no seu tabuleiro!), em direção a Buenos Aires.[8]

---

[8] *Por mais misterioso que possa parecer* — informa Julio Cortázar em A volta ao dia em oitenta mundos —, *essa viagem deve ter valido como resposta à legislação do arbitrário, cujas senhas alguns irregulares da literatura continuam indagando, e estou certo de que sua fatalidade é provada na primeira página das* Impressions d'Afrique: "Em 15 de março de 19..., com a intenção de fazer uma longa viagem pelas curiosas regiões da América do Sul, embarquei, em Marselha, no Lyncée, rápido navio de grande tonelada, com destino a Buenos Aires". *Entre os passageiros que encheriam o livro de Raymond Roussel com a poesia do extraordinário, não podia faltar Duchamp, que deve ter viajado clandestinamente, pois nunca é mencionado, embora sem dúvida jogou xadrez com Roussel...*

Cortázar agrega que é lógico que "a crítica séria", como a chama, saiba que nada disto é possível (como nós sabemos com a jogada invertida de colocar Mirko Czentovic no "Argentina", não é mesmo?), mas o certo é que a crítica de arte Graciela Speranza, autora do sério Duchamp na Argentina, afirma:

A nova exortação de Magnus para fazer alguma coisa "mais simbólica" pareceu superar mais uma vez a capacidade de abstração dos revolucionários, até que enfim falou aquele que vinha de um gesto íntimo com o mictório:

— Tchê, quem está liderando o torneio de xadrez?

— Argentina, cara, quem mais seria? — respondeu o mais autóctone da mesa, ainda que, sob as leis raciais de Nürnberg, não teria estado autorizado a se casar com uma indígena verdadeira.

— Depois vêm Polônia e Alemanha.

— Logo Polônia e Alemanha!

— Pois é! — exclamou Magnus, com o entusiasmo artístico de quem reconhece o poder simbólico de um objeto qualquer. — O torneio de xadrez é o lugar ideal para transmitir nossa mensagem ao mundo inteiro.

A menção a Buenos Aires na obra de Roussel não é um estímulo menor para orientar o rumo em 1918. A "loucura do inesperado", que Duchamp descobriu na representação teatral de Impressões da África *em Paris, em 1911, converteu Roussel em seu artista modelo. "Roussel foi o principal responsável do meu vidro", confessará em 1946. [...] A especulação de Cortázar possui sua lógica; se com as desopilantes consequências do naufrágio de um navio que se dirige a Buenos Aires Roussel tinha indicado um rumo, por que não seguir ao pé da letra a ficção do mestre e embarcar para Buenos Aires?*

O "vidro" de que fala Duchamp, intitulado mais precisamente de "Para ser visto (desde o outro lado do vidro) com um olho, de perto, por quase uma hora", é a única obra que pariu nos nove meses em que esteve em Buenos Aires, onde se dedicou muito mais a jogar xadrez. A mania que desenvolveu pelo jogo, que para ele era, naturalmente, uma arte, e não no sentido de que tudo o fosse, incluindo o mictório, mas bem pelo contrário, no sentido em que um mictório era um mictório e uma cachimbo era um cachimbo, isto é, no sentido que usavam aqueles que acreditavam que as suas coisas, incluindo seu "vidro", visto desde todos os lados e pelo tempo que fosse, não era arte; sua obsessão pela arte do tabuleiro chegou a ser tão forte que, segundo conta Juan Sebastián Morgado em *Luzes e Sombra do xadrez argentino*, "sua amante Yvonne Chastel se cansou dele e voltou sozinha para Paris. Antes de deixar o apartamento da rua Alsina, colou as peças no tabuleiro...".

— Temos que boicotá-lo com um atentado, concordo — falou outra vez o violento de antes, um quarentão muito magro, com a cara chupada, e provavelmente também o fígado, que apesar de se mostrar disposto, teoricamente, a qualquer coisa que implicasse o uso da força, fisicamente parecia que não ia além de levantar o copo e acender cigarros.

— Está querendo explodir uma bomba no Politeama? — disse Magnus, sem acreditar que esse homem ou qualquer outro ali estivesse disposto a cometer tal atentado.

— Não sei quão grande é, de repente uma só não é suficiente — respondeu, sem nenhuma ironia ou cinismo.

— A outra opção é sequestrar a equipe alemã — propôs o argentino de primeiro grau (ainda por cima, o único que tinha ido à escola).

— Boa ideia, mas uma coisa não exclui a outra — insistiu o de cara chupada.

Enquanto o grupo se perdia na discussão se o melhor era uma coisa ou outra ou ambas ou uma terceira (tomar o teatro, tomar a embaixada, tomar o governo, mais uma Quilmes, por favor!), Petrovich, sentado ao lado de Heinz, tentou explicar que com boa intenção não se chega a lugar nenhum nesse mundo, como atestava o caso da Polônia, que devia sofrer a mais alta violência do seu vizinho, por não ter respondido antes ("Eu li que atacou sim", disse um desatento leitor de *Crítica*). Magnus entendia essa postura, inclusive a sentia, por alguma razão tinha escrito, horas antes, que desejava não vencer o criminoso, não fazê-lo entregar as armas e levá-lo a julgamento, mas quebrar o pescoço dele, realmente torcer até escutar os ossos estalando, ver os tendões saltando para fora e o sangue escorrendo (magno magnicídio!), mas uma coisa era Hitler, e outra uns jogadores de xadrez que pouco ou nada tinha a ver com o assunto, fora o público. Nem esses nem aqueles eram o objetivo do atentado, e justamente nisso estava o valor simbólico, argumentou Petrovich, que recebeu de Magnus a resposta de que tudo muito bonito, mas o sangue derramado não teria nada de metafórico. Com

esse critério, continuou, toda ação é simbólica, incluindo o de deportar e assassinar milhões de judeus... e de anarquistas, acabou completando, pelas dúvidas.
— Está sendo muito radical — disse Petrovich.
— Como vocês — respondeu Magnus.

Concordaram em deixar isso de lado e se juntar ao resto do grupo, que nesse momento discutia a possibilidade de afundar algum navio alemão que estivesse perto da costa argentina (o *Graf Spee* chegaria em breve, e também naufragaria nesse mesmo ano, porém sem intervenção dessa protocélula terrorista). Petrovic esperou uma oportunidade para lembrar que as capacidades operativas da agrupação eram limitadas (organizar essas reuniões já dava muito trabalho e se aconteciam era muito mais pelo fato de que todos acabavam indo ao Rex para tomar umas cervejas). Em troca, propôs, para a surpresa e regozijo de Magnus, aproveitar o valor simbólico não apenas do torneio, mas do jogo em si, com o objetivo de efetuar um atentado simples, porém de grande repercussão.

— Um petardo — esboçou o de cara chupada.
— Muito barulho por nada — completou alguém mais instruído.
— Façamos com que a Argentina vença — propôs o argentino.
— Polônia — contrapôs Petrovich.
— Mas isso seria uma armação! — se escandalizou aquele que tinha proposto invadir o teatro numa noite de competição e matar os reféns até conseguir que liberassem todos os companheiros presos em todas as prisões do mundo.
— O importante é que a Alemanha não vença — disse Magnus, com os dentes apertados. — Os alemães jamais ganharam um torneio olímpico e seria uma catástrofe que ganhassem pela primeira vez justamente agora.

Petrovich ergueu seu copo e foi seguido por todos.
— Não vencerão! — exclamou, com a ingenuidade de quem não sabe que a história já foi escrita.
— Não vencerão! — disse o resto, em coro, com a certeza de quem sabe que a pena que escreve também pode riscar.

13. Um duelo pacífico

Sonja Graf abriu *Murphy*, de Samuel Beckett, o último livro que tinha comprado antes de embarcar, e o pôs em cima da mesa (se Buenos Aires fosse um tabuleiro e seus habitantes fossem peças de xadrez, as casas deveriam ter a forma de uma mesa de café). Marcando a página 243, propôs reproduzir a partida entre Murphy e Endon, que aparecia ali. Mirko Czentovic entendeu que o primeiro era Paul Murphy, o norte-americano que não derrotou a todos na sua época porque muitos não quiserem enfrentá-lo (o que o levou a abandonar o xadrez, depois, o juízo e, por fim, a vida), e instintivamente pegou o lugar dele, pois não gostava de perder nem as partidas alheias, passadas ou sem prêmio algum.

Porém, no máximo na quinta jogada, Czentovic percebeu que essa partida tinha alguma coisa estranha, mórbida, antienxadrístico. Se continuou jogando foi porque Graf não parecia perceber aquilo, ou já tinha se dado conta e agora olhava mais além, na direção de alguma coisa que ele mesmo não conseguia notar ainda. À medida que ia avançando, o *match* ficava ainda mais absurdo, com peças que saíam e voltavam sem nenhuma razão aparente, ataques fracos sem consequência e até jogadas em que um dos jogadores passava adiante, como se fosse poker. Embora nenhum movimento fosse ilegal, o fato de não servissem para provocar algum dano no oponente os fazia mais suspeito, como se usassem armas legítimas para perpetrar o pior dos crimes: não tentar a vitória. Czentovic supôs que tudo acabaria empatado, mas apenas porque viu na página seguinte a anotação da partida já terminada, não pelo seu desenvolvimento, que daquela maneira poderia continuar até o infinito. Qual não seria, então, a sua surpresa e até irritação quando, no fim de uma série escandalosa de gambitos recusados, com as brancas espalhadas pelo tabuleiro e as negras praticamente na sua posição inicial (nenhuma dessas peças tinha atravessado para o outro lado, como se no meio houvesse um rio intransponível), Czentovic descobriu que era ele que deveria dar a partida por perdida.

— Mas se não comemos nenhuma peça um do outro! — exclamou, com um sorriso ausente de toda ironia.

Graf preservou um silêncio enigmático, e Czentovic perguntou se era como a partida ao revés que tinham jogado quando se conheceram. Ou era um exemplo desses xadrezes ditos mágicos, com regras especiais e peças esquisitas? Sonja fez cara de desconhecimento, deixando o espaço para que ele explicasse. Sem a pegadinha (no tabuleiro não lhe escapava nada, mas na vida real Czentovic era de uma inocência comovente, e também por isso Sonja tinha tanto carinho por ele e passa muito tempo com ele, além de ser masculina por natureza); sem notar que a partida de Beckett não era séria, nem mesmo em termos da discutível seriedade dos chamados *xadrezes feéricos*, Czentovic ficou um tempo falando das suas peças alternativas favoritas: os grilos (que só se movem se tiver alguma peça para que possam saltar por cima), o peão reversível (que avança também para trás), o imitador (que só faz isso, imitar uma peça quando se move, mas não pode nem comer nem ser comido). Falou também dos tabuleiros ovais, duplicados e tridimensionais, e das variantes problemistas, em que as brancas devem se mover não para dar xeque-mate, mas para levar, ou ainda a variante em que ambas cores devem buscar juntas o xeque-mate de um deles, numa espécie de golpe de estado com ajuda interna (o tabuleiro, olhando bem, é como uma cidade cercada por muros e quatro torres, em cujo interior, pela presença dos dois reis, ocorre uma interminável guerra de sucessão). Mas apesar de reconhecer o atrativo dessas quimeras, Czentovic não lhes dava muita importância, e só guardava certo respeito porque lhe tinham ensinado que o xadrez ortodoxo não deixava de ser uma delas, afinal de contas também possuía peças fantásticas como o cavalo, ou movimentos dos mais heterodoxos como o roque desigual ou a transformação mágica do peão.

— Esses movimentos são como os verbos irregulares e nos ensinam que a linguagem que usamos poderia perfeitamente possuir outras regras quaisquer — concluiu Czentovic, para a surpresa de Sonja e até nossa, que pela descrição de Zweig, acreditávamos que fosse quase um analfabeto (nunca subestimem o potencial das peças!).

Sonja, que acreditava ser a única que prestava nesses aspectos de um jogo que tinha aprendido como se realmente se tratasse de uma linguagem (embora não até o ponto de sentir, como era o caso de Czentovic, de que todos os que não jogassem ou jogassem mal fossem analfabetos); a alemã fechou a boca que mantinha aberta por causa da estupefação e se perguntou se a ideia do xadrez como uma variante aleatória entre milhares não residia na negativa desse rapazinho estudar a variante oficial de algum idioma. Que o xadrez constituísse a sua vida era algo que já sido comprovado nos últimos dias, durante os quais não tinha conseguido fazê-lo se interessar por nada que não fosse o tabuleiro ou o Politeama (também não é que quisesse outro tipo de interesse da parte dele, para isso estava Yanofsky e, talvez, talvez, o jovenzinho da barbearia). No caso de Czentovic, a novidade era que o xadrez servisse como uma espécie de fundamento de tom religioso para tudo. Talvez por isso desse tanta importância à roupa, como procurando atenuar a nudez dos seus fetiches. Uma nudez cuja total ausência de bolsos também explicava que ele nunca trazia dinheiro.

Sonja considerava cada jogada um verso e cada partida como um poema mais ou menos bem terminado, via beleza nos seus movimentos e problemas verdadeiros em suas proposições, mas nunca tinha ficado obcecada, nem quando jogava todos os dias. Diferente do que acontecia com o tabaco e um pouco com o álcool (e outro pouco com os doces), a ideia de se exceder no uso até converter aquilo numa compulsão lhe provocava repulsa e até um certo medo. Não entendia por que uma coisa que é feita com prazer deva se transformar, quando não há razões químicas para isso, em algo que deva ser feito compulsivamente, uma coisa que parecia, além de tudo, ser tão típica do xadrez. Assim como os cientistas são dementes, as cozinheiras são gordas e os poetas são tuberculosos, o jogador de xadrez é sempre um obsessivo, pelo menos aqueles que ganham importância e formam para o grande público a imagem que se tem dos praticantes desse esporte.

Aí estava o exemplo dos personagens literários, tanto o de Mirko Czentovic como o de Tony, que Graf tinha conhecido em Berlim, fazia alguns anos. Tony era o personagem da novela *O Gambito*, essa que o pai de Luzhin, o enxadrista que protagoniza a novela *A defesa*, de Vladimir Nabokov, nunca chega a terminar de escrever. Na novela que se passa num café em Berlim (a do Luzhin pai e em parte também a de Nabokov), o garoto prodígio do xadrez tinha de morrer jovem, para não terminar sendo o ser cruel em que tinha se convertido o verdadeiro filho do escritor. Mas como o escritor morre antes de terminar a novela (talvez antes de começá-la, pois um dos seus planos tinha sido partir do final), o personagem tinha crescido e tinha realmente se transformado no ser arredio que seu pai temia (seu padrasto, na novela dentro da novela).

Sonja Graf, que não sabia nada disso (o próprio Tony o intuía vagamente, como só intui a origem do xadrez quem se interessa pela partida que está jogando), tinha se cruzado com o jovem de olhos estranhamente velados e palidez reluzente (dos cachos com que aparece em *O Gambito* não tinha sobrado nada), quando já tinha passado sua época de garoto prodígio e tinha de ganhar a vida dando aulas ou jogando por dinheiro nas cafeterias. De um homem brilhante, condenado a essa coisa reles, se esperaria que odiasse o jogo, ou que pelo menos o visse como uma simples ferramenta de trabalho, mas o fracasso não parecia ter manchado a paixão de Tony. Pelo contrário, as 64 casas continuavam uma obsessão para ele, da mesma maneira quando percorria cidades europeias com o seu padrasto, disputando partidas simultâneas. Era como se essa característica primordial da sua infância tivesse crescido com ele, impedindo que se desenvolvesse qualquer outra no adulto. Esse homem unívoco, como um personagem feito de uma ideia apenas, foi o primeiro enxadrista que Graf conheceu, no sentido do perfeito estereótipo.

Talvez por encarnar toda a paixão que ela não encontrava no jogo, Tony despertou um interesse profundo em Sonja. Para seu alívio relativo, logo entendeu que essa mania não apresentava nenhum dos traços que alguém associa com o entusiasmo, ou mesmo com a vontade. Se Tony era refém de uma paixão, como se diz, era no sentido menos metafórico possível da frase. Ele mesmo tinha explicado que, no fundo, não movia as peças, mas que uma força invisível das próprias peças, a mesma que exerciam entre si dentro do tabuleiro, o obrigava a fazer tal ou qual movimento. A pergunta borgeana sobre qual Deus por trás de Deus começa a trama, essa que termina com o jogador que move as peças, tinha, no caso, uma resposta tão evidente como inesperada: a trama começava pela frente, desde o próprio tabuleiro.

— Tudo resolvido, então? — disse Czentovic, a tirando de suas reflexões.

— Tudo pensadíssimo!

Somente quando Sonja lhe explicou que o autor do livro, quando explicou que não era de problemas enxadrísticos, nem ortodoxos nem de outros tipos, mas uma simples novela, ou não tão simples, mas novela, no fim das contas; apenas quando deu toda certeza para Czentovic que Beckett sabia muito de xadrez, como ela mesma tinha podido comprovar ao jogar contra ele num café parisiense, frequentando também por Marcel Duchamp, embora fantasia de que jogaram contra parece ser menos firme que no caso de Hitler e Lenin, baseada em certo quadro de início de século (com quem Hitler realmente se encontrou, e até jogou xadrez, foi Franz Kafka, como documenta Ricardo Piglia no seu

155

romance *Respiração artificial*); só depois que Graf apresentou as credenciais enxadristas do jovem irlandês, Czentovic começou a respeitá-lo e a procurar um sentido para essa partida absurda que tinham reproduzido no tabuleiro. A primeira coisa que fez foi desenhar num guardanapo as linhas que formavam as jogadas, para ver se compunham alguma imagem especial, de repente a de letras de algum dos idiomas que nunca tinha aprendido, sempre segundo Stefan Zweig, embora possamos começar a duvidar da veracidade dessa notícia biográfica (as peças movem o jogador!). Descartadas essas garatujas, que com imaginação suficiente poderiam significar qualquer coisa, o falso analfabeto (no sentido, por ora, de que pelo menos dominava a linguagem do xadrez) pediu para Graf ler para ele os comentários que Beckett usava para suavizar a partida entre Murphy e Endon. Também não soube extrair nenhuma conclusão dessa análise, nem mesmo das que tinham sido feitas com uma finalidade jocosa, ainda quando apreciações como "uma engenhosa e bela abertura, às vezes chamada destapacanos" ou "altos elogios se devem, aqui, para as brancas, pela insistência com que lutam para perder uma peça" não deixavam muito espaço para interpretações sérias. Vendo Czentovic analisar um problema literário como se fosse enxadrístico, quem realmente tirou uma conclusão foi Sonja, pois por fim entendeu que embora ela própria não fosse obcecada pelo jogo, ficava obcecada pela obsessão dos outros, e que possuía, às vezes, um nível até mais perigoso do que o dos jogadores professionais.

— Desisto — se rendeu Czentovic. — Quem descreveu essa partida é um doente ou um brincalhão.

— Segundo Lasker, não há nada mais difícil em xadrez do que conseguir uma jogada cômica.

— Mas isso não é xadrez!

— E o que é xadrez, então?

Czentovic franziu a sobrancelha. A pergunta era tão óbvia que não teria sabido lhe dar uma resposta. Todas as definições que lhe vinham em mente (é um jogo, é uma ciência, é uma arte, etc.) se transformavam de novo em interrogações (O que é um jogo? O que é uma ciência? Etc.) e o cérebro acabou empatado.

— Sei o que é, mas se me perguntam, sinto que já não sei — citou, sem saber (sem saber?), a célebre definição do tempo que nos deixou Santo Agostinho.

— Vou te dizer: o xadrez é uma emoção que nasce da súbita transformação de uma ansiosa espera em nada — citou Graf, sabendo, a célebre definição do riso que nos deixou Immanuel Kant.

Antes que o outro terminasse de processar aquilo, embora jamais entenderia que era menos uma citação que uma piada, Sonja apresentou a sua solução do enigma. A partida de Murphy era um manifesto pacifista, por isso os adversários moviam as peças de maneira aleatória ou puramente estética, sem comer as peças, nem mesmo quando essa ação se mostrasse uma evidente vantagem. No fundo, não queriam se agredir, apneas ser livres dentro das regras já acordadas, na esperança de algum dia talvez estar em condições de criar novas (não se agredir mutuamente já podia ser considerado a primeira, na verdade). Beckett tinha escolhido a metáfora da guerra por excelência para instituir essa metáfora lúcida da paz, antes mesmo de que a guerra fosse declarada.

— Não seria maravilhoso que Alemanha e Polônia fizessem um acordo para jogar essa partida? — Graf chegou aonde queria chegar.

— A mesma? Se fosse eral, talvez — objetou Czentovic, que como todo personagem, desconfiava da ficção (os garçons também não costumam gostar de comer no restaurante em que trabalham, nem os médicos, se podem escolher, são operados no hospital onde eles operam).

— Já é real, acabamos de jogá-la. Bastaria fazê-lo outra vez para devolvê-la a seu mundo, ou deixá-la definitivamente nesse.

14. Uma conspiração magnífica

O historiador do xadrez Franklin Knowles Young fez uma reconstrução da batalha de Waterloo "ilustrada histórica e tecnicamente no tabuleiro". Segundo a descrição no apêndice do seu livro *Estratégias do xadrez* (1900), se trata de uma abertura Ruy López, em que curiosamente as negras foram movidas primeiro (os franceses):

> 1.e4: (11hs) O *príncipe Jerome, irmão menor do Imperador, abre a batalha de Waterloo, atacando o Parque de Hougoumont.*
> 1.e5: *Os jogadores ingleses de Ponsonby cobrindo La Haye Sainte.*
> 2.Cf3: *Os couraceiros de Milhaud tomando posição em apoio ao assalto, por vir contra o centro inglês.*
> 2.Cc6: *Os holandeses e belgas de Bylandt avançando em apoio de La Haye Sainte.*
> [Etc.]
> 7. ROQUE: *Napoleão e a Guarda Imperial tomando posição nos altos de La Belle Alliance.*
> 7. ROQUE: *O Duque de Wellington e suas reservas tomando posição em Mont St. Jean.*
> 8. d4: (13h) *O marechal Ney guia o corpo do exército de D'Erlon em direção ao ataque da esquerda e do centro dos ingleses.*
> 8. PxP: *Vitória dos dragões de Ponsonby sobre a divisão de Durutte.*
> 9. PxP: *Os dragões de Ponsonby são destruídos pelos lanceiros de Jaquinot. D'Erlon leva Soubain na ponta da baioneta.*
> 9. Be2: *A cavalaria de Vandeleur retrocedendo no Mont St. Jean antes que D'Erlon.*

Aqui o enxadrólogo interrompe para comentar que "esse movimento para defender o lado direito parece forçado; pois 9.B3C, P5R; 10.CcaR BxPT +; 11.RxB, C5C+; 12.RcaC, D5TR; e as negras ganham".

Como se tivesse se dado o trabalho de transcrever a partida apenas para fazer esse comentário, sua primeira sugestão é que aqui as negras incorrem num erro que se fosse evitado, por exemplo, mediante a jogada que Young genialmente propõe, teria dado o triunfo para elas. Pois bem, o que significa propor uma variante hipotética para aquela guerra bastante real? Na verdade, ganhando, se colocando no lugar de Napoleão.

— E quem aqui gostaria de se colocar no lugar de Napoleão? — berrou Adolfo Magnus com seu filho Heinz.

— ...

— Quem é que acha que pode ganhar uma guerra com armas de brinquedo? — gritou.

— ...

Adolfo Magnus tinha passado da defesa passiva para o ataque mais decidido depois que seu filho Heinz insinuasse que ele delirava, entre outras coisas mais que vinha notando (e anotando) desde que tiveram de fugir da Alemanha:

> *Já faz tempo que observo que papai envelhece* — escreve em abril de 38. — *Se nota que escuta muito menos, se esquece das coisas, disse sempre as mesmas coisas, está muito irritadiço, e ainda por cima critica demais Ludwig [esposo da sua irmã Astarte].*

A discussão tinha surgido depois que Heinz tinha voltado na velha ideia de que sua mãe cozinhava tortas, e tanto o pai como a irmã se colocaram contrários, e sugeriram de quem tinha de conseguir mais dinheiro era ele, não sua velha mãe (que não era tão velha, tinha somente 56, mas que na verdade morreria em poucos anos). Heinz tinha se atrevido a retomar o assunto depois de ter esboçado vagamente seu plano para intervir no torneio de xadrez (ou no futuro da guerra, dependendo de como fosse interpretado) e que a família aprovasse a iniciativa até com entusiasmo. Só quando terminou o jantar é que se deu conta de que não era isso que estavam festejando, mas os canelones com molho branco (obviamente de verdura, para não infringir as leis kosher), que tinha trazido como modesta comemoração pelos modestos cinco pesos de aumento que tinha recebido em setembro.

Se retirou da mesa sem terminar a sobremesa (uma das célebres tortas da sua mãe, justamente a chamada "invertida", com maçãs caramelizadas) e se trancou no seu quarto. Dividiam com outras famílias uma casa com um pátio central, no bairro de Colegiales, poço comum e dois banheiros, no fundo da casa, para todo mundo. Esse pátio era xadrez (detalhe que Heinz só repararia essa semana). Embora parecesse pouco, pois eram no total onze pessoas, não estavam muito pior que a equipe polonesa, por exemplo. Confira a resposta que deu o capitão dessa equipe, Savielly Tartakower, quando lhe perguntaram quem ganharia o torneio:

> *Provavelmente a equipe argentina, porque, com toda a certeza, estará bem alojada. Nós poloneses temos um banheiro para cinco pessoas. Quem for se banhar por último certamente vai chegar tarde para começar sua partida. Eu, essa manhã, me banhei antes das sete, no escuro, como homenagem aos meus colegas de equipe, que também precisam fazer a higiene. Menos mal que me lembrava onde tinha o nariz. Nosso único consolo é imaginar que as outras equipes estarão nas mesmas condições.*

A entrevista de *Notícias Gráficas* tem outras passagens memoráveis, que a essa altura da partida, como se diz, não vemos razões para não reproduzir na íntegra:

> — *Esse torneio é notável, principalmente pela nação que falta: os Estados Unidos da América, que venceu as últimas quatro edições.*
> — *O senhor acredita que ganhariam pela quinta vez?*
> — *Estou totalmente convencido que não. A primeira vez ganharam porque ninguém esperava seu triunfo; a segunda, porque todo mundo teve medo deles; a terceira, porque quem iria imaginar que ganhariam três vezes seguidas?; a quarta, porque todos nos resignamos com esse resultado. Mas qual razão haveria para ganhar pela quinta vez? Nenhuma.*
> — *Vamos falar da situação política internacional.*

— Minhas opiniões, nesse assunto, não têm nenhuma relevância, porque são opiniões exatas, precisas, lógicas e racionais. Agora o mundo se escandaliza, aplaude e prefere os disparates. Mais na frente, quem sabe, venha uma época em que entre na moda as opiniões racionais. Então terei um êxito estrondoso como pensador, e certamente todos os países solicitarão meus serviços de estadista. Me desculparão, portanto, se fico calado e não anuncio o sistema que inventei para ajeitar a situação internacional.
— De modo algum, doutor, na Argentina as opiniões racionais ainda têm algum eco.
— Tudo bem. Se é assim, lhes darei, de graça, a receita. Quando dois países querem brigar, a melhor coisa a fazer é resolver as diferenças numa partida de xadrez. O enxadrista que perder terá sua cabeça cortada. Dessa maneira simples, as guerras, em vez de causar milhões de vítimas, de acarretar em miséria, pragas e desolação, se resolvem com uma morte apenas. Menor preço, impossível.

Mas Heinz Magnus sonhava com algo ainda mais barato. Sozinho e no escuro, como um jogador de xadrez que prepara *in mente* o próximo *match*, ajustava os detalhes do plano mestre que tinha estado preparando nos últimos dias, para evitar que a Alemanha, e inclusive a Argentina, se possível, ganhasse. Idealmente, o troféu tinha de ficar nas mãos do *team* de Tartakower, de maneira que os poloneses o levassem para a Europa, transformando em símbolo de uma vitória da razão e da luta.

O plano para manipular as partidas era inspirado no ensaio de E.A. Poe que tinha citado algumas noites antes, para Czentovic, Graf e outro enxadrista cujo nome ele esquecia agora (e o mundo também). Como com aquele turco de Maelzel, que não por acaso devia ser o autômato mais bem-sucedido da história, por mais suspeitas que tenha levantado Poe, a ideia era introduzir jogadores debaixo das mesas, para que ajudassem as equipes mais fracas a ganhar suas partidas contra a Alemanha, ou pelo menos tirar alguns pontos que mais na frente fariam falta e poderiam ser capitalizados pelos poloneses, talvez com ajuda subliminar, *sobmesada*.

Tinha pensado primeiro num tabuleiro magnetizado que reproduzisse o movimento das peças para baixo, de modo que o jogador oculto pudesse segui-los desde seu esconderijo, mas seria muito arriscado utilizar o mesmo meio para transmitir as respostas em direção à parte superior. Procurando uma saída para esse problema fundamental, Magnus chegou à conclusão de que tudo podia ser feito sem a manipulação do tabuleiro, bastava estabelecer uma espécie de código morse que lhes permitisse se comunicar através dos pés de quem estava em cima e das mãos daquele embaixo. Um pé para determinar as colunas, outro para as fileiras e os dois, antes, para marcar a peça; e a mesma coisa com as mãos sobre esses mesmos pés, sempre com batidas suaves. A magnetização era vantajosa, pensou bem, porque permitia seguir as jogadas do oponente e ter a certeza de que o aliado fizesse as jogadas indicadas, sem precisar de tanto sapateado.

De todo modo, o plano continuava tendo alguns pontos frágeis. Em primeiro lugar, requereria gente demais, embora isso pudesse ser sanado se estudando o *fixture* do torneio e intervindo apenas quando fosse estritamente necessário. Também pareceria duvidoso que pudessem ser encontrados tantos jogadores melhores que os que competiam, e ainda de baixa estatura e flexíveis. E por último havia a questão de como colocá-los ali debaixo da mesa, que deveriam ser preparadas para isso, e tudo sem avisar ninguém da organização, para evitar os delatores. A última coisa que faltava era que o tiro saísse pela culatra antes mesmo de ser disparado, ainda por cima de uma arma carregada por um judeu.

A imagem do judeu no lugar do diabo lhe trouxe à mente uma caricatura em que se via Deus enrolado numa túnica branca, sobre a qual caía uma barba comprida, da mesma cor, falando com um padre vestido numa clássica sotaina negra, com o rabo do diabo aparecendo por trás. Não se lembrava onde tinha visto essa blasfêmia nem por que razão tinha sido publicada ou exposta diante dos seus olhos, mas isso pouco importava, porque a ideia que essa recordação de repente lhe inspirou justificava tudo isso a *posteriori*: tinha que introduzir na sala o jogador clandestino, escondido debaixo da sotaina de um padre. Com a desculpa de benzer as mesas, o sacerdote podia chegar perto o suficiente para que o diabinho ocupasse seu lugar sem que ninguém percebesse. Ainda mais (e isso Magnus pensou sem tomar ar, como a inspiração fosse isso: uma piscina em que alguém podia ficar submerso apenas o tempo que os pulmões aguentam), o padre grávido podia circular pelas mesas, transportando um único turco de tabuleiro em tabuleiro, como fazem os enxadristas nas partidas simultâneas.

Agora era preciso conseguir o padre indicado, pensou Magnus, tratando de moderar a euforia com uma nova dificuldade (ou de aumentar as chances de superar a dificuldade, aproveitando o empurrão da euforia). Pensou que o prelado devia ser alemão, ou pelo menos poder dissuadi-los na sua própria língua. Claro que tinha de se tratar de um alemão contrário ao regime, no melhor dos casos, militante, um padre que jogasse para o país da liberdade, como a enxadrista que o tinha deixado esperando no cinema. O que era uma boa desculpa para voltar a vê-la, estava pensando (não apenas com a cabeça), quando sua irmã entrou no quarto e acendeu a luz.

— Está velho, não lhe dê ouvidos — disse logo de uma vez, sem rodeios.

— Não sabe como teria sido mais fácil para mim ter ido embora da Alemanha sozinho — mentiu Heinz, que teria preferido marchar voluntariamente em direção a um campo de extermínio a deixar seus pais sem outro destino que não fora esse.

— Sabe... todos sabemos — o confortou Astarte.

— Mas na hora de colaborar, ninguém quer sujar as mãos — ensaiou em alemão uma das tantas frases feitas que ele gostava de aprender e usar.

Depois explicou para sua irmã que como filho *se tem compromissos em relação aos pais, mas esses se movem, por sua vez, numa camada social determinada, e essa coloca exigências de maneira invisível, porém com mais dureza e poder admonitório e urgência que se espera. Uma vez que os pais estão indissoluvelmente atados a essa camada social, e com ela no seu "mundo e concepção da vida"*, continuou dizendo Heinz, *a exigência recaía sobre* ele, lhe dizendo: *estudar, ganhar dinheiro, aparentar um ser social, andar em grupos sociais.*

— *Claro que alguém poderia romper com essa "sociedade", embora não fosse fácil (veja os pais), mas não quando se está sozinho, isso tem que ser feito a dois e para isso falta.*

— Espero que falte muito, se a consequência será que você rompa com tudo — sorriu sua irmã, com malícia e certo temor.

— Claro, senão você vai ter que sair para trabalhar.

— Não disse por causa disso, Adonis!

— Não é que me incomode ter que fazê-lo, o problema é que trabalho feito um burro e mal dá para pagar as contas.

— Na nossa situação não se pode aspirar a muito mais que isso. Talvez, no fundo, quem não quer sujar as mãos é o intelectual do meu irmão e seus sonhos livrescos.

Heinz renegou a imagem, reivindicando-a. Certamente lhe dava *pena não possuir um pouco de dinheiro para poder trabalhar com menos preocupações. Estava contente com seus estudos (de idiomas) e também achava que aos poucos progredia, embora frequentemente tivesse a impressão de que não estava aprendendo nada novo. Seria lindo se lhe sobrasse tempo suficiente para também ler livros. Mas como tinha planejado viver ainda alguns anos mais, certamente poderia cumprir com todos esses desejos.*

— *Às vezes, penso que somente essa tensão entre desejo e realidade faz com que a vida seja suportável, e que se por algum acaso isso se perdesse, eu facilmente me aproximaria da depressão* — acrescentou Heinz. — *Porque em relação à pergunta sobre o sentido da vida, não avancei um passo sequer.*

Astarte fez uma expressão dura e se perguntou em voz alta se essa tensão entre desejo e realidade que defendia seu irmão,

165

mais do que evitar a depressão, não seria a sua causa principal, ou pelo menos seu elemento desencadeador. Heinz lhe explicou que se referia à necessidade de poder sonhar mesmo quando a vida é adversa, de modo a conservar esperanças para o futuro.

— Meu desejo é estar jogado na cama ou num gramado ou onde seja. Fecho os olhos. Raios invisíveis fluem no meu interior. O conteúdo desses raios não está claramente definido, mas quanto mais tempo resplandecem em mim, mais adquiro a visão total da sua mensagem. Abro os olhos e me levanto. Sou um novo homem. Sei o sentido do mundo. Nada pode acontecer comigo. Essa foi a experiência da perfeição?

Astarte balançou a cabeça, negando que semelhante *unio mystica* fosse possível ou mesmo desejável, e insistiu que a tensão entre o desejo de encontrar a resposta para o sentido da vida e a realidade de não a encontrar devia ser muito nociva para a alma. Principalmente para a alma de Heinz, que era especialmente sensível, de modo que ela lhe sugeria se conformar com a ansiedade que lhe provocava não conseguir o que queria e que mais tarde ou mais cedo conseguiria, vale dizer, um pouco mais de dinheiro e uma mulher para dividir as coisas com ele.

— Às vezes, penso que tuas ambições metafísicas são apenas um reflexo das tuas ambições terrenas — disse por fim, um segundo antes de se arrepender da sua crueldade.

— Pode ser — insistiu Heinz, no método de contrariar sua irmã, lhe dando razão, ou devolvendo o que ela disse, carregado, nesse caso, de crueldade dupla. — Mas isso não faz que tuas ambições pecuniárias, por exemplo, se casar com esse homem que certamente te fará rica com sua ortopedia, ganhem nem um pouco de voo espiritual.

Como se soubesse que o vaticínio seria acertado (e o tempo não deixaria de corroborar essa impressão, o desacertado foi que a herança ficaria com os filhos da segunda mulher de Ludwig, Deus lhes envie todas suas pragas financeiras); como se soubesse que esse seria seu futuro ou pelo menos não quisesse pôr em ris-

co o vaticínio, Astarte optou por deixar passar o ataque (gambito recusado!) e o convidou para ir ao teatro, aproveitando que seu marido estava viajando a negócios.
— E que tal irmos para o torneio de xadrez?
— Outro dia. Hoje você tem que espairecer.

15. De boas intenções e mal-entendidos

A próxima jogada de Yanofsky foi convidar Sonja Graf para jantar na sua casa, com o pretexto de apresentar a ela seu amigo Ezequiel Martínez Estrada (nosso convidado surpresa!). O escritor de Santa Fé, premiado recentemente pela sua obra *Radiografia dos Pampas*, era um apaixonado por xadrez. Essa "radiografia", sem ir longe demais, fazia menos alusão aos raios X do que ao ataque que os alemães chamam de *Röntgenangriff*, em memória do médico que descobriu os raios. Por isso, e porque era seu amigo mais intelectual, um aspecto relevante para Sonja, Yanofsky teve a ideia de usá-lo de isca para atrair sua presa, e logo ficar com ela quando o outro fosse embora. Tinha transcorrido tudo bem durante o jantar, falando de maneira sensata sobre a guerra e sobre o futuro da Europa e do mundo, mas na hora da sobremesa seu amigo começou a falar de xadrez (ainda por cima instigado pelo anfitrião) e não parou mais.

— *Ainda que a inteligência do jogador configure a posição, é a posição que limita e direciona o pensamento* — seguiu Estrada no último tópico, o do motor primeiro das jogadas, enquanto metia o terceiro café na xícara e no relógio de pêndulo começava um novo dia. — *O criador obedece a sua obra. O jogador é um instrumento, mais ou menos útil e eficaz, da posição das peças.*

— Mas o que continua em primeiro lugar é o jogador — disse Graf, que parecia escandalosamente entretida com as explanações do radiologista (embora preferisse que falassem de boxe).

— Exceto se considerarmos a posição inicial como uma de tantas, e não necessariamente a mais vantajosa para nenhum dos adversários. — Às vezes tenho a impressão de que a abertura é tirar as peças de suas casas habituais e dispô-las melhor, para então começar a partida.

— Boa ideia — sorriu Estrada, extasiado, como se anotasse mentalmente a frase, para depois usá-la no seu *Filosofia de xadrez*. — Mas isso significa que a posição é anterior, quer dizer, quando chegamos ao tabuleiro, a partida já começou.

"Na verdade, as peças estão de certa forma vivas, como no xadrez do Luna Park", por fim, ela fez o esforço de incluir Yanofsky na conversa, que aproveitou para dizer que o show tinha feito tanto sucesso que fariam uma nova sessão no sábado, dia 16, desta vez em horário vespertino-infantil. "Esse tabuleiro está cheio de luz, essas peças estão vivas de forma", Martínez Estrada citou Ezra Pound, mas Yanofsky não se deixou amedrontar e disse que a ideia agora era pôr no tabuleiro autênticos representantes dos diversos ofícios evocados originalmente no tabuleiro. Essa tarde mesmo tinha falado com um padre de Lomas de Zamora para que ficasse de *alfil*, que em inglês é Bishop. Estrada sorriu, lembrando que daí nascia o costume de chamar "bicho" o *alfil* com tendência a se colocar em lugares ruins, e depois objetou, mais sério, que os *al-files* eram, na verdade, elefantes[9]. Yanofsky replicou, mal-humorado, que não podia enfiar elefantes no Luna Park, mas, sim, bispos, cavaleiros, peões. Inclusive tinha se dado o trabalho de averiguar qual ofício representava cada peão, e estava conseguindo mensageiros, policiais, ferreiros e até doutores de verdade para participar do espetáculo. Em outra mostra de erudição, Estrada explicou que os peões são soldados "a pé", daí seu nome, e isso de ofícios era uma invenção muito tardia, muito ocidental e na verdade burguesa, além de quase paradoxal, principalmente nisso de pôr o ferreiro diante do cavalo. De todo modo, para ele, Estrada, a imagem era melhor que a militar, pois em sua opinião uma partida de xadrez era um fato social, mais parecido com a democracia que com a monarquia, apesar do rei.

— E de rainha, quem vai? — quis saber Sonja, postulando-se, fazendo com a mão um gesto majestoso.

---

[9] Aqui, o autor joga com o termo *"alfil"*, termo em espanhol que corresponde ao nosso "bispo", como peça de xadrez. *Alfil* vem do árabe *al-fil*, elefante.

— Umas rainhas da vindima de Mendoza, embora preferisse uma portenha, por causa da Rainha do Plata — disse Yanofsky, pondo por terra a última possibilidade de um *calameo* da então jovem atriz Eva Duarte.

Com maturidade (para chamar de alguma maneira a evidência da sua velhice), Sonja assumiu sua nulidade e se contentou em propor que fosse posta no tabuleiro a partida pacifista de Beckett em *Murphy*. A citação só conseguiu atrair o interesse de Estrada, que pediu mais detalhes, embora logo se revelaria que sua intenção tinha sido enterrar o assunto. Após um breve silêncio, que Yanofsky rezou para que fosse final, continuou, ou chegou a sua meta:

— Não acham que *o mecanismo do jogo é em si mesmo mais um símbolo sexual do que bélico?* Porque o certo é que *o xadrez não simboliza a guerra, nem a vida, nem nada. Simboliza o próprio xadrez. Mas se é parecido com alguma outra coisa, é com a luta entre os sexos, mais sutilmente complicada que a guerra, mais cheia de emoção e inteligência. Vamos pensar que entre as brancas e as negras não existe mais diferenças que entre um sexo e outro. Mesmo nas relações de amizade, que terminam empatadas, ambos os sexos estão constantemente em atitude enxadrística, combinando variantes, se evitando. E no jogo do amor, tudo termina em xeque-mate, seja porque a mulher sucumba e se entregue, seja porque o homem fique derrotado. Por isso é necessário pensar no xadrez nos remetendo às vicissitudes do coito.*

Num segundo, como um jogador que vê o xeque que o estavam colocando durante uma longa série de jogadas levemente incômodas, mas sem um destino claro, Yanofsky entendeu para onde apontavam todas as elucubrações filosóficas que seu amigo vinha colocando desde de o fim do jantar. Frases que tinha soltado numa suposta alusão ao jogo adquiriram, de repente, uma atmosfera sexual tão diáfana que quase o deixaram vermelho de vergonha. Já a primeira ideia que tinha jogado na mesa, que afirmava que *"todo enxadrista está sozinho e a única coisa que se opõe a ele é o eco de sua própria voz"* (Yanofsky, como bom jornalista, lembrava das frases citáveis entre aspas, mesmo sem ter anotado nada), já essa primeira noção esboçada com a sobremesa não podia sobremaneira não fazer alusão ao próprio Estrada nessa noite, em que a única que fazia eco da sua voz era Graf.

Sob essa mesma luz nova ficava em evidência as ressonâncias eróticas de considerar uma partida como uma *"conciliação dos contrários"*, em cujo resultado sempre *"deve ser vista a colaboração daquele que perde"*. Imediatamente ficou clara outra frase do seu amigo, que só tinha chamado a atenção pela sua simplicidade tautológica. Ezequiel tinha defendido que durante uma dessas partidas solitárias (até *que a mulher sucumba e se entregue*, não é mesmo?, pensou agora Yanofsky), *"não apenas se age em busca de boas jogadas, mas também na eliminação de más jogadas"*. Isso era um ataque direto para ele, Yanofsky, pois estar com ele era a notória jogada ruim que Graf tinha feito! Pouco depois acrescentou que *"uma partida malograda pode afligir para sempre um homem"*, e apesar de o anfitrião ter achado que falava de alguma experiência passada como enxadrista semiprofissional, agora tinha certeza de que se referia ao seu futuro, se ele, Estrada, *o homem*, acabasse derrotado (*nos remetendo*, se entende bem, às vicissitudes do coito).

Entre os argumentos que deixavam o rei dos Pampas como a melhor jogada que podia realizar a dama das Europas, se destacava o que pareceu para Yanofsky, com o primeiro café, uma divagação sobre assuntos cognitivos, bem típica do seu amigo, quando na verdade não passava de um ataque direto a sua pessoa. Embora não lembrasse completamente, Martínez Estrada fez bem em anotar e guardar na pasta que continha os papéis para o livro sobre xadrez que nunca chegaria a completar, e cujos pedaços seriam publicados somente várias décadas após sua morte:

> *Dada a simplicidade das regras de xadrez, pareceria que a inteligência encontrou nele a maneira de eliminar as dificuldades que a natureza das coisas habitualmente oferece ao conhecimento. Eli-*

minadas as incógnitas do que são as coisas e do que significam em si, ficam ainda as incógnitas da combinação possível das coisas. Se diria que o xadrez vem nos demonstrar que a eliminação do absurdo e do complicado, a busca da mais alta simplicidade, é um espelho da inteligência, e que para a inteligência nada pode haver de simples, porque ali onde haja algo simples, ela o torna complicado. Talvez, ir explicando e simplificando os conceitos seja o aproximar-se do absurdo, e a inteligência só se encontra segura naquilo que, pela sua própria complicação, lhe oferece a impunidade do erro. Então acha que sabe muito, mas quando esse caos é ordenado, quando suprime o que ela supunha ser dificuldades externas, alheias ao seu poder, quando as coisas se tornam simples e em estado de pureza nativa, ela se dá conta de que sabe apenas que não sabe nada. De repente, para fazer uma comparação, acontece com a inteligência o mesmo que com os pulmões, que precisam de oxigênio e o procuram no estado mais puro possível, mas se o obtivessem nesse estado de pureza, estariam destruídos.

Trazendo esse complexo pensamento para a presente constelação, *simplificando*, Yanofsky era a opção banal para Sonja: o amante trivial com quem se asfixiaria de tédio, enquanto Estrada representava aquilo que seu intelecto realmente queria, isto é, a complexidade, inclusive o erro (que tão impune devia se achar para galantear na sua cara!). Ela não precisava de um jornalista esportivo, mas de um intelectual rebuscado, alguém que dissesse coisas como *"vencer também é morrer, é concluir a partida"* ou que afirmasse com a maior naturalidade que o xadrez é *"uma ciência que se baseia não na verdade, mas no erro"*.

— *Todo trabalho mental que se realiza na partida de xadrez é intransferível a outro sistema de símbolos, não é aplicável a nenhuma realidade, daí sua total inutilidade* — dizia seu convidado de pedra, acrescentando um exemplo mais na lista de seus simbolismos bastante úteis.

— Nem sequer ao do sexo? — retrucou Yanofsky, em castelhano, para que não ficassem dúvidas sobre quem era o destinatário do sarcasmo.

— Nem *quiser* — sorriu o outro, embora sem dar pistas se o jogo de palavras tivesse sido com ou sem querer; falando de novo em francês, acrescentou que a mesma coisa valia para a guerra.
— *Franklin Young reproduziu num tabuleiro a batalha de Waterloo, mas a reprodução de uma obra de imaginação no tabuleiro, dando às peças e às casas um valor convencional, seria mais lógica e legítima que a de uma batalha.*
— A história de Alice não era uma partida de xadrez? — disse Graf, para entusiasmo empatado de ambos os homens, mas triunfo do terceiro em discórdia.
— Na verdade, seria possível reproduzir a segunda parte, *Alice no espelho*, como quem pega um livro traduzido e o traduz mais uma vez, só que para o idioma original — disse Estrada com grande excitação. — É uma ideia que condiz com a triangulação que vejo entre jogo e realidade. *Porque se admitimos que o jogo já é uma realidade, que a partida jogada é uma obra objetiva, podemos fechar o ciclo de experiências que vão dos fatos à razão e da razão aos fatos.*

Triângulo! Razão! Fatos! Era para jogar o café na cara dele e partir para o duelo ali mesmo. Coisa que realmente esteve a ponto de acontecer durante o Torneio das Nações, como poderá saber em detalhes quem visitar a sessão documentária dessa novela, localizada no primeiro subsolo[10]. Aqui em nosso caso fic-

---

[10] O doutor Carlos Querencio, designado pela Federação Argentina de Xadrez para dirigir um *match* de revanche entre Alekhine e Capablanca, conseguiu o consentimento incondicional do cubano, mas ao se chocar com a intransigência imóvel do francês, publicou em *Notícias Gráficas* uma carta aberta ao campeão do momento, em que ordenava que ele não continuasse fugindo de sua responsabilidade esportiva e que defendesse a coroa contra um rival do seu nível. A violenta e sarcástica peça retórica, imortalizada por Juan Sebastián Morgado em *Os loucos anos do xadrez argentino*, é a seguinte:

> *Faz aproximadamente uma década que o mundo enxadrístico está ansioso em saber quem é o campeão mundial. Culpo o senhor por manter essa incógnita, devido a sua conduta evasiva todas as vezes em que o mestre Capablanca se apresentou para a disputa. Suponho que o senhor não*

pretenderá fazer acreditar que os encontros individuais que manteve nesses últimos tempos, com adversários escolhidos a seu gosto, sem a intervenção autorizada de uma prestigiosa instituição como é a FIDE, convenceram o mundo enxadrista sobre o seu campeonato. Não, mestre Alekhine, o senhor se engana. Está na consciência universal enxadrista que enquanto o senhor continua selecionando adversários inócuos, a verdade pura, prístina, sem dar vez a dúvidas, que todos ansiamos, não obtemos. Por sua vez, o senhor continuará se eternizando em seu lugar fictício [!], acreditando ser o campeão, contra toda a opinião que discorda disso. Se liberte dessa convicção, aproveite a ocasião que agora se apresenta de que os dois estejam em nosso país, em esse país que lhes brindou generosamente a oportunidade de jogar aquele match *inesquecível [em 1927] e que hoje clama uma vez mais, porque se estima que é uma reivindicação necessária para o mestre Capablanca, porque assim o toma com honradez e sinceridade, porque quer saber qual dos dois é o mais forte, e finalmente, porque espera do senhor que, por razões de gratidão, não oferecerá a mais mínima resistência. Tanto que prometeu diante de numerosas testemunhas daquele* match, *inclusive o que aqui assina, então juiz da disputa cavalheiresca, para quem o senhor dissera textualmente:*

— O único adversário que tenho no mundo é Capablanca, e prometo que lhe darei uma revanche.

Apelo, mestre, para sua muito boa memória.

Deduz o senhor, em última instância, que a sua pátria adotiva, França, o chama para prestar serviço em suas fileiras [na verdade, Alekhine pôs como desculpa que estando seu país em guerra, ele era "mobilizável" como "oficial intérprete da reserva", e portanto, não podia contrair um compromisso por um tempo prolongado]. Muito bem, mestre. Aprovo seu patriotismo, mas me permita sugerir uma elegante solução: JOGUE O MATCH EM BENEFÍCIO DA CRUZ VERMELHA FRANCESA. *A França ficará eternamente agradecida pela sua valiosa contribuição moral e pecuniária. De nossa parte, experimentaremos a viva satisfação de ter prestado nosso concurso, pela sua digna intermediação, à França de toda nossa admiração. Por fim, nos oferecemos para resolver todas as dificuldades diante do S.E. Embaixador da França.*

Em sua coluna para o jornal O *mundo,* Alekhine responde se mostrando surpreso por essa maneira "pelo menos estranha de reconhecer a sincera amizade que sinto e que tão frequentemente demonstro em relação a esse país e sua família enxadrista". Alekhine parece ter completado suas reflexões pelo rádio do jornal, que fazia suas *broadcastings* desde o teatro Politeama. Como resposta a isso, Querencio tirou uma solicitação dirigida a dois amigos (agora padrinhos), desafiando-o formalmente ao duelo:

> Com motivo de uma carta aberta dirigida por mim a Alejandro Alekhine, em que se referem fatos rigorosamente exatos, registrados, por sua vez, em todos os anais do xadrez mundial, esse mestre responde descomedidamente através da Rádio O Mundo, corrigindo meus dizeres de tal forma que se impõe uma ampla reparação. Peço que falem com esse senhor e exijam dele uma retratação documentada por escrito, ou então fiquem os senhores autorizados para tramitar o lance de honra.

A mediação aconteceu nessa noite mesmo, onde hoje é o Hotel Luxor de Diagonal Norte e a ata foi publicada em *Notícias Gráficas*. Resumidamente, os representantes do Dr. Querencio expuseram ali que na transmissão de rádio:

> ...o doutor Alekhine tinha empregado o qualificativo "crapuloso", em referência ao doutor Querencio. Os representantes do doutor Alekhine manifestaram que o termo "crapusolo" que o doutor Querencio imaginou ter sido dirigido a ele, seu representado não o disse fazendo referência ao doutor Querencio nem à carta publicada por ele.

Olga Capablanca Clark, segunda esposa do cubano, acrescenta uma anedota que aproxima ainda mais esse duelo de enxadristas a um entre boxeadores (com títulos de Doutor). Devido ao pouco apego que parece ter Olga pela precisão fática (segundo sua memória, o torneio foi disputado no Teatro Colón, por exemplo), a anedota deve ser considerada talvez mais próximo à ficção que à realidade, dito isso naturalmente como um mérito:

> Nesse dia aconteceu um episódio divertido. Um dos amigos mais entusiastas de Capa, o Dr. Querencio, desafiou Alekhine a um duelo, caso continuasse negando conceder a revanche para Capablanca. Isso foi seguido por ásperas palavras. Alekhine as interrompeu de uma vez, correndo para o banheiro dos homens e se trancando lá. Impertérrito, Querencio ficou esperando na porta.
>
> — Saia daí, crápula — lhe teria gritado Querencio, desde o lado de fora.
> — Eu nunca disse isso — respondeu Alekhine, desde dentro.
> — Claro, e também não vai escrever libelos nazistas em que tentará demonstrar que o xadrez praticado pelo judeus é de uma raça inferior.

tício (mas não por isso menos, sério, não é mesmo?) o café não chegou ao rio. Após discutir um tempo sobre a relação triangular entre realidade e xadrez, que derivou na relação entre realidade e os livros, no sentido de que esses contêm, em termos simbólicos, *verbais*, aquilo de que os objetos concretos também formam parte, começando naturalmente pelo que conta o princípio dessa matéria, a sua própria incluída, vale dizer, a Bíblia, que Estrada trouxe à conversa para expor sua última ideia, ainda que fosse a primeira, dele e do mundo, a saber: que a jogada enxadrística correspondia ao *logos* dos antigos gregos, por expressar *"linguagem e razão ao mesmo tempo"*, e que a notícia de que a primeira jogada de Deus foi o verbo, isto é, a palavra (o *logos*, como tam-

— O senhor não pode saber o que farei no futuro!
— Por que não? Os homens são como as peças, perfeitamente previsíveis em seus movimentos.
— Não quis escrevê-los. Me obrigaram. Foi obediência devida.
— Obediência *bebida*, quer dizer, pedaço de bêbado.
— Cala a boca, crápula.
— Voltou a não dizer isso?
— O senhor disse primeiro.
— Um autêntico campeão de covardia é o senhor, Doutor. Por que não sai da privada e medimos as diferenças com um par de pistolas? Pensa que se eu o mato, escapa de cair na baixeza nazista.
— Então quer dizer que me está fazendo um favor.
— Naturalmente. Quero que conceda a revanche para Capa, pelo bem de todos.
— Farei isso mais tarde, em plena guerra, em troca de que me tirem da Europa e me levem para Cuba.
— Agora é o senhor que apela ao futuro, está vendo? Mas saiba que isso não é mais tarde, e sim tarde demais, porque então Capa não lhe concederá a revanche. Será uma eterna partida de gambitos recusados.
— Mas se o senhor pode me fazer mudar de opinião agora, pode ser que consiga mudar a de Capablanca no futuro.
— Não é possível sair do xeque dando outro xeque!
— Não é possível dar xeque se o outro jogador não moveu suas peças!

Me contaram que Alekhine ficou no banheiro por quase uma hora, até que uns amigos do Dr. Querencio o convenceram a abandonar o local. Só então que Alekhine apareceu cautelosamente e fugiu. O episódio gerou muitas risadas em Buenos Aires. Mas Capa apenas deu de ombros.

bém podia ser traduzido), essa notícia correspondia à ideia de que no início foi a jogada, e somente depois veio o jogador, ou seja, Deus; após um tempo mais dessa triangulação que oscilava perigosamente entre o teórico e erótico, Yanofsky descobriu que quem tinha pensado em sexo não era seu sábio amigo, mas, sim, ele próprio, organizador oficial desse jantar público que tinha como único objetivo concretizar seu *match* privado com Sonja Graf. Muito depois Ezequiel confirmaria que tinha feito alusões sexuais apenas para que o assunto pairasse no ambiente e assim ficasse mais fácil para Yanofsky cumprir com seus planos quando o campo estivesse livre (todas as metáforas esportivas são de Yanofsky!). Mas não tinha nada que agradecer, se adiantou Estrada, pois nunca tinha pensado o xadrez em termos sexuais, no máximo como um diálogo platônico, e o agradecido era de todo modo ele, por ter inspirado esse matiz em suas reflexões filosóficas sobre o jogo.

    Tudo que esteve a ponto de não funcionar, pois Sonja pensou em se mandar junto com o escritor, quando ele apressou sua saída. Se desistiu, foi porque Yanofsky soube provocá-la com uns discos de tango e, aproveitando, ensiná-la a dançar. Enquanto se moviam no ritmo do dois por quatro, primeiro de pé e depois no sofá, Sonja não pôde deixar de pensar que no tabuleiro é também quase sempre a própria peça que escolhe qual das adversárias a come.

16. Entre pactos e madrugadas

Yanofsky tinha ganho a disputa pelo amor de Sonja Graf, mas Magnus ficou com uma novidade pela qual qualquer jornalista teria pago em efetivo, e talvez até cedendo no afetivo. As circunstâncias desse privilégio envolvem a guerra e o torneio, e é necessário recapitular alguns acontecimentos antes de falarmos disso.

Embora os primeiros países a declarar guerra à Alemanha tenham sido França e Grã-Bretanha, os únicos que mantiveram certa postura e se retiraram do torneio das nações foram os ingleses. Fizeram isso até mesmo antes do anúncio oficial do primeiro ministro Chamberlain, no mesmo dia em que Hitler invadiu a Polônia, alegando que "apesar de a responsabilidade do torneio ser grande, a dos acontecimentos políticos era muito maior, e cada um deles devia ocupar seu lugar correspondente". Como se nota, a segunda guerra mundial, pelo menos no sentido de que envolveu muitos países, começou tecnicamente em Buenos Aires.

Que a desculpa dada pelos ingleses não era mero formalismo fica demonstrado pelo fato de que C.H.O'D. Alexander, P.S. Milner-Barry e Harry Golombek — primeiro, terceiro e quarto tabuleiros — logo se juntaram no Bletchley Park à equipe do célebre criptógrafo Alan Turing, que não por acaso seria em breve o autor do primeiro programa de computação a jogar xadrez. Com Turing, nossos enxadristas se dedicariam a decifrar os códigos que usavam os alemães nas mensagens telegráficas. Nessa espécie de xadrez postal contra um jogador involuntário (ou de quem se sabe muita coisa), o máximo que conseguiram foi elucidar os códigos rotativos da máquina "Enigma", o que segundo alguns historiadores serviu para antecipar o fim da guerra ainda mais que as bombas atômicas. "Desde a antiguidade, e talvez nem isso, não acredito que tenha existido uma guerra em que um grupo tenha lido regularmente os principais informes de inteligência militar e naval do outro", declararia mais tarde nosso herói *codebreaker* Milner-Barry. Fica por decodificar, então, sem querer lhes tirar o mérito, por que porra não venceram antes.

Que os ingleses deviam estar em contato com seus serviços secretos e manipulavam informação classificada com antecipação no início da batalha é algo que também fica evidente pela ida precipitada e surpreendente deles, que pegou desprevenido tanto os organizadores como os demais participantes. Nesse dia, a coluna de Alekhine em *El Mundo* inclui, por exemplo, o seguinte parágrafo dedicado a C.H.O'D Alexander, que a leu já no transatlântico inglês *Alcântara* (imediatamente transformado em um barco de guerra): "O campeão inglês Alexander representa, até aqui, a única verdadeira decepção esportiva do torneio [2 vitórias/2 derrotas/1 empate]. Todos os que, como nós, conhecem aquilo do que é capaz, depois de ter recuperado sua verdadeira forma, esperam que consiga uma brilhante revanche na rodada final". E conseguiu, como foi dito, ainda que na guerra verdadeira, essa em que seu amável crítico seguiria pelo grupo contrário.

A, pelo que parece, mais do que justificada e talvez nem tão espontânea deserção do *tea(m)* inglês gerou um fato de descomunal importância simbólica, embora outra vez negligenciada pelos historiadores mais versados (nós, os versadores, temos que fazer tudo!). Nessa sexta-feira, primeiro de setembro, durante a noite, após um dia de descanso geral, os ingleses deveriam iniciar a rodada decisiva do torneio, jogando contra os palestinos, isto é, contra os poloneses (Czerniak e Rauch), o alemão Foerder (rebatizado Yosef Porath) e o lituano Kleinstein, todos recentemente emigrados a essa colônia britânica que, uma vez finda a guerra, e estávamos nessa, cederia sua soberania para os israelenses. Pelo que se podia afirmar, reescrevendo mais uma vez a história do mundo a partir desse jogo que o reproduz e a sua maneira o contém, que o retorno dos correligionários de Moisés para a sua Terra Prometida começou simbolicamente

— ou ludicamente, mas com a seriedade que os jogos sempre possuem — aqui em Buenos Aires, durante aquele *erev shabat* do tão sagrado mês de *elul*, quando os ingleses cederam seus quatro pontos para os palestinos[11].

Quando finalmente a realidade incidiu de maneira concreta no jogo (e o jogo, do seu jeito, como vamos descobrindo, na realidade), já não foi preciso conter a morbidez que desde o início subjazia na façanha, como representação em miniatura do que acontecia no grande tabuleiro. Na vanguarda das especulações, apareceu *Crítica*, em outra das matérias irrelevantes que Yanofsky teve de escrever (sem sair da redação):

> *Uma grande quantidade de pessoas foi ao Politeama para ver "o que tem" esse jogo austero e incompreensível para alguns [Yanofsky!], e é assim que frequentemente são ouvidos comentários sobre a atitude que adotariam os poloneses quando tenham que jogar com os alemães, e a desses quando devam enfrentar os franceses.*
>
> *Em vias de imaginar situações absurdas, que não se produzirão, porque os enxadristas formam uma vasta família irmanada pelos sutis laços da inteligência, os palpiteiros que encontraram no torneio um inédito motivo de atração lamentavam ontem à noite que as equipes da Itália, do Japão, dos Estados Unidos e de outros possíveis beligerantes não tivessem presentes, para que dessa maneira o espetáculo fosse completo.*

Isso de "vasta família irmanada" é naturalmente uma cruel ironia de Yanofsky. No livro oficial sobre o torneio é dedicado ao tema um breve, porém mais que eloquente, parágrafo:

> *Um dos "habitués" na cabine de transmissão era o campeão da França, senhor Aristides Grömer. Culto, conversador, de fala suave e repleta de simpática sutileza, fazia sua voz chegar fre-*

---

[11] Depois cederiam para o resto também, de modo que seria declarada rodada livre para o eventual adversário, mas as grandes alegorias não se fixam nesses detalhes (Nota a Theodor Herzl, *in memoriam*).

quentemente aos ouvintes de Radio Fénix [que transmitia desde o estúdio instalado no próprio teatro].
Na noite seguinte à declaração de guerra, Gröme estava conosco. De repente, Eliskases, o campeão da Alemanha, passou na nossa frente. Os olhares de ambos se cruzaram, como se perguntando, mas... não se cumprimentaram. Grömer leu nos meus olhos a pergunta que clamava por sair dos meus lábios, e me respondeu:
— Estamos em guerra...

No parágrafo seguinte do livro é explicado que "por causa da situação que se deu entre as equipes da França, Polônia, Boêmia-Morávia e Alemanha", ficou resolvido que "os pontos sejam divididos em litígio sem jogar". Era a fórmula equitativa que tinha encontrado os diretores do torneio para resolver a situação anormal. "Dos males, o menor..."

Os jornais foram discretos ao mencionar a solução pacífica para esse conflito obviamente bélico. Apenas reproduziram o comunicado da Federação de Xadrez, informando sobre o "arbítrio" para salvar o "obstáculo" (*El Mundo*) pelos "acontecimentos europeus que são de conhecimento público" (*La Prensa*). A matéria sensacionalista veio novamente de *Crítica*, que após informar sobre a "solução de alta diplomacia", mencionou um cisma que os outros meios preferiram não noticiar. Vale a pena analisar essa jogada completa, não totalmente indigna de uma novela de espionagem.

A indiscrição foi publicada sob os títulos "Palestina se negou a enfrentar o equipo nazista" e "O certame esteve a ponto de terminar sem aviso prévio". Na longa matéria — escrita por Yanofsky e posta debaixo do quadro informando quanto estava a cotização de Lou Nova e Tony Galento no *match* dessa noite, na Filadélfia —, era explicado que os jogadores do protetorado inglês tinham decidido aderir à causa comum do Império e "não desejavam, nesse momento, enfrentar enxadristas que representavam a nação que agredia a Polônia e, portanto, causadora da guerra que derrama sangue no continente europeu". A Alemanha rejeitou a proposta e a Palestina anunciou que não se apresentaria ao *match*, nem mesmo ao que tinha de jogar contra a Argentina, de maneira a não a desfavorecer na classificação geral. Isso acendeu o alarme da Suécia e da Polônia, os outros finalistas que já tinham enfrentado a Palestina e tinham as melhores pontuações, de modo que "a situação foi se agravando e em alguns momentos se pensava que o magno torneio terminaria com o abandono das equipes mais relevantes".

Em requerimento do mestre argentino Roberto Grau, numa reunião geral entre os jogadores palestinos e alemães, foi proposta a mesma "fórmula conciliatória" adotada em outras partidas não disputadas. "No início os germânicos resistiram em aceitar a fórmula, insistindo que se os representantes da Palestina não se apresentavam, de acordo com o regulamento do torneio eles teriam de receber quatro pontos. Finalmente, depois de inúmeras e agitadas conversas, de idas e vindas, e de consultas na Embaixada da Alemanha, a equipe nazista acatou a sugestão da sua instituição e, por conseguinte, a fórmula proposta por Grau, ficando resolvido o grave inconveniente criado pela atitude da Palestina."

Tudo soa muito dramático, bem no estilo do jornal de Botana, mas foi assim mesmo, e até pior. Sabemos disso através de uma carta privada do capitão da equipe germânica, que na verdade era austríaco, Albert Becker, enviada somente em outubro e publicada em janeiro do ano seguinte na *Deutsche Schachzeitung*:

> *Querido amigo,*
> *Desde que te escrevi pela última vez, o cenário do mundo mudou completamente...*
> *O estouro da guerra no dia primeiro de setembro provocou uma imensa exaltação na comunidade enxadrística. Em primeiro lugar, a direção do torneio perguntou a todos os capitães de equipe se o torneio podia continuar; tinha acabado de terminar a rodada preliminar. Todos os capitães disseram que sim; apenas da Inglaterra foram logo embora Alexander, Thomas e Milner-Barry, e assim a equipe se retirou...*
> *Você certamente leu que alguns duelos ficaram em 2 a 2, sem*

ser disputados (6, no total). Como chegaram a isso é uma coisa muito interessante. A ideia veio do Dr. Alekhine e do Dr. Tartakower, que não queriam participar das disputas França-Alemanha e Polônia-Alemanha (boicote moral a Alemanha). A direção do torneio seguiu esse plano e comunicou; em princípio, recusei, enumerando todas as razões contrárias. Me pressionaram e começaram as ameaças veladas; no fim, até o presidente da Federação de Xadrez da Argentina, Augusto Muro, se dirigiu pessoalmente à embaixada alemã, e acabamos cedendo. De todo modo, exigimos que Boêmia-Morávia fosse incluída no acordo, coisa que também conseguimos, para desgosto de Alekhine, que não queria ver os tchecos do nosso lado e os convenceu de não acompanhar a Alemanha; porém, os tchecos se comportaram com absoluta correção e se mantiveram firmes. [...] Um segundo incidente aconteceu quando se aproximou o duelo entre Palestina e Alemanha. Nesse momento, Alemanha era líder do torneio junto com Argentina e Suécia. Palestina ainda tinha de enfrentar Alemanha e Argentina, e já tinha empatado em 2 a 2 com Suécia, Polônia e Estônia. Palestina não queria de jeito nenhum se apresentar para a partida conosco. No início, tentaram o seguinte: recebi uma carta da direção do torneio, me comunicando que o duelo Palestina-Alemanha tinha ficado em 2 a 2, sem ser disputado (um fato consumado!) [o parênteses não é nosso!]. Fundamento: Palestina era tão protetorado inglês como Boêmia-Morávia era da Alemanha. Protestei com muita raiva e aleguei: primeiro, que sem meu consentimento é materialmente impossível determinar uma luta [Kampf] em 2 a 2. Segundo, que a Palestina não é um protetorado inglês, mas um mandato! Com esses fundamentos prevaleci. Mas então veio algo contra o qual não podíamos fazer nada. Os judeus apareceram com os argentinos no nosso alojamento e apelaram para o nosso espírito esportivo! Nós tínhamos que entender que era impossível para os judeus se apresentar para a partida conosco, não apenas porque a Palestina era inglesa, mas principalmente porque os judeus eram perseguidos na Alemanha. Não jogariam de jeito nenhum! Para a coisa ficar mais fácil, a Argentina estava disposta a deixar sua partida [Spiel] terminar em 2 a 2, sem disputa, de modo que todos os que competiam

pelo primeiro lugar obteriam um 2 a 2 contra a Palestina. Do contrário, a Palestina "ameaçou" em nos dar os 4 pontos, e assim a eventual vitória final [Endsieg] da Alemanha teria acontecido graças ao presente e à misericórdia dos judeus. Ou seja, não teria valor para nós! Não tivemos outra opção senão aceitar: 2 a 2 nos duelos Palestina-Argentina e Palestina-Alemanha. Pontos pechinchados na mais alta pureza.
E com tudo isso ganhamos!
Heil Hitler!

Seu fiel amigo
Becker

Os relatos parecem coincidir, incluindo a inaudita intervenção da embaixada alemã, mas uma contradição entre ambas as notícias permanece sem solução: foram os alemães que ameaçaram ficar com os pontos dos palestinos, como diz *Crítica*, ou a "ameaça" (as aspas não são nossas!) partiu dos próprios palestinos e foi rejeitada pelos alemães, como Becker alega com um cinismo ameaçador?

Para resolver o mistério precisamos de uma terceira fonte, além das duas independentes entre si que já temos. E o certo é que a única que nos garante verdadeira independência, por reunir a informação não em outro tipo de documentos ou por vir de uma área diferente de pesquisa, mas por pertencer a um estrato diferente da realidade, é a ficção. Em relação ao seu compromisso com o real existente, dificilmente seja mais frouxo que o de um jornal pouco escrupuloso nos filtros que aplicava nos telégrafos (cf. o bombardeio polonês em Berlim antes do início da guerra) ou o de uma testemunha interessada em alardear perante seus superiores (e assim justificar a covardia de não ter voltado para seu país e se envolver numa guerra verdadeira). Se dois relatos extraídos da materialidade imediata podem ser opostos, se anulando entre si por falta de um terceiro que resolva o paradoxo, também são anulados os motivos para negar à ficção, mais concretamente a esse romance documentário, a possibilidade de agir como juiz. Em todo caso, que decida o juiz de última instância, que continua sendo o leitor.

Com ele entramos então no vistoso templo da Nova Comunidade Israelita, ou NCI, que meu avô e depois meus pais e finalmente eu frequentávamos. Suponhamos que hoje, sábado, os jogadores palestinos também foram lá. A comunidade entoa o *"Shemá Israel"* de frente para a porta de trás (isto é, de frente para a Terra Prometida, promessa que está quase por ser cumprida, embora num custo mais alto do que o imaginado por Theodor Herzl) e o serviço chega ao seu final. São quase duas da tarde, os estômagos rangem. Meu avô começou a conversar com seu xará Heinz Foerder, vulgo Yosef Porath, que nesse torneio ficaria com a medalha de ouro do segundo tabuleiro, pelo seu recorde pessoal. Tinha vontade de comentar seu plano para ganhar a competição e por isso o convida para comer na confeitaria Munique (sua preferida!), mas o outro responde que deve comer com sua equipe, no hotel, que em todo caso passe para o café.

Para o café, pois, Heinz foi até o hotel indicado, perguntou na recepção pelo seu novo amigo, informaram que vinha para a reunião dos enxadristas e lhe indicaram o salão onde estavam argentinos, alemães e palestinos. Assim foi que ao chegar na entrada, de onde não sairia, meu avô assistiria ao momento mais dramático da história do xadrez universal.

— Fazemos meio a meio e cada um com seu pirão — dizia, então, Roberto Grau, num francês perfeito.

— Muita metáfora culinária nesse país, é bom para ficar — comentou Moisés Czerniak com Viktor Winz, que depois comentaria com Miguel Najdorf.

— De jeito nenhum — disse Becker em alemão, embora o teriam entendido até em chinês, devido ao seu gesto que acompanhou suas palavras.

— Fisti-fisti, como dizem nossos protetores — insistiu Winz, em um inglês com tanto sotaque estrangeiro que parecia o *slang* autóctone de algum subúrbio londrino.

— Não são um protetorado, mas um mandato, senhor Winz, disse Becker, acrescentando um eco ao sobrenome, até fazê-lo soar como *"winzig"*, ou seja, "minúsculo", em alemão.

Pois bem, Winz era na verdade o mais baixo da equipe palestina, que por sua vez não era equipe que pudesse ter trocado o xadrez pelo basquete, exceção talvez do lituano Zelman Kleinstein, alto, apesar de seu sobrenome carregar a palavra "pequeno" (justiça racial ou mera ironia?, se perguntava Winz, para quem as ressonâncias do seu próprio sobrenome às vezes dava o que pensar). Por um lado, isso. Por outro, sabemos que muito tempo depois, passada a guerra e já instalado na Argentina, numa das viagens de Winz para sua Berlim natal para jogar xadrez, um homem lhe diria: "O ar aqui é ruim, por que não volta para a câmara de gás?". Isso foi em 1960. Dois anos depois, o nostálgico nazista foi condenado a três meses de prisão (com pena suspensa) por causa do que disse. Embora essa linda anedota, que pode ser corroborada nos jornais de sua época, constituindo, portanto, uma verdade que se chama irrefutável (diferentes das que, por ser de ficção, não se sentem tão bonitas, as verdades, digamos, *fea-cientes*); embora isso fosse acontecer daqui a vinte anos, sua influência retrospectiva é inegável, no sentido de que alguém como Winz, capaz de levar adiante o julgamento que adiantamos aqui, deixaria simplesmente passar o comentário ultrajante de Becker.

— Meu sobrenome é Winz — disse Winz, pensando que o outro poderia ter dito "Witz", ou seja, "brincadeira", o que ele não tomaria como uma ofensa tão grave. — Talvez não me conheça e por isso pronuncia mal, mas eu, sim, conheço seus avós paternos.

Winz estava utilizando informação classificada. Segundo sabemos pelos documentos de guerra microfilmados e guardados nos *National Archives* de Washington, em 1941, o Dr. Albert Becker se candidatou a uma vaga de leitorado em Buenos Aires, na *Deutsche Akademie*, o órgão destinado à "pesquisa e ao cuidado da alemaninade" (hoje o chamamos *Goethe Institut*, da mesma maneira que o derrame cerebral que Grau sofreria em alguns anos é denominado, hoje em dia, de modo mais asséptico, AVC). Da correspondência mantida por causa dessa candidatura, se apreende que Becker era um "Mischling 2. Grades", ou mestiço de segundo grau, segundo as leis "para a proteção do sangue e da honra alemães", de 1935, ou seja, algum dos seus quatro avós era judeu e ele próprio, 25%. Daí que corre o rumor (ou devemos chamar de "fato mestiço feasente de segundo grau"?) de que o austríaco Becker negociou assumir o posto de capitão da equipe nazista em troca de que lhe fosse permitido permanecer na Argentina e levar sua família, justamente para não ter inconvenientes devido a essa mancha no currículo sanguíneo.

Como é que Winz chegou a essa informação, que seria revelada somente alguns anos depois, e em princípio apenas para as autoridades alemãs, o que parece ser outro alarde de anacronismo sem precedentes (nem mesmo no futuro!), é algo que não sabemos, mas que também não nos deve interessar, simplesmente porque é a verdade e entre as suas prerrogativas está a de nem mesmo ter de ser verossímil. O que importa é que Becker tomou aquilo como uma ameaça (ainda por cima ser acusado por outro judeu de ser judeu!) e isso redobrou seu antissemitismo (que era auto-ódio, o cúmulo da aversão!).

— Meus avós não têm nada a ver com o que estamos discutindo nesse quarto — disse, involuntariamente ambíguo.

— Mencionei isso na conversa porque se trata do mesmo tipo de desconfiança que diferenciar entre protetorado e mandato — respondeu Winz, deliberadamente ambíguo.

— É o que em crioulo dizemos procurar pelo em ovo de galinha — interrompeu sem meias palavras Isaias Pleci, que acompanhava Grau.

— Outra vez metáfora alimentícia! — pensou Czerniak em voz alta.

— Nenhuma desconfiança — continuou Becker. — O mandato [Palestina] é exercido pelo Reino Unido por delegação da Sociedade das Nações [o mesmo conjunto inoperante e impotente de países que hoje chamamos de Nações Unidas], enquanto que o nosso protetorado [Áustria] é como uma província a mais do país [Alemanha], inclusive uma colônia.

— Então quer dizer que para você uma nação que foi invadida à força tem mais direito de ser considerada parte da nação invasora do que uma que se encontra sob a louvável tutela de outra e por sugestão consensual no marco da associação de todas as nações do mundo — intercedeu Foerder, em alemão, embora com a lentidão suficiente para que aqueles que não entendessem pudessem deduzir que ele tinha dado uma explicação detalhada e perfeitamente irrefutável de por que não fazia sentido algum o que dizia aquele outro.

Becker pensou por alguns segundos, como um jogador que enfrenta um movimento muito complicado do seu adversário, primeiro suspeitando que abriga infinitos perigos, mas depois percebendo que só prejudica quem a fez.

— Obviamente que para mim é assim — disse, afinal.

— Não acho que podemos discutir questões de soberania com quem é o capitão da equipe do país que invadiu o seu próprio lugar de nascimento — ponderou Czerniak.

— Principalmente se quem o faz são palestinos por adoção desde alguns meses — retrucou Becker.

— Porém, mais meses, veja bem, que os que têm os tchecoslovacos sob esse nome composto que os alemães lhes impuseram.

— Além de que nos vimos obrigados a nos exilar.

— Há uma quantidade grande de russos jogando para qualquer país.

— Pensava que Tchecoslováquia já era um nome composto antes.

— Faz tempos que as olimpíadas não têm nada a ver com nações.

— Isso deveria ter sido pensado antes.

— Antes de organizar as olimpíadas ou antes de fundar as nações?

— No meu caso, também pode ser dito que tive de me exilar, embora dentro do meu próprio país.

— Devemos sentir pena da sua sorte?

— De maneira alguma. E aproveito para informar que a Áustria não foi invadida, mas anexada, e que fazia tempo que pedia para ser parte do Império Alemão.

— Os austríacos são separatistas com problemas de orientação.

— E de autoestima.

— Pedimos um barco carregado de orgulho nacional, mas parece que se perdeu e chegou na Argentina.

— Senhores, vamos tentar manter a discussão dentro do nosso assunto.

A chamada de atenção de Grau serviu apenas para calar todo mundo e perder a oportunidade do que poderia ter sido um *excursus* produtivo, se é que se pode falar de *excursus* num tema que, olhando bem, englobava as nações e os indivíduos, a história e o presente, o jogo e o que não é mais jogo.

— O problema de fundo é que corremos o risco de que o torneio seja mais lembrado pelas partidas que foram anuladas do que pelas que foram disputadas.

— Uma competição que fica na memória pelo que foi esquecido, linda metáfora.

— Metáfora de quê?

— Para não ter esse tipo de problemas no futuro teria que se organizar olimpíadas de xadrez com os países da época das primeiras olimpíadas.

— Os países latino-americanos poderiam se apresentar como Atlantis um, dois, três...

— Teriam que ser usadas as regras de xadrez daquela época.

— Uma olimpíada filológica, excelente ideia.

— Não dá para saber quem está falando — murmurou meu avô. Alguém aproveitou uma pausa para contar a anedota segundo a qual Isabel de Castilla salvou o rei Fernando de perder uma partida contra um subalterno, e por isso o Católico promoveu Colombo a almirante, condição que tinha colocado o genovês para ir para o outro lado do tabuleiro, de modo que podia ser dito que o descobrimento da América se devia ao xadrez. A imagem uniu os corações e o ambiente ficou tão suave que por alguns instantes ninguém parecia saber o que faziam ali reunidos nesse salão sem tabuleiros os separando. O assunto que os chamava devia ser tão amplo que o único *excursus* autêntico acabou sendo a fantasia.

— Vamos voltar à realidade — pediu Gau.

— A realidade é que, como judeus, não podemos jogar contra o país que persegue nossos irmãos — disse Foerder (e Heinz negou, consternado, desde o umbral).

— A realidade sempre joga com as negras — comentou Pleci, filosófico.

— Não façamos confusão, nem eu nem minha equipe perseguimos ninguém, isso é apenas uma competição [*Kampf*] — disse Becker, pensando com absoluta coerência apenas no jogo, onde os pontos em disputa contra os palestinos eram quase pontos ganhos de antemão (outra coisa foi cedê-los a Polônia, onde de repente até cabia fazer negócio).

— Justamente para que não seja uma luta [*Kampf*], propomos não nos apresentar.

— Essa frase serve de slogan — comentou Pleci, publicitário.

— E para que todos os que lutamos pelo primeiro lugar possamos ficar em igualdade de condições, a equipe argentina também dividirá seus pontos com a Polônia — dispôs Grau. — Polônia e Suécia já empataram. De maneira que tudo está predisposto para que esse acordo seja selado e o torneio siga com o espírito esportivo que o vem caracterizando.

Becker pensou imediatamente em Alekhine, que na semana anterior não tinha se apresentado contra a Argentina, com a desculpa de não ter podido jogar contra a Alemanha, por motivos de força maior. Não contente com isso, desde a sua coluna diária tinha provocado seu arquirrival Capablanca por lhe dar vantagem para os alemães ao não se apresentar para jogar contra eles, depois de ter feito a mesma coisa contra seus competidores poloneses e argentinos. Inclusive insinuou que a equipe cubana "decapitada" tinha perdido deliberadamente nos seus outros tabuleiros, para dar todos os pontos para a Alemanha. Tudo, obviamente, sob a máscara da equidade e do espírito esportivo, para se diferenciar das obscuras maquinações de disciplinas tão turvas como, por exemplo, o boxe.

— Que espírito esportivo tem a atitude do Dr. Alekhine de não se apresentar em certas ocasiões com a expressa finalidade de prejudicar nossa equipe? — aproveitou a ocasião Becker para se livrar dessa espinha.

— A ideia do Dr. Alekhine não foi prejudicar a equipe alemã, mas impedir uma vantagem não merecida — conduziu o argumento Winz, retorcendo até que desse uma volta completa.

— Mesmo assim não deixa de ser curioso que o espírito esportivo aceite não praticar esse esporte — o alemão Eliskases, que vestia a roupa dos seus colegas, pois tinha perdido as malas no *Piriápolis*, e que até então tinha ficado calado, como um bispo farrapento que se esconde num canto, esperando seu momento, aproveitou o movimento do oponente como um judoca que se vale do impulso alheio (e das roupas alheias!), para terminar de complicar o argumento.

— Se abster sempre foi uma arma legítima nesses torneios — simplificou Pleci, historicista.

— Eu mesmo tive de me abster algumas vezes por não me encontrar em ópticas condições — pôs Grau.

— Ópticas? — riu Pleci.

— Não entendi — disse Czerniak.

— Conta em francês, assim rimos todos — pediu Grau.

— Menos eu, que não parlo franchute e foi quem fez a piada — disse Pleci.

— A piada fiz eu, de todo modo — disse Grau.

— Você fez, mas eu que notei.

— Deixamos tudo igual escrito nas tábuas?

— Nas de Moisés! Se eu não tivesse visto, não haveria piada.

— Se eu não tivesse feito, menos ainda.

— Bom, empate.

— Por que estamos falando de piada se ninguém riu?

— Porque houve o espírito de piada.

— É como espírito esportivo, no fim das contas.

— Está insinuando que aquilo do Alekhine foi uma brincadeira?

Agora sim todos riram, talvez por ter sido uma piada com espírito esportivo. Distraídos mais uma vez, os adversários coincidiram em que o problema do seu querido esporte era não contemplar as intenções, apenas os fatos. O jogador bem-intencionado podia mover por erro manifesto uma peça e a peça estava movida, sem poder voltar atrás. Mesmo quando fosse permitido retroceder a jogada, era uma mancha que deveria ser paga com no mínimo o empate.

Becker aproveitou esse interlúdio para pensar que se esse Winz tinha tanto espírito esportivo assim, que então sua equipe se abstivesse de jogar e lhes desse os pontos, em vez de procurar por fora do tabuleiro um empate que no fundo os favorecia. Se se absteve de dizê-lo foi por medo de que ele próprio fosse acusado de ter pouco espírito esportivo.

Winz, por sua vez, pensou em romper o pacto selado com os argentinos e dar logo os pontos para os alemães, a fim de empurrá-los para uma vitória suja, desonrosa (no sentido esportivo do termo, não no racista que talvez lhe desse o nazista judeu Becker). Se não disse nada, foi por temor de que Becker aceitasse a humilhação e isso pusesse em risco as suas próprias aspirações de ficar entre os dez melhores do torneio (e, na verdade, Palestina terminaria ocupando o nono lugar).

— Falamos com o embaixador e ele concorda conosco — tirou Grau a última carta da manga.

— Isso é chantagem! — se indignou Becker.

— Chantagem com seu próprio embaixador? — raciocinou Czerniak.

Becker não pôde fazer mais nada senão jogar a toalha, como se diz para o que bem poderia ser a expressão jogar o rei. Quando a reunião se desfez, Heinz já tinha se mandado para casa.

17. Para responder abertamente

Nos vemos obrigados a interromper o desenvolvimento normal dessa novela — de época até no seu modernismo — para informar sobre o ataque injustificado de que fomos alvo através de uma carta aberta (a cola dos envelopes baixou muito de qualidade nos últimos tempos, a não ser que o problema esteja na saliva do remetente, que a usa mal sempre que é preciso). Nessa carta aberta, ou mal fechada, que uma pessoa de pouco cuspe nos enviou sem assinar, muito aquerenciada[12] nesse papel que a fenomenologia clássica estava empurrando para o lado obscuro do livro (o leitor); nesse anônimo, como se dizia na época ao que hoje chamamos *comment*, o leitor que no capítulo passado nos acompanhou ao templo "sem pôr o quipá", não sabemos se por gói ou mulher, nos criticava a profusão de citações e notas de rodapé que "atentam contra o jogo novelístico". No entanto, ele ou ela começa *citando A novela* "(epistolar e abertamente enxadrifóbica)" *de Don Sandalio, jogador de Xadrez*, de Miguel de Unamuno, em que o autor das cartas (da novela de Unamuno, não da nossa) cita por sua vez um tal "Pepe, o Galego", um tradutor (!) que reclama que "antes enchiam os livros de palavras, agora nos enchem com isso que chamam fatos ou documentos; o que não vejo em lugar nenhum são ideias...".

Não contente com essa citação, a carta salta logo para *Se uma noite de inverno um viajante*, a novela de Italo Calvino, para nos lembrar que o personagem Silas Flannery, escritor, em certo momento começa a copiar o início de *Crime e Castigo*, de Fiodor Dostoiévski. Copia páginas e páginas ("*disse que copa*

---

[12] Críptica referência a Carlos Querencio, o da carta aberta para Alekhine. (Nota para a minha tradutora alemã, que suspeito estar detrás de toda essa jogada).

páginas e páginas, porque na verdade não é tão amigo do alheio como para *realmente copiá-las*") com o objetivo de absorver "a carga de energia" contida nessa grande obra e transportá-la para a própria. No nosso caso, porém, pergunta nosso comentador, "é possível saber para que andam copiando qualquer coisa que lhes cruze o caminho narrativo? Para aprender a jogar xadrez?". E aproveita para se perguntar com autorização de quem reproduzimos aqui todos esses diários, começando pelo de Heinz Magnus. "Não por acaso são diários íntimos", nos intima; bem que gostaríamos de também nós saber com autorização de quem.

Italo Calvino escreveu sua "no-vela" quarenta invernos depois de terminado o torneio de 1939, e nesse sentido seria vanguardista "copiar de antemão as suas ideias copistas", nos coloca abertamente a carta. Mas não menos certo, nos adverte em seguida, é que agora passaram outras tantas décadas desde a publicação daquele livro definitivo, espécie de segundo *Quixote* — sempre segundo Anônimo — "para caçoar, outra vez, dos leitores e de seu poder de sugestão, ainda que já não em vias de mudar o mundo, mas apenas alguns livros". Calvino imita o *Quixote*, pega sua essência e a aplica em um problema do nosso tempo ("os leitores um pouco receptivos demais, como, por exemplo, eu, não?"), enquanto que nós (ou seja, eu, certo?) seríamos "como esse idiota que simplesmente o copia, Pierre Menard" (que diga-se de passagem é o mesmo que "propõe um xadrez em que seja eliminado um dos peões da torre — se o mensageiro ou campesino, não fica claro —, mas após discutir o que ele mesmo recomenda acaba por refutar a sua inovação, como quem come a própria peça: Essa sim que teria sido uma mudança revolucionária nas regras!"). Calvino também tem um conto de xadrez — continua nos informando para além do papel (e do papel específico que se supõe que tem aqui dentro o mais além!) —, onde as peças servem para representar histórias até que terminam sendo seu motor, e mesmo o das leis dessa história. Mas aí onde nós nos detemos — provoca a *epístola* —, Calvino vai mais além e unge "de fertilidade histórica" o próprio tabuleiro, na sua própria matéria, isto é, nos nós e porosidades da madeira. "O conto está em As cidades invisíveis, podem copiá-lo, de repente cai alguma ideia que veremos todos."

Até aqui, a carta aberta do nosso convidado — ou fada — de papel. Se a mencionamos aqui, como certamente era seu mais inconfessável desejo, é para demonstrar que não tememos nenhuma citação nem reprodução de tipo algum, pelo contrário. Filosofias inteiras se salvaram do esquecimento graças aos comentários que os filósofos fizeram com o único intuito de refutá-las. A cópia nunca deixa de ser cópia, mas o tempo pode elevá-la ao patamar de original, inclusive sem que antes aconteça o desaparecimento dele, como de alguma maneira ocorre com as citações cervantinas de livros de cavalaria que ninguém lê, com exceção de quem compõem as respectivas notas de rodapé (que já ninguém lê também)[13]. Meu avô — para comparar coisas magnas com Magnus — talvez seja o veículo modesto através do qual vários recortes de jornal foram salvos, e de repente obras inteiras. Seus resumos dos concertos e sessões teatrais que via, embora não constituam cópias literais, são talvez a única tradução em papel do que sobrou desses eventos efêmeros. Penso, por exemplo, no seu breve comentário sobre o que parece ter sido a estreia de quem depois integraria a orquestra do Teatro Colón:

29/5/38
[Em castelhano ("castelhano", não?) no original]
Ontem estive, pela primeira vez, no Instituto Argentino das Artes. E, causalmente, também pela primeira vez houve um concerto de câmara. Não pude imaginar que seja possível havendo Buenos Aires tal instituto, onde se celebra uma boa música e canto, e de que essa sessão é completamente gratuita. Mas, que sorte, há pessoas ainda as quais estão interessadas em música clássica, há juventude que tem bastante ambição de conseguir uma alta

---

[13] Com exceção de alguns, para depois reclamar.

qualidade de músico descuidado se o ganho é grande ou pequeno, apenas por carinho pela música, por amor à ideia de um mundo melhor[14]*.*

Uma especialidade era a apresentação do jovem pianista Adolfo Fasoli, que não tem mais de 17 anos de idade, mas parece como 25[15]*. Toca o piano bem, sua rotina de dedos é admirável, e a compreensão das peças de música excelente. Era uma noite agradável; o princípio da minha experiência com a cultura argentina.*

— O que isso tem de cultura argentina, vô?
— Acontece na Argentina, por exemplo.
— Mas é uma cópia da cultura europeia.

---

[14] A fé do meu avô nas produções culturais como meio de melhorar o mundo é notável. O testemunho mais acabado dessa superestimação humanística está num comentário da ficha de leitura da novela pacifista *Nada de novo no fronte*, de Erich Maria Remarque: "Se alguém fecha o livro e depois descobre que foi lido por milhares de pessoas, então sabe de uma coisa: não é possível que volte a haver guerra".

[15] Aqui, fechando o texto manuscrito, o diário carrega, com dois clips já completamente oxidados, o que constitui seu primeiro *documento físico*, que é justamente o programa dessa noite, em que por casualidade também tem uma foto de Adolfo Fasoli (outro Adolto!), o que na verdade confirma a impressão do meu avô: se o preconceito judeu contra as imagens não continuasse nos impedindo, reproduziríamos aqui com muito prazer, para que o leitor veja que não mentimos, nem meu avô nem eu. Mas como temos fé nas palavras (mesmo nas mentirosas), reproduzimos o parágrafo de apresentação do concerto de câmara, que não tem exageros, como se diz, nesse caso porque não tem outra coisa senão exageros, o que talvez seja mérito ainda maior (para meu avô, principalmente, que teve que aprender castelhano lendo essas coisas):

> *Se nas asas do canto a alma se eleva através de ignotas regiões de beleza; se a arte canoro é veículo de expressão do espírito humano, se o coração derrama através da música todo o seu sentir profundo, quão grande missão cumpre o intérprete de câmara, trazendo-nos as sutilezas de outros tempos, as emoções de outras épocas, evocando com aquelas canções quadro remotos, pinceladas policromadas, que nos descrevem emoções que subjazem todos os espíritos, desde a criança cujas frases se assemelham a cantos angelicais, até aqueles em que a neve que adornam suas patriarcais cabeças falam do incessante correr pelo caminho da vida.*

— Uma excelente cópia.

— Não podia imaginar que seja possível havendo Buenos Aires?

— Primeiro você caçoa porque penso como um europeu e depois caçoa dos meus esforços de falar os locais. Quero ver você escrevendo em alemão um ano depois de ter chegado na Alemanha. Além disso, o que queria que eu escutasse? Tangos? Isso não era música. Olha na minha anotação de 24 de julho, que também escrevi em castelhano, para teu deleite especial:

> *Hoje houve outro concerto com uma conferência sobre a Radiotelefonia e a Cultura. Dodds[16] explicou claramente que não há verdadeira cultura na rádio, pois são transmitidos tangos e cantos modernos de jazz sob o título de concerto. Além disso, os speakers ganham tão pouco que apenas uma pessoa com pouca experiência, às vezes má educação e moral e sem qualquer estudo, desejam ser admitidos. Assim a educação da rádio, sua cultura e também sua moral fica debaixo disso que a sociedade humana tem que demandar.*

— Caramba, odiava o jazz como Theodor W. Adorno.

— Você diz que ele me copiou?

— Seu ensaio sobre o tema é de dois anos antes.

— Ah, então eu o copiei, sem ter lido. Não vejo nada ruim nisso, nem você deveria ver. A cultura é cópia, transcrição, citação.

— Mas sem um pouco de originalidade, não avança.

— Já seria muito avanço se se conservasse, principalmente em tempos de guerra como os de agora. Como tradutor, você deveria saber mais do que ninguém.

— De todo modo continuou acreditando que o princípio da tua experiência com a cultura argentina não foi um concerto de música clássica, mas quando você foi à Plaza de Mayo.

— Aí onde me encontrei com os que copiam o fascismo europeu? Mas a culpa não é tua, fui eu que te meti nessa confusão.

---

[16] Será o mesmo da pastilha para os rins? Belo demais para ser mentira.

18. Preto no branco (ou branco no preto)

Na falta do duelo pelo título de campeão mundial entre Alekhine e Capablanca, que como vimos não aconteceria, nem aqui nem em lugar algum (ainda que possamos ficar à espera da respectiva novela); na falta daquela revanche postergada e em última instância jamais realizada, a de Vera Menchik de Stevenson contra Sonja Susann Graf foi sem dúvidas a grande atração do torneio. Nunca a hegemonia da inglesa correu tanto perigo como naquela vez em que a única oponente do seu calibre chegava no auge das suas capacidades. Até o momento — décima terceira rodada —, Menchik tinha cedido meio ponto e Graf, um inteiro, de modo que uma vitória da alemã (libertada) significaria quase com certeza que pela primeira vez na história da categoria o lugar mais alto do pódio seria ocupado por uma mulher diferente.

A única coisa que atentava contra a importância do evento era justamente sua categoria. Ainda que dividissem o palco, era como se os homens se reunissem para jogar na sala e as mulheres, como estavam ali, improvisavam umas partidinhas na cozinha. O pior era que Graf estava secretamente de acordo com essa misógina segregação:

> *Particularmente, gosto mais de jogar contra os homens* — escreve em *Assim joga uma mulher*, o primeiro livro sobre o assunto escrito por uma representante desse sexo. — *Parece que tenho mais interessa na disputa, mais ânimo. Sem querer ferir a susceˉtibilidade das outras mulheres, devo confessar honestamente que, com raras exceções, as partidas entre mulheres não valem muita coisa, porque geralmente elas fazem jogadas sem profundidade, às vezes ingênuas, ou também, em alguns casos, rigorosamente teóricas até mais ou menos a décima quinta jogada. São cópias*

fiéis de aberturas de mestres, que seguem os caminhos mais extravagantes quando alguma delas se esquece de algum movimento. Por isso, em certo sentido, entendo os enxadristas que detestam jogar contra mulheres, e que dizem que não encontram atração nenhuma nessas partidas.

Embora reconhecesse que os homens tendiam a ser mais fortes (aí se notava que o xadrez era um esporte, no sentido mais físico do termo, se é que havia outros), isso não significava que as mulheres não pudessem ter "um cérebro lógico e firme". O pouco profissionalismo se devia ao pouco estímulo com que contava a atividade, como se os homens temessem que dar um apoio verdadeiro pudesse aumentar as possibilidades de que surgissem grandes jogadoras. A verdadeira diferença física entre ambos os gêneros residia por isso no aspecto material, na quantidade de torneios, de professores e de prêmios, resumindo, na quantidade de vil metal que cada grupo tinha a sua disposição. No resto, o sexo forte e o frágil — ou deliberadamente debilitado — eram como negras e brancas, só por convenção uns gozavam da leve, porém decisiva vantagem de mover primeiro que as outras.

Tanto no campeonato de 1937 em Semmering (Áustria) como na copa do mundo desse ano, Menchik tinha escolhido iniciar as partidas com o peão do bispo do rei, de modo que Graf preparou com bastante esmero essa abertura. Fazia isso olhando a Pirâmide de Maio, que pela sua forma e pelas diagonais que se abriam ao seu redor, considerava como um bispo enorme, quase vivo. Trazia consigo o tabuleiro portátil que se pode ver na foto de *La Razón* (essa na que só olhamos para as pernas dela) e praticava variantes sentada em algum dos bancos da praça. Embora pareça mera excentricidade, outra mais entre as tantas de Sonja, o certo é que para isso deveria ter optado pela Torre dos Ingleses (não nos esqueçamos de que Menchik jogava para esse país), que também contava com um charmoso parque em volta. Mas Sonja intuía que os bispos eram decisivos, e, portanto, queria que a imagem do Grande Bispo a obrigasse a tê-los sempre presentes. E o certo é que no final da partida as únicas peças importantes que restariam no tabuleiro seriam realmente os bispos.

No que Graf não acertaria seria na abertura, que acabou sendo com o peão da rainha. "A rainha do Plata!", se pegou pensando (ou se recriminando por não ter pensado nisso antes) enquanto respondia em espelho, como já tinha feito cinco anos antes, em Roterdã (e ganhado, mas apenas essa primeira partida, depois perdeu as três seguintes e o título de campeã mundial ficou com Menchik). Recusou imediatamente o gambito de rainha, exatamente como daquela vez, mas em vez de responder a saída do cavalo adiantando o peão do bispo, optou por tirar o seu pelo mesmo lado. Não ter congestionado o centro do tabuleiro com os próprios peões e Menchik ter declinado prevenir o movimento, adiantando o peão da torre (sua sexta jogada naquela partida memorável) lhe permitiu levar o bispo do rei até o lado contrário (essa ofensiva se chama defesa Nimzio-Índia) e capitalizar o primeiro ataque direto ao rei, protegido por um cavalo que assim ficava imobilizado diante de seus peões. O duplo roque na sétima jogada, ou digamos quadruple, porque repetia também o simultâneo de Roterdã, a pegou muito melhor posicionada que daquela vez. "Ela está me seguindo, como no Harrods!", pensou, exaltada.

Acendeu outro cigarro com a ponta do anterior (por que os faziam tão pequenos?). O ruído do teatro, que em outras rodadas tinha perturbado, hoje era música. Nem o ir e vir do público a incomodava, e pela primeira vez se sentiu realmente irmanada com os outros jogadores. "*Para onde a vista se dirige* — pensou —, *se encontra com as figuras mais diferentes, reunidos com a mesma finalidade, com a mesma ambição. Esses jogadores se sentem outra vez como no seu lar. Tudo foi esquecido! Mesmo as ideias políticas não existem mais*".

"*Cada um vive seu próprio problema, sua própria política*", continuou pensando, enquanto Menchik iniciava o intercâmbio de peões no meio do tabuleiro, embora não o levasse até o final, o que permitiu Graf mandar um dos seus neguinhos (a expressão é dela) até a quinta fileira. "*Esses jogadores são seus próprios generais, seus próprios ditadores. A guerra começa. O xadrez é luta e toda luta é guerra. Centenas de pessoas do mundo todo se reuniram para esse combate, todos estão presentes e querem vencer para impor sua personalidade e também pela própria pátria.*"

O último pensamento a confundiu um pouco (por que pátria ela jogava?), e se concentrou de novo na partida, que lhe lembrou como nunca antes uma batalha, talvez porque nunca antes o tinha sido, e não apenas no sentido de que os respectivos países (o falso de Menchik, o verdadeiro de Graf) estavam em guerra de verdade. Talvez inspirada nessas reflexões, foi avançando quase em bloco com seus peões, à maneira dos antigos esquadrões de artilharia. Já nada mais lembrava a partida de 1934, em Semmering, onde a essa altura estavam em plena carnificina de peças maiores ou menores, se aproximando da troca de rainhas e do final abrupto. Não é que Sonja não tivesse preferido isso, mas se notava que Vera tinha aprendido a sua lição e optava por permanecer atrás da muralha de soldados, ao invés de sair para a baralha em campo aberto.

Durante uma jogada que a inglesa tinha estudado longamente, e não sem motivo, pois derivaria num ataque direto, bispo por cavalo, passando depois decididamente para o ataque, como se apenas agora de lembrasse de que jogava com as brancas; enquanto a outra elucubrava, Graf pensou, com alguma nostalgia, como se esse mesmo instante já fosse um passado, tenuemente restituído ao presente pelas páginas de um livro, que se agora se virasse *para qualquer canto da grande sala encontraria olhos sem olhar fixo, perdidos na contemplação de alguma variante remotíssima. Gestos estranhos, e jogadores nas mais extravagantes posturas, que, se não fossem enxadristas, provocariam risadas.* Nela, causavam de todo jeito, e assim lembrou imagens estranhas, deste e de outros torneios, como aquele *famoso jogador que enquanto espera o seu rival, procura o canto mais tranquilo para...*

dormir! Outro que de pé no centro da sala, ao lado da sua mesa, apoia a cabeça nas mãos cruzadas na nuca e permanece assim por um longo tempo, como uma estátua, olhando sem ver o teto da sala. Também havia aquele que, com os braços cruzados, põe o polegar sobre os lábios, como se pedisse silêncio para o público que o contempla, aquele que fuma incansavelmente um cigarro após o outro, aquele que espirra propositalmente para reordenar seus pensamentos, *aquele que esfregas as mãos sem parar*, aquele que presta uma atenção especial às sombras das peças no tabuleiro, *aquele que faz caretas como um clown*, aquele que toma mate Salus (publicidade velada!), *aquele que fala sozinho, confidenciando misteriosamente com algum invisível gênio protetor e aquele que permanece imóvel por horas e horas*.

Menchik forçou uma troca de cavalos (a única peça que tinha mandado ao ataque depois de trocar aquele bispo, como se desse por finalizada a etapa ofensiva) e em seguida Graf fez que trocaria seu bispo pelo outro cavalo, embora tenha se arrependido no último momento. Chegaram a jogada 40 com quase o mesmo número de peças (Graf ainda tinha os dois bispos, Menchik, por sua vez, o único cavalo do tabuleiro) e a partida foi suspensa até o dia seguinte, não sem que antes Vera deixasse anotado num envelope fechado o seu próximo movimento.

— Afinal veio me ver jogar, já estava quase me ofendendo — falou para Heinz, levantando-se da mesa.

— Se ofendendo? — a queixa deixou Magnus meio sem jeito, se arrependendo como nunca por ter trazido sua irmã, a tia-avó que também não cheguei a conhecer (nem herdar). — Mil desculpas, estive muito ocupado indo ao cinema.

Sonja sorriu, também meio sem jeito, consciente de estar diante de uma pessoa estranha o suficiente para não entender as ironias, caso essa tivesse sido uma. Ficou mais tranquila ao vê-lo com uma mulher, pois isso lhe tirava a responsabilidade, o dever mesmo, de ter que o seduzir, ou pelo menos conseguir que ele a quisesse, como precisava fazer com todos os homens, agora ainda mais, se fossem judeus. O alívio ficou completo quando apareceu seu amante dessa crença, a quem ela imediatamente recriminou por não a ter visto jogar.

— Foi excelente — disse ela.

— Sabe que tenho certeza que sim, embora jamais pudesse perceber — respondeu ele.

Sonja apresentou Yanofsky como um jornalista especializado ("em boxe", acrescentou ele, mas não ficou claro se como piada ou a sério), e meu avô, logo notando que esses dois se conheciam muito mais do pouco que aparentavam, agradecido como nunca por ter trazido sua irmã, que foi apresentada como sua noiva. Hertha, que queria ir embora já há algum tempo e tinha ficado apenas seu irmão mais velho (pouco mais velho: um ano e um mês) insistia em continuar vendo a partida entre a gorda e machona, a mais procurada mas nem por isso menos inextricável para os leigos, somente agora entendeu que não era a partida o que lhe interessava, mas só uma parte dela. A única coisa que não o perdoou foi que a apresentasse com o nome de Astarte, como se realmente fossem noivos e estivesse revelando uma intimidade. Para Sonja, por sua vez, a confirmação dessa competição feminina (por um momento tinha pensado que era a irmã) serviu apenas para voltar a estimulá-la (hoje sentia que podia derrotar qualquer uma, mesmo jogando simultaneamente) e os convidou para tomar alguma coisa com eles.

Para evitar o Chantecler, onde o ambiente tinha ficado um pouco tenso nos últimos tempos (também com ela, considerada alemã por alguns), os dois casais desiguais decidiram ir para Los Galgos, que continua estando na equina de Callao e Lavalle. Como Sonja tinha ficado pensando na sua última jogada (e decidiu que a primeira coisa que faria no dia seguinte seria terminá-la, isto é, trocar seu bispo por esse cavalo, que era o do rei, ainda que por essas curiosidades do jogo Menchik o tivesse posto no lugar inicial do cavalo de rainha, um tipo de detalhe que Graf nunca deixava escapar, mesmo que não soubesse dar utilidade a isso); como Sonja estava com essa pirâmide de maio na consciência, o assunto passou a ser o Obelisco.

— Outro dia *estive em Lanús* — disse Heinz, referindo-se a 17 de julho de 1938. — *Uma viagem interminável, passando na frente dos edifícios, casas e jardins mais sem graça que se possa imaginar. A avenida pela qual o ônibus ia balançando estava completamente asfaltada, mas as valetas estavam cheias d'água, que espirrava quando um carro passava* rápido. Mais da metade das casas são ruínas, desmoronadas, sujas, os jardins parecem caminhões de lixo, as calçadas *estão cheias de buracos e são intransitáveis. Aqui e ali tem um carro abandonado, com ou sem rodas.* Me lembro — continuou se lembrando do passeio, ou o que tinha guardado por escrito ao voltar —, me lembro que *passamos na frente de um terreno baldio, com o mato alto, todo inundado: um pântano! O bairro todo é a coisa menos higiênica que pode existir. Um autêntico paraíso para doenças, moscas e portadores de bacilos, e também um paraíso para ladrões e delinquentes. Nosso chofer não tinha pinta de não ser perigoso. O ônibus* às vezes ia *por nenhum caminho, passando pelas vias do bonde e do trem, atravessando toda aquela imundície e poças...*

Heinz fez uma pausa para esvaziar sua xícara de café com leite, tão comprida que parecia não acabar. Os outros pegaram sua Quilmes, sem entender a troco de que ele estava contando essa viagem lá para os lados onde essa cerveja era feita. Apenas Sonja pareceu intuir que era o prólogo de alguma coisa, uma jogada preparada, e pensou no Obelisco um segundo antes de que Magnus se voltasse para ele para, num rápido movimento, comê-lo.

— *E se fala em derrubar o Obelisco e no seu lugar construir um monumento gigante!* — Heinz triplicou o volume da sua voz para expressar sua repulsa por um projeto de lei apresentado no ano anterior, muito pouco depois de que tivessem terminado de erigir o monumento. — *Nenhum governo tem o direito de se chamar um governo verdadeiro se não se ocupa do mais elementar para a sua população: moradia, higiene e prevenção do crime.*

Graf foi a única que festejou o movimento retórico, principalmente por tê-lo antecipado, e o honrou, confessando que ela também, quando devia calcular longas jogadas, as imaginava como viagens a lugares inóspitos, geralmente num trem, de onde se ia observando pelas janelas todos os perigos que havia ao redor. Heinz concordou veementemente e disse que para ele, por causa do seu desenho quadriculado, as chamadas maçãs (outra metáfora alimentícia, Najdorf!), a cidade de Buenos Aires era como um tabuleiro de mil fileiras (disse isso no sentido de muitos, mas logo temeu ter soado pouco) e que se locomover sobre ela e seus arredores era seu jogo preferido. Contou sobre a tarde de verão em que *viajou com seu pai até San Isidro, que foi uma enorme decepção,* a *manhã* em que foi a *Puente Alsina, que era realmente digna de ver* e onde *não percebeu nada da "zona de criminosos"* (fez o gesto de aspas). Falou também da viagem *desde Retiro até Florida no trem motorizado* [o bairro do seu futuro neto!], de onde seguiu *viagem no "Ônibus"* até o rio, mas como acontecia em todo lugar, não encontrou onde pudesse entrar na água, então olhou dois pescadores praticando seu esporte ("esporte!, riu para si mesmo Yanofsky). Magnus encerrou seu recorrido pela cidade com o *passeio longamente planejado* que o levou, também em fevereiro desse ano, *para andar pela Costanera em construção*.

— Uma grande parte já está terminada, embora ainda falte um esplêndido descanso em Palermo. Depois estive em Nueva Chicago e Villa Lugano. Esse último é bem isolado. Também aí, como em todos os lugares, o mesmo quadro: a rua principal está bem asfaltada e as ruas laterais oferecem um espetáculo horroroso. Ainda há muito por ser feito aqui em Buenos Aires e somente daqui a cinquenta anos poderá ser dito que Buenos Aires se inclui entre as cidades que podem ser visitadas em todas as partes pelos turistas.

— Tenho receio de que não tenha sido assim, vô. Nenhum turista vai hoje em dia nem por engano a esses lugares.

— Será preciso esperar mais cinquenta anos.

— Tudo nesse mundo tem data de vencimento, menos o teu otimismo.

— Não sei se acreditar que alguma coisa vai acontecer daqui a meio século é otimismo ou uma forma velada de resignação.

— Pessimismo com data postergada, poderíamos dizer.

— Poderíamos. Mas agora tenho que postergar esse amável diálogo porque tenho que continuar trabalhando nisso aqui.

E continuou trabalhando com o objetivo de fixar uma data de encontro na semana seguinte, a última de Sonja na cidade (embora viesse a ficar anos). A ideia de Heinz agora era levá-la na Munique, a sua confeitaria preferida, um plano novamente duvidoso, pois nem o clima era o melhor para caminhar pela costa, nem ir com uma alemã a uma cafeteria germânica a melhor maneira de tirar proveito do exotismo geográfico (para isso, melhor levá-la para ver uma partida do Nueva Chicago, vovô). Enquanto tanto Yanofsky, por puro tédio, e apesar de que a outra mulher da mesa fosse um decalque feminino do anãozinho quatro-olhos que estava querendo lhe roubar bem debaixo do seu nariz (uma luta equilibrada, em sentido especificamente nasal); Yanofsky, enquanto à sua direita Magnus continuava monopolizando traiçoeiramente Graf, ficou conversando à sua esquerda com Astarte, que ao se ver chamada dessa maneira, mergulhou na conversa, se esquecendo da noiva oficial daquele do lado, sem falar no seu esposo Ludwig.

Nesse instante, grande é a tentação de terminar o roque (peça tocada, peça movida!) e deixar que meu avô vá embora com Graf, enquanto a sua irmã fica com Yanofsky para dar "um salto para o lado" (como se diz "pular a cerca" em alemão)[17]. A troca de peças deixaria até meu tataravô contente, a julgar pela opinião que tinha do seu genro. Para não falar de Heinz, que espera o amor da sua vida com o mesmo fervor e a mesma fé que os

---

[17] Nessa circunstância, Astarte poderia comentar com Yanofsky detalhes do pacto que seu irmão Heinz tinha testemunhado na assembleia do hotel, o que por sua vez explicaria por que *Crítica* foi o único meio a informar sobre o fato.

judeus o Messias, mas como não pode saber que a enviada de Deus chegará no início do ano que vem, poderia tranquilamente se adiantar e se casar com esse sucedâneo, como já fizeram os cristãos e os muçulmanos com seus respectivos salvadores. A comparação não seria de seu agrado, mas cai muito bem, pois tomar o caminho impensado que se abre de repente nesse livro seria dar uma virada total na vida, não menos importante que uma mudança de religião. Sonja Graf era o oposto do que ele pensava de uma mulher, o oposto da mulher que finalmente conseguiu (agora me pergunto se minha vó não usava o pelo curto demais por sugestão de Heinz), e se essa fosse a novela que meu avô nunca chegou a escrever, sem dúvidas aproveitaria para ter o gostinho de se casar com a enxadrista e ao lado dela experimentar mil aventuras pelo mundo.

Contra essa feliz quimera atenta, no entanto, aquela realidade iminente, não apenas pelos tantos lugares em que os fatos fictícios devem desembocar para se tornar verossímeis (regra principal desse jogo), mas principalmente porque dela dependem, nesse caso particular, as condições materiais para que até a quimera possa ser real ou pelo menos imaginada: se meu avô não conhece minha avó, não nasce meu pai que não conhece minha mãe e assim não chego eu ao mundo para escrever a novela em que meu avô escapa de si mesmo com uma não judia, após salvar a Europa da guerra. Para dizer nas palavras do meu avô: o sentido da novela não pode ser não escrever a novela. Pode ser que alguém não encontre sentido nela, ou que a novela não o tenha, mas o que não pode ser é que a resposta a essa pergunta aparentemente sem resposta seja a anulação das condições materiais para se fazer essa pergunta.

Por sua vez, qual o sentido de escrever novelas se o que termina se passando nelas repete o que aconteceu na realidade? Seria como se dois jogadores ficassem discutindo uma partida já concluída, mas em vez de imaginar possibilidades que mudam o destino das peças voltassem a repetir o *match* sem mudança nenhuma, como de fato faz o historiador que registra as partidas nos anais do esporte. Se pode ser discutido, inclusive décadas depois, o que teria sido melhor, se deve justamente a que as jogadas imaginadas também são jogadas feitas, como o são os pecados de pensamento para o bom cristão. O tabuleiro da imaginação não é menos real que o outro em termos dessa curiosa fé que é o jogo, também o literário. Daí que o ato consumado não modifique em nada os movimentos e que dá no mesmo pensar neles antes ou depois. Claro que o relógio e suas circunstâncias imprimem dramatismo a uma partida, delimitando-a num mundo específico, o chamado real, mas a emoção que isso produz não corresponde ao jogo em si, mas à vida, entendida como uma sucessão de limitações e urgências, de pequenas mortes artificiais. Acreditar em outra coisa para o xadrez equivaleria a cifrar o literário no momento da escritura ou no da feitura do livro, quando isso é meramente anedótico, não a causa de tudo o que vem depois (ou do que não vem, se o livro não vale isso), mas uma consequência necessária da nossa maneira de organizar o tempo, que exige cumprir com esses trâmites efêmeros até nas coisas atemporais.

Pois bem, tudo isso faz com que recaia sobre mim e sobre esse texto que acredito controlar como Deus a sua criação uma dúvida por demais inquietante: se alguém, ou digamos especificamente se eu escrevo novelas para mudar minha vida ou até a realidade, pelo menos no sentido de experimentar coisas contrárias às registradas — *contrafáticas*, como se diz, em clara alusão a um jogo entre dois adversários —, quem me garante, penso de repente, ou vejo de repente um pensamento que não previ, apesar de que estava visível, como estão todas as jogadas para qualquer jogador; quem me garante, dizia, que não foi isso o que também fez meu avô com os seus próprios escritos? Como o jornal que lia e as suas quiméricas notícias sobre ataques aéreos da Polônia em Berlim, como saber se seu próprio diário não é uma novela? O método de redigi-la em forma de diário se conhecia pelo menos desde Robinson Crusoé, que como bem lembrou meu avô, não poucos tomaram como uma pessoa real, e que ainda hoje, caso seu autor não fosse festejado como o iniciador do romance moderno, seguiríamos pensando que foi um náufrago real.

O plano é perfeito: para escapar com Sonja da vida que já parecia ter estipulada, Heinz se sente para escrevê-la.

18/2/1940
O diário chega a seu fim, e acredito poder anotar na última página uma coisa magnífica, maravilhosa. Encontrei uma pessoa com quem acredito combinar bem. Se chama Liselotte Jacoby e tem 17 anos. Estou, como se diz de maneira geral, apaixonado. Tenho a impressão de que ela é a absoluta dona de casa [Hausfrau], *mas ao mesmo tempo muito inteligente, e que em certo sentido podemos nos compensar e completar. É o vivo retrato da ideia que eu tinha e tenho de uma esposa. Não posso pensar em nada que não seja ela, e a cada minuto que passa me vem sua imagem. Talvez seja menos estar apaixonado do que a compreensão e o entendimento de que acredito ter encontrado uma pessoa que corresponde exatamente aos meus desejos e ideais. O coração me pesa de alegria e qualquer esforço para fazer alguma coisa fracassa. Seria realmente lindo ter encontrado uma pessoa assim, veremos o que o futuro nos reserva.*

Não é bastante suspeito que isso aconteça na última página do caderno? E não é ainda mais suspeito que esse caderno, longe de ser o último, seja o primeiro de toda uma série que começa com esse repentino amor, bem no estilo das histórias que continuam? A vó Lotti aparece como uma *deusa ex machina*, se casa com o pobre exilado e lhe dá três lindos filhos: uma família de novela! Não chega a conhecer os netos, ou seja, a escrever, mas para isso lhe sai um que escreve para ele e completa o círculo, fechando para sempre junto com seu falso avô o mundo da ficção.

— Você era o Deus por trás de Deus com que começa a trama, vô! Era eu e não você o mediador que traz as ideias que outras pessoas escreveram! Era você e não eu quem começou esse diálogo absurdo!

— É natural, sou seu ancestral. Se algum dos dois tem que fazer o primeiro movimento, por convenção esse tem de ser eu.
— E eu que pensava que Czentovic jogava com as brancas!
— Se esqueceu que cheguei a Buenos Aires dois anos antes dele.
— Ou seja, o que eu acreditava ser teu único conto, "O Achado", é na verdade a tua única crônica verídica, escrita justamente para que o outro não parecesse ficção?
— Na verdade, a moeda de cinquenta *Pfennig* realmente não valia nada.
— A moeda simboliza o certificado de católico?
— Está bem rápido, hein! Mas certamente não sabia que a frase feita do final, *Sich regen bringt segen*, vinha mesmo escrita nessas moedas. Só que em alemão a expressão "Exaltar-se é uma bendição", como tinha transliterado o tradutor de Sonja Sussan Graf, não quer dizer nada. Apenas adquire todo seu sentido quando é traduzida a frase equivalente em castelhano: Deus ajuda quem cedo madruga.
— Ou seja, me madrugaste.
— Não, te ajudei. Te ajudei que me tirasse da minha casa para ir passear no parque.
— Hein? Sou essa moça que aparece meio segundo no início?
— E eu a velha, como corresponde.
— O masculino e o feminino como duas faces da mesma moeda, que moderno.
— Não vamos esquecer que o peão, a alma do xadrez, segundo Philidor, muda de sexo ao virar rainha.
— Realizar(-se) essa operação é justamente o que sugerem que o magnata do petróleo evite na novela de Zweig...
— E Czentovic para Graf, na tua. Mas você não aprendeu a lição de Sonja: "É preciso conhecer as armadilhas, mas como na vida, não para usá-las, mas para não cair nelas".
— E por que pôs uma moça que poderia ser sua neta e não uma que pudesse ser sua filha?
— É o efeito Magnus. Conhece? É o que se chama trivela ou curva em futebol. Foi descoberto pelo físico Gustav Heinrich Magnus.

— Também parente *físico*?

— Não, apenas espiritual. Me inspirei nele para minha estratégia de perpetuação de um mundo fictício. Se eu tivesse colocado teu pai como o escritor, não teria funcionado. Teria sido um ataque muito direto, previsível. Tinha que pular uma geração, colocar essa trivela na jogada para que parecesse apontar para outra direção e que somente no final tomasse o destino desejado.

— Levei um engano olímpico (sabia que quando pequeno fui goleiro?)

— (Sabia, mas) prefiro pensar que você entrou como um cavalo, por essa coisa de se mover dando saltos, obliquamente. Mesmo assim o efeito Magnus explicava por que os projéteis dobravam no ar, isto é, foi um assunto militar antes de se converter numa curiosidade esportiva.

— Como o xadrez!

— Continua sendo rápido! O interessante do assunto foi como Magnus demonstrou seu efeito. Até então, todas as teorias se baseavam em conjunturas, pela impossibilidade de estudar as balas durante o movimento. O que nosso ancestral de outro ramo [outro *Zweig*!] fez então foi inverter o processo: no lugar de fazer alguma coisa voar pelos ares, fez voar ar ao redor de um objeto em repouso.

— Um giro de tipo copernicano. Como esse que estou vendo acontecer aqui.

— Assim mesmo, querido neto: você deixou de ser o centro do teu sistema planetário. Olha que pode ter lá suas vantagens.

— A verdade é que não entendo nada. Meu editor me sugeriu que o xadrez era um bom tema para um romance e meu agente literário vinha insistindo para que eu escrevesse alguma coisa fictícia sobre meu avô, então pensei em juntar as duas coisas e deixar os dois inconformados. Como se fosse pouco, depois se meteu a minha tradutora alemã, para dar ordem à história e que então não se perdesse isso que eles chamam de "fio vermelho", mas seria bom que chamassem de "fio condutor" como nós, pelo apego que têm aos condutores [*Führer!*].

— Um autêntico romance por encomenda.

— Sim, mas agora percebo que era por encomenda tua.

— Aí fui devagar, hein! Silas Flannery, o autor-personagem que é citado na carta aberta e que também trabalha por encomenda planeja transformar seu diário íntimo num romance. Você não pode dizer que não te dei pistas!

— Ah, então a carta que vinha do além era na verdade dos aléns? Me diga uma coisa, vô, todos trabalham para você? Sabem que estão sendo escritos ou entraram inocentes como eu? Pelo menos paga alguma coisa para eles?

— Teoricamente, todos trabalhamos para eles, mas já se sabe que *"a teoria com suas regras não pode resolver todos os problemas que ela mesma criou para nós"*, se me permite citar Sonja novamente.

— Você leu os livros dela mais atentamente que eu!

— Como se os tivesse traduzido!

— Captei! Agora entendo por que me fascinavam desde o início. Mas deixa eu seguir te perguntando, porque tenho o que se diz uma confusão-pai (embora tivesse que dizer confusão-avô): você foi mesmo ao concerto de Adolfo Fasoli ou simplesmente colou o programa no teu diário para deixar o verossímil redondinho? O mundo melhor que a música proporciona era um mundo melhor para todos ou só para você? E falando nisso, aproveito e te perguntando também: o enganado que "acreditou que a superfície seja o espelho do interior" corresponde a essa obra que se supõe que você foi ver ou se refere a mim, que acreditei nisso de que teu diário era o espelho da tua vida?

— Quanto menos Deus pergunta, mais perdoa.

— Você diz isso porque o conhece pessoalmente ou porque você é ele?

— Olha, meu neto, *o homem experimenta sua significação mediante a relação com Deus. Na compreensão do fato de ter nascido vê a mão do Criador e agora busca encontrar conexões com ele, pois só a partir do momento em que compreende que vive através de Deus é que pode viver.*

— Sim, mas *mesmo assim a terra está nas mãos do homem e seu livro arbítrio, sua força potencial. Ali ele tem o dever, surgido da vida, de aplicar à realidade os conhecimentos terrenos ou de natureza intuitiva, de modo que sempre e em todas as partes a atividade aponte em direção à santificação.*

— Procurar junto a alguém a obra de Deus, talvez isso seja o mais alto. Nesse "junto a" também se esconde um "através".

— Atravessado me deixou você, e eu acreditando que estávamos juntos! Isso de se comparar a Napoleão não era por estar cheio de si, mas pura humildade. Sendo Deus, você estava se rebaixando.

— Não se esqueça que até pouco tempo atrás quem acreditava ser Deus era você.

— Se vê que aí também funcionou a curva *envenenada*.

— Bem, é o *defeito* Magnus.

Mas o que realmente me pergunto, e seria imperdoável que não me respondesse, é como fazer agora para que meu avô (o personagem) entre em contato, via Yanofsky, com o padre do xadrez vivo, e esse, com ajuda de Mirko Czentovic e dos anarquistas — não me perguntem como e simplesmente me perdoem a improvisação —, e consiga fazer que a equipe alemã não levante o troféu, não para dar uma mensagem à Europa em guerra, mas para desarticular esse mundo criado pelo meu avô (o autor).

Estava preparado para que isso que começou como um jogo me escapasse pelas mãos, como se diz, talvez era inclusive o que secretamente esperasse, pois nem quando jogo xadrez sei planejar mais do que algumas jogadas e gosto de que a partida me surpreenda em algum momento, mas de modo algum estava preparado para tomar conhecimento de que isso não me escapou pelas mãos, mas sim que nunca esteve nelas, como se os personagens se movessem por ímãs, e entre eles, eu.

Devo admitir, no entanto, que alguma coisa disso tudo intuí, pela maneira inversa (o espelho! Alice!), quando visitei a livraria de Morgado, o autor que tanto citei para os dados históricos. Falei da minha novela para ele e fiquei sabendo que ele também tinha um livro inédito sobre aquele torneio de xadrez. Comentando as anedotas, chegamos na dos irmãos Yanofsky, e para minha surpresa ele me mostrou, em exclusividade, a matéria de jornal onde se vê os dois juntos numa foto (por isso não gostamos das imagens!). O argentino, de nome Israel, não era jornalista, mas farmacêutico. E o abraço entre os irmãos reencontrados foi real:

> *Imediatamente caímos um nos braços do outro* — citam o farmacêutico em *La Razón* de 17 de agosto, uma data anterior ao torneio, tão anterior que nem precisei verificar nas minhas anotações. — *Ah, que instante da mais alta felicidade! Um segundo fundiu no nada o longo desconhecimento mútuo em que tínhamos vivido. Desde esse instante, nada impediu que começássemos a ser irmãos na mais ampla acepção do termo.*

Não contei nada do meu Yanofsky para Morgado, porque, pensando bem, isso explicava a sua reação, ou falta de, no momento do encontro. Evidentemente, a surpresa do jovenzinho não podia ter sido maior: Yanofsky era o segundo irmão que aparecia do nada desde que tinha chegado a esse país. Deve ter tido vontade de perguntar por que tinham aparecido separadamente, mas talvez tenha receado que os dois estivessem brigados entre si. A única coisa que faltava era desatar uma briga familiar um minuto depois de ter entrado nessa nova família! Quantos filhos mais seu pai teria mandado para essa parte do mundo? A piada interna deve ter despertado nele a suspeita de ser vítima da piada externa, e como também não podia ser sincero nesse aspecto, optou por sorrir e calar, também no seu livro. Em relação ao colega de *La Razón*, que viu a cena e se referiu a ela em sua coluna de futilidades do dia 26 de agosto, certamente não lia nem seu próprio jornal, como acontece com todos os jornalistas, porque não estava a par do encontro com o primeiro irmão.

Mas isso era o de menos se comparado com a necessidade de perpetrar o plano contrafáctico do meu avô, que agora se revelava como contracontrafáctico, pois devia salvar a Europa e o mundo da possibilidade de *não* entrar em guerra e que todas essas mortes ficassem reduzidas a um mero jogo. Muito pior que os famosos problemas de finais em xadrez! Muito pior que a *Zeitnot* do jogador que calculou tudo errado! Para avançar com meu mundo e assim restituir o que meu avô ficcionalizou a primeira coisa que tem de acontecer é que Sonja Graf derrote Vera Menchik de Stevenson e saia campeã, mas como evitar que Magnus, em outro bem planejado golpe de efeito, insinue para ela que se vence a sua partida, ou até o torneio, isso seria computado nos anais como um triunfo do nazismo.

— Mas se eu nem jogo com a bandeira alemã! — disse Graf, quando já estavam saindo de Los Galgos, cada casal para seu lado. — O senhor mesmo que desenhou a que estou usando!

— Acredite em mim, a história não se fixa nesses detalhes — Heinz terminou de vestir a jaqueta de Astarte. — O presente também não. Assim que ganhe, o regime voltará a adotá-la, como li em *Crítica*, que estão querendo fazer isso com os próprios judeus, para usá-los de carne de canhão. Não se pode entrar no jogo desses assassinos.

Essas frases de advertência, não menos cruéis se racionais, ficaria reverberando até o dia seguinte na cabeça de Graf, e não é impossível que sejam responsáveis pelas "três jogadas mais estúpidas que se possa imaginar" (a desnecessária e desvantajosa troca de rainhas na 59, 60 e 61, segundo adivinha Alexander Alekhine, que incluiu essa partida, a única feminina, em seu livro *107 grandes batalhas do xadrez*). Nas palavras de Capablanca para o jornal *Crítica*:

> De ambos os lados o encontro prosseguiu bastante fraco, mas especialmente por parte da senhora Stevenson [Menchik], que num dado momento se viu numa posição tão inferior, que parecia impossível que a sua adversária não ganhasse. Nessas circunstâncias, a senhorita Graf, possivelmente esgotada de um longo esforço [ou uma longa noite!], começou a cometer bobagem atrás de bobagem, a ponte de finalmente perder uma partida que podia ter vencido e, na pior das hipóteses, empatado.

A partida foi tão emblemática que até mereceu um parágrafo à parte no livro oficial do torneio. "Nesse dia — comenta seu autor — vi Sonja Graf chorar."

19. Qual dos dois

10 de setembro de 1939
Na verdade, não tenho nenhuma razão nem motivo para anotar alguma coisa, mas às vezes se sente a necessidade de dizer algo, que é mais expressão de sentimentos que de palavras ou de coisas. Meu desejo é encontrar uma moça simpática com quem possa viver como bons companheiros. Não juntos, mas como bons amigos. Acredito que nisso o sexual poderia ser descartado.

10 de setembro (à noite)
Na verdade, tenho sim razões para anotar muitas coisas que deixei caladas. Começar pelo início seria muito longo, então é melhor começar pelo final. Hoje pela manhã fui a Lomas de Zamora para ver o padre que me indicou um jornalista especializado em xadrez (ou em boxe, ou nos dois) que conheci anteontem no torneio das nações (Sonja jogava com a minha bandeira!). Lomas de Zamora fica um pouco depois de Lanús, também no sentido de que vai além em questão de sujeira e segurança. Disse que em cinquenta anos Buenos Aires estará apta para turistas, mas devo me retratar: terá de passar no mínimo um século antes de que esteja apta para seus próprios habitantes (o de turista pode ser que nunca chegue).
Se escolhi um domingo não foi apenas por não ter de "trampar" (outro dia aprendi essa palavra, gosto mais dela que de "trabalhar"; na verdade, tudo é melhor que trabalhar). Escolhi também porque queria encontrar o Padre Schell atuando. Conversando com o jornalista, a ideia me veio à cabeça. Perguntei a ele se conhecia algum padre e quando quis saber para que, disse que era para me confessar. Isso me saiu para que Sonja o escutasse, pois estava tratando de me convencer de que não sou judeu.

Na primeira vez que nos vimos cometi o erro de dizer que era, e agora propus a mim mesmo fazer todo o possível para desdizê-lo.

É fácil explicar por que senti essa necessidade. O elemento desencadeador foi que se desvelou o mistério do cinema (não o anotei no diário para não ter de pensar no assunto, embora o certo é que terminou sendo uma vantagem, já que me permitiu conhecer alguns anarquistas que talvez sejam úteis para os meus planos). No meio da conversa Sonja fez não sei que alusão à besta humana (na verdade sei sim: disse a ela que as mulheres eram como bestas humanas, pela maneira que faziam os homens sofrer), e aí se soube que nunca tinha recebido minha mensagem. A cara que pôs quando lhe contei que a tinha esperado em vão na porta do cinema foi exatamente a mesma que vi quando soube que eu era judeu, na barbearia do Harrods. Foi quando percebi que não sentia carinho por mim, mas pena. Ou um carinho surgido da pena, que é a mesma coisa ou até pior. Se vai gostar de mim, que não seja por isso, disse para mim mesmo. Depois lembrei que precisava de um padre e tive a ideia de perguntar para esse jornalista, que, diga-se de passagem, acho que tem alguma coisa com ele (certamente por ser judeu!).

Foi assim que cheguei até Lomas de Zamora um domingo pela manhã. Assisti à missa, me ajoelhando e me persignando quando via alguém fazendo, e depois fiz a fila para me confessar com o Padre. Não menti para o jornalista! É que depois me dei conta de que se durante a confissão eu contasse meus planos para o padre (e poderíamos dizer que o boicote, por acontecer em Buenos Aires, era um pecado *capital*), o segredo profissional lhe impediria de delatar, caso não quisesse ser cúmplice. Mas logo aceitou, para a minha grata surpresa. Também foi um alívio confirmar que apesar de ser alemão, não era nazista, mas uma pessoa sensata e até divertida. "Sempre me perguntei para que podia servir a sonata, e agora sei", foi a sua maneira curiosa de me confirmar que podia contar com ele. A única coisa que pediu foi não ter de levar nenhum menor de idade ali para baixo, para não gerar suspeitas caso aquilo fosse descoberto. "Tudo pode ser explicado, menos isso."

Embora ainda falte conseguir para esse maior de corpo menor, além de um carpinteiro que modifique algumas mesas e estudar bem o calendário de partidas para ver em quais teria de intervir, sinto que já nada poderá deter o meu plano. Por isso é que voltando para casa me decidi falar abertamente sobre o assunto no meu diário. Quantas vezes deveria ter anotado aqui, e hoje é a primeira! Um grande alívio. A pena corre mais solta do que nunca, como impulsionada por uns ímãs debaixo da mesa.

12 de setembro
Já sei quem tem de ser o nosso turco! Um homenzinho muito curioso que conheci na primeira vez que fui ao Politeama (ou que não fui, porque não cheguei a entrar). Não me lembrava do nome dele, mas recordo que se apresentou como um personagem de Stefan Zweig. Somente agora entendi que deve ser um paciente de mamãe, o que comprova uma vez mais que estamos no mesmo ramo de Stefan. Descrevi o homenzinho para ela e disse que a fazia lembrar de um primo do Volga.

Encontrá-lo foi a coisa mais fácil. Estava na mesma cafeteria de antes. Na mesma mesa, e acompanhado de outra pessoa que eu tinha conhecido na outra noite, como peças de uma partida que ficou suspensa. O convidei para um café e lhe contei sobre o meu plano, enquanto o outro mexia fichas num tabuleiro dobrável (como fazem para olhar normalmente o mundo depois de olhar um tabuleiro por tanto tempo? Passei apenas uma hora observando a partida de Sonja contra a inglesa e desde então vejo objetos que se movem em linha reta ou diagonal, se ameaçando atacar; me lembro da primeira vez que vi uns postais com fotos obscenas, tinham sido trazidos por um colega de escola e nos revezávamos no banheiro para vê-las; depois disso, embora admita ter prestado mais atenção que à própria Torá, passei dias inteiros com indecências na cabeça; melhor que com tabuleiros, certamente). Pensei que não prestava atenção em mim, porque o tempo todo olhava para o tabuleiro, mas quando acabei de expor o meu plano, quis saber o que ganhava aderindo a ele.

Era uma boa pergunta, então me pus a explicar que se tudo saía bem, seu nome ficaria gravado na história como o do novo turco Maelzel, embora não pelo lado pecuniário, mas filantrópico. E se conseguíssemos a repercussão que esperávamos, com as boas perspectivas que tínhamos devido ao caráter internacional do evento, talvez se transformasse no homem que salvou o mundo da maior catástrofe de todos os tempos.

— O que quero saber é quanto dindim eu levo — disse sem rodeios.

Com muita vergonha devo confessar que a primeira coisa que pensei foi que devia ser judeu. Entre isso e que era pequeno e inteligente, ou pelo menos bom de cálculos, dava o kit de identidade perfeito que o nazismo tanto difundiu. E um personagem desses saía da pena de Stefan Zweig? Por um instante não soube se a ironia tinha sido de Czentovic, ao inventar para si essa ascendência, ou do meu escritor favorito, ao inventar para nós essa semelhante descendência.

Disse uma quantia qualquer, esperando obtê-la nas entrevistas e palestras que daríamos depois (como faz Stefan Zweig!), e passamos a discutir os detalhes. O jornalista tinha me contado que para poder utilizar a parte da plateia do teatro como palco do torneio tiveram que levantar o chão com assoalho de madeira, então seria possível usar esse fundo duplo como esconderijo. Porém, continuo achando melhor a ideia da sotaina. O problema, nas duas maneias, é como fazer que Czentovic saiba da posição momentânea das peças em determinado tabuleiro. Passando para ele as coordenadas das peças com os pés — e parece que inventar um código é a coisa mais simples —, ele já saberia o que fazer em cada situação. O problema, insisto, era a posição inicial, se ia estar andando de mesa em mesa. Então convergimos que ele deveria se esconder desde o início da partida ou quando ela fosse retomada.

13 de setembro
Sonhei que eu era Czentovic e que ao me esconder debaixo do chão do teatro me encontrava com muitos outros como eu. Nesse submundo acontecia o verdadeiro torneio, ou a verdadeira guerra, entre anãos. O trágico era que eu jogava para a Alemanha — e ganhava.

14 de setembro
Nesses dias livres (é Rosh Hashaná), eu deveria ter ficado estudando o *fixture* do torneio, mas acabei aproveitando para ler Emmanuel Lasker (nos intervalos que as dores de cabeça, que agora diminuíram, me davam). Lasker é um judeu jogador de xadrez que escreveu livros de teoria, entre eles um que curiosamente se chama *Kampf*. Segundo este ensaio de 1907, a vida é uma *majé* ou luta, não apenas para as pessoas como também para as raças e nações. Daí que Lasker analise como deve agir um *macheeide*, que é uma espécie de super-homem de tipo nietzschiano, que faz tudo perfeitamente, seja nos negócios ou na guerra.
A evidente semelhança do título com *Mein Kampf* [minha luta] me fez pensar imediatamente em plágio. Também me fez vencer todos meus escrúpulos e ler o livro do assassino, que primeiro tive de conseguir (coisa que, para minha grande aflição, foi mais fácil do que com o *Oxford Dictionary*. E até mais barato). Folheei o livro me fixando nas metáforas enxadrísticas, como quando expressa seu desejo de que o *Deutsches Reich* "volte a jogar no tabuleiro de xadrez da Europa". Muitos tabuleiros mais não há no livro, como era de se esperar, mas o que me chamou a atenção nesse contexto (e com esse olhar obsessivo no jogo) foi a repetição da palavra "*Schacherer*" e seus derivados (*schachern*, *Verschacherung*) para se referir aos *Spekulanten*, naturalmente todos judeus (os exemplos de homens de negócio são os que Lasker mais usa, junto com os de guerra, para explicar como se comportar na luta). A escolha dessa palavra e não da latina não pode ser acaso, mas uma resposta a sua origem hebraica (através

do *Rotwelsch* que usavam os antigos salteadores na Alemanha). Mas também, penso agora, sua proximidade fonética e mesmo etimológica com *Schach* ou xadrez. Folheando esse lixo me dou conta de que se não tivesse estado ocupada pela acepção de "regatear" ou mesmo de "roubar" (por *Schächer*, ladrão), provavelmente "*schachern*" significaria hoje em dia "jogar xadrez", para o que não temos uma palavra específica em alemão. A contraposição aqui entre a atividade nada nobre do regateio e a grave luta do ariano atinge seu ponto máximo mais ou menos no final do livro mais mal lido da história (se o tivéssemos lido a sério e com tempo, ninguém teria pego precipitadamente o seu autor): "Não são mais os príncipes e suas amadas os que negociam (*schachern*) e regateiam fronteiras do Estado, mas o implacável judeu cosmopolita (*Weltjude*) aquele que luta (*kämpft*) pelo seu domínio sobre os povos. E nenhum povo afasta esse punho do seu cangote senão através da espada".

15 de setembro
Por acaso ontem fui testemunha do momento em que os palestinos se negaram a enfrentar a Alemanha. Pelo que parece isso beneficia a Polônia (e também os da casa), mas mesmo assim achei ruim. Teriam que ter lutado, mesmo quando a derrota se mostrava inevitável. De que nos valeu não ter enfrentado a Besta? Deveríamos ter lido Lasker melhor. Podemos ser um povo de lutadores.
 Em parte, a culpa é minha por não ter lançado meu plano antes. Com Czentovic debaixo da sotaina (e o Padre Schell "por debaixo dos panos", como me disse, eu não conhecia essa linda expressão), as possibilidades dos palestinos teriam aumentado sensivelmente, e talvez essa promessa de poder dar uma lição nos nazistas os tivesse feito superar o escrúpulo de dividir um tabuleiro com eles. Acontece é que justamente a Argentina ficou em primeiro lugar na classificação, com Polônia e Alemanha dividindo o segundo lugar, e a perspectiva de que o torneio fique em mãos alemães (já me conformei com a ideia de que não sejam necessariamente

polonesas) me forçou a uma certa cautela. Também não é coisa de se arriscar se a coisa se resolve naturalmente.

Ou quase naturalmente, porque o jornalista especializado contou para Sonja, e Sonja contou para mim, que os argentinos estão fazendo o impossível para subornar os rivais que têm pela frente. Para os holandeses, com quem jogam na antepenúltima rodada, parece que até lhes ofereceram mulheres em troca de todos os pontos. "Nem se importam em dissimular, como pelo menos o senhor faz!", me disse Sonja.

Finalmente pude levá-la ao Munique. Continua triste por ter perdido da campeã inglesa, e chateada comigo por tê-la desconcentrado. Embora ela seja da opinião de que não há nada mais difícil do que ganhar uma partida ganha, meu argumento de que uma vitória suja implicaria uma da Alemanha foi o que inconscientemente a convenceu de perder. É muito difícil, segundo ela, se livrar da própria nacionalidade ou raça. A reflexão foi muito intencionada, mas eu continuei sustentando que não era judeu e ela pareceu entrar no jogo, ainda que não sei se a sério ou de brincadeira (a única coisa certa com todo enxadrista é que gosta de jogar).

Ela também vai ficar no país, pelo menos até que a situação se acalme, coisa que não acredita que vá acontecer em breve. Lhe disse que os meus planos poderiam antecipar os acontecimentos, mas que se isso implicaria que ela fosse embora, preferia não o colocar em ação. Pela primeira vez me olhou sem pena, e também sem nenhum desejo. Foi um encontro muito bonito, e muito íntimo. Me contou que durante séculos o xadrez era considerado um jogo amoroso, não bélico. Parece que há até um conto medieval em que um pai joga xadrez com a sua filha e como não consegue ganhar dela, sente o desejo de possuí-la. Também me contou coisas muito pessoais, inclusive uma coisa parecida com essa história, mas com seu próprio pai (se entendi direito). Quando nos deixamos, fiquei pensando se tudo isso que tinha dito sobre o xadrez não se referia, na verdade, a outra coisa.

Seja como for, minhas esperanças se renovaram. A guerra me deu um tempo extra, como parece que ocorre no xadrez depois de uma certa quantidade de jogadas, e paciência não me falta. O que não entendo é como foi de querer ser rabino a simular não ser judeu. É como se o exílio, com algum atraso, me tivesse dividido em dois, e um dos meus eus procurasse agora se vingar das leis de Nürnberg se casando com uma não judia. Se eu tivesse tempo para escrever literatura, faria paralelamente o diário do meu outro eu, até que não se saiba mais que dos dois é Pigmaleão e quem Galateia.

17 de setembro
Somente hoje, depois de estudar o *fixture* e diagramar os movimentos de Schell (Alemanha recuperou a primeira colocação e se encontra na reta final rumo ao título), voltei a me reunir com os anarquistas. A minha ideia era propor a eles que agissem de distratores caso alguma coisa saísse errada. Mas para isso não confio neles, daí que não tenha ido vê-los antes, com medo de que arruinassem o meu plano. E de fato me arruinaram, mas por outro motivo.
Parece que alguém chegou na nossa frente, e vindo da direção oposta. O caso já vem de algumas semanas e até chegou aos jornais, embora não *Crítica* (não é uma crítica, veja bem; desde que a guerra começou, a seguinte frase aparece no pé das páginas: "Nossa posição: com a França, com a Inglaterra e com os países democráticos da Europa. *Crítica* continuará uma linha já traçada há tempos. Não admitimos tons cinzentos: desejamos o triunfo da civilização e a aniquilação das ditaduras". Esse é o meu jornal!). Tudo começou com assalto em San Fernando, em que um homem quis matar um taxista para roubar o carro, e não apenas não conseguiu como na fuga deixou duas malas no veículo. O curioso é que nessas malas foram encontradas mapas e fotos aéreas de Buenos Aires, instruções ilustradas para a construção de metralhadoras e bombas de mão, documentos sobre o veneno dos ofídios argentinos e sobre como usá-los numa guerra

química, transformando as locomotivas em armas de destruição em massa. Como não acreditava naquilo, os anarquistas me mostraram a matéria de *Notícias Gráficas*:

Boa parte do material estava escrito em alemão. Havia cartas enviadas para Berlim, solicitando máscaras antigas em troca de mapas do estuário rio-platense e outras correspondências com diversas pessoas, entre elas um tal de Müller, que pelo que parece é o sobrenome do chefe do nazismo na Argentina.

— Müller lá é como Fernández cá — eu disse para eles, bem cético e ainda sem entender a troco de que me tinha contado aquilo.

— Mas parece que é o mesmo Müller.

Podiam me dizer com toda a certeza porque o homem, fugindo da justiça, tinha caído num dos refúgios anarquistas e em troca de proteção confessou tudo para eles. Como os jornalistas de *Noticias Gráficas* suspeitavam, o jovem, que tinha a minha idade e origem e parece até que o mesmo nome, porque se dizia Enrique (lhes expliquei que deveria se chamar Heinz e me agradeceram como se lhes tivesse revelado algum código secreto); esse Enrique de sobrenome Halblaub, que tinha chegado ao país há alguns anos, era nada mais que um espião nazista. E entre as suas missões, aqui chegamos ao *quid* da questão, estava a de boicotar o torneio de xadrez, perpetrando um atentado com bombas no Politeama.

— A mesma coisa que vocês queriam fazer! — acabei dizendo num tom que não sei se era debochado ou de reprovação ou de mera surpresa pelo fato de que a violência irmanasse as mais divergentes posições.

227

— A mesma coisa que queríamos fazer — me confirmaram sem nenhum pudor.

No caso desse espião a diferença é que trazia ordens de Goebbels, que planejava usá-lo como pretexto para estender a guerra até as Américas. Tinham feito algo parecido na Europa, onde o ataque às posições alemãs por parte da Polônia, usadas por Hitler para justificar seu contra-ataque, foi feito pelos próprios alemães, segundo meu xará Halblaub. Se tinham escolhido o torneio das nações para repetir a estratégia era porque se tratava da situação mais parecida a uma guerra total que havia no continente. A ideia dos nazistas era atribuir o atentado aos russos (não por acaso não tinham vindo) para que os norte-americanos (também não vieram) entrassem na disputa e se pusessem do seu lado, contra o comunismo, que para eles se constituía no verdadeiro e único inimigo do ocidente.

— Mas se acabam de assinar um pacto com a Rússia! — reclamei.
— Apenas para ganhar tempo, segundo esse Halblaub — me disseram, e secretamente desejei que tivessem razão, embora não tenha dito nada.

Seja como for, uma vez terminada a mãe de toda as batalhas, a ideia era que a Alemanha ficasse com a Europa e os Estados Unidos, com a América Latina.

Tudo isso que me contaram me parecia uma loucura, não importa se vindo do suposto espião ou da invenção deles próprios. No entanto, me abriu os olhos para a evidência de que um atentado, violento ou sutil, apenas jogaria contra os interesses que queremos defender. Até os anarquistas chegaram a mesma conclusão e não queriam fazer parte daquilo.

— A outra guerra começou com um atentado, impossível fazer com que essa termine usando o mesmo método — meus assustados ouvidos ouviram da boca deles.

E mais, agora queriam que a equipe alemã ganhasse tempo, porque esse Heinz Halblaub tinha revelado para ele que entre os membros do time havia austríacos de sangue não de todo puro, e que ainda por cima já tinham planejado não voltar para os seus países de origem uma vez terminado o conflito. Ganhar com a ajuda de judeus já era humilhação demais.

   Deixei que eles ficassem lá com suas elucubrações e fui embora para casa, caminhando devagar e bem deprimido. Pensei em Sonja deixando a outra ganhar por uma causa que já estava perdida de antemão e agora fui eu que senti uma enorme pena dela. E também de mim. Toda a ansiada emoção subitamente transformada em nada, parecia piada.

20. A trama termina

Finalmente, tudo aconteceu como devia acontecer e a equipe alemã venceu, e seus membros realmente permaneceram desse lado do oceano, alguns até a morte. Investigar o quanto grupos clandestinos influenciaram nesse triunfo, que por alguma razão não se repetiu mais, seria tema de outro livro.

A morte de Vera Menchik de Stevenson sob as bombas alemãs que caíram sobre Londres também poderia ser computada como um triunfo nazista, ainda que com armas mais próprias de seu abominável Wehrschach[18] do que "do mais nobre e espiritual dos jogos". Politicamente incorreta, Sonja Graf não demoraria em se autodeclarar campeã do mundo por abandono da adversária. E antes de se mudar para os Estados Unidos, numa virada quase macabra, se casou com o marinheiro mercante Vernon Stevenson, de quem também tomaria o sobrenome.

Para Ilmar Raud, miseravelmente morto nas ruas enxadrezadas de Buenos Aires, a Arca de Noé, ou de Noeses, pois cada capitão de equipe cumpriu com o divino mandato de salvar do dilúvio de chumbo os exemplares de cada espécie nacional (dois casais de cada um!); a barca bíblica, onde tinham convivido durante três semanas as bestas enxadrísticas de ambos os sexos, se transformou para esse rapaz numa verdadeira armadilha, justamente como a que se conhece com esse nome quando o bispo fica preso entre seus próprios peões. Dos que permaneceram, o jogador que teve um destino quase tão desgraçado quanto o dele foi o letão Movsas Feigins:

---

[18] O xadrez nazista baseado "num tabuleiro de 121 fileiras" com peças em forma de "aviões de guerra, tanques, soldados de infantaria e (...) foguetes V2", segundo é explicado no terceiro capítulo de *Quem move as peças*, de autoria em disputa.

Alguns se mandam para o interior, e um deles, que na sua terra se destacou pelo seu inato talento enxadrístico, mas que tem cultura mediana e ignora o castelhano, viaja para o norte decidido a trabalhar nas fábricas têxtis do Chaco Paraguaio, onde lhe disseram que pagavam melhor. Vive a mais alucinante odisseia! No monte é derrubado por uma pantera e se salva milagrosamente. Melhor que tivesse morrido! Pouco depois perde ou lhe roubam seus documentos de identidade; passar a ser um pária, um sem pátria. Decepcionado por sua aventura chaquenha, quer voltar para Buenos Aires, mas não lhe deixam entrar na Argentina. Peregrina pelas plantações de mate, de algodão e vai até as de tabaco, trabalha de tudo, até de estivador e contrabandista nos portos do norte. Finalmente consegue voltar para Buenos Aires. Agora de vez em quando é visto malvestido, em farrapos, frequentando os rendez-vous enxadrísticos da capital.

Em relação ao herói dessa novela, tudo também transcorreu como devia transcorrer. Conheceu a sua "Lotti" em janeiro de 1941, contraiu matrimônio no ano seguinte e depois começaram a chegar os seus três filhos, em perfeita ordem.

Em 1966, Heinz Magnus sofreu um infarto fulminante.

Paradoxalmente, se não morreu foi por não ter seguido as instruções de certo cardiologista de obscura ascendência ideológica. "Se tivesse tomado esse Cenestal, hoje não estaria contando o conto", lhe disse seu médico de família (sem suspeitar que Magnus realmente tinha escrito um).

Dez anos depois, enquanto acompanhava seu filho, leu na sala de espera de um hospital uma entrevista do jogador holandês Lodewijk Prins, numa revista holandesa, em que contava as tentativas de suborno da equipe argentina. Estava prestes a comentar com seu filho como era estranho que houvesse ali uma revista holandesa e que ele a conseguisse ler (não sabia holandês) quando anunciaram o nascimento do seu primeiro neto homem: Ariel.

Para esse herdeiro, após descobrir suas precoces inclinações literárias, contaria como foi que pediu para o Monsenhor Schell o certificado de que era católico, para levá-lo consigo na viagem que fez para os Estados Unidos com a secreta finalidade de visitar o seu amor impossível, Susann "Sonja" Graf de Stevenson. "É o romance que nunca escrevi — lhe diria —, a deixo nas tuas mãos."

O avô morreu aos 72 anos, enquanto passeava num parque. Seu neto nunca compreenderia a incongruência de que o certificado de católico tivesse data posterior à viagem para os Estados Unidos. Também não se perguntaria muito sobre o assunto, pois por fim não se dedicou a escrever romances, "essa frivolidade elaborada".

Mirko Czentovic
Buenos Aires, dezembro de 2015

Sumário

Advertência   9

1. Se uma personagem vem para cá   11
2. E segundo os registros, meu avô nunca chegou   15
3. Forçar um empate   29
4. Seria uma partida para perder   45
5. Um trabalho baixo   53
6. Ou uma partida ao contrário   59
7. Um diálogo mágico   69
8. Um encontro sem precedentes   75
9. Entre robôs humanos   89
10. Entre ficções vivas   111
11. Em guerra simultânea   127
12. Planejando em segredo   139
13. Um duelo pacífico   151
14. Uma conspiração magnífica   159
15. De boas intenções e mal-entendidos   169
16. Entre pactos e madrugadas   179
17. Para responder abertamente   195
18. Preto no branco (ou branco no preto)   201
19. Qual dos dois   219
20. A trama termina   231

Este livro foi composto em Electra LT STD, em papel chambril avena, para a Editora Moinhos, enquanto o álbum *The Essencial*, de Dave Brubeck, tocava ao fundo. Era início de outubro de 2018.
O Brasil passava por momentos turbulentos.